点亮人生

——江建军报告文学选

江建军　著

中国盲文出版社

图书在版编目(CIP)数据

点亮人生:江建军报告文学选:大字版/江建军著.—北京:中国盲文出版社,2016.10

ISBN 978-7-5002-7424-7

Ⅰ.①点… Ⅱ.①江… Ⅲ.①报告文学—中国—当代 Ⅳ.①I25

中国版本图书馆CIP数据核字(2016)第251176号

点亮人生

作　　者:江建军
责任编辑:贺世民
出版发行:中国盲文出版社
社　　址:北京市西城区太平街甲6号
邮政编码:100050
印　　刷:北京中科印刷有限公司
经　　销:新华书店
开　　本:787×1092　1/16
字　　数:186千字
印　　张:19.5
版　　次:2016年11月第1版　2016年11月第1次印刷
书　　号:ISBN 978-7-5002-7424-7/I·1569
定　　价:39.00元
编辑热线:(010)83190266
销售服务热线:(010)83190297　83190289　83190292

光明的使者

林　非

前不久接到中国盲人协会晏慧的电话，约我为中国盲人文学联谊会副会长江建军的报告文学集《点亮人生》写序。说实话，这让我有些为难，一来我并不善于替人写序，二来毕竟本人年事已高，很多时候心有余而力不足了。然而我是中国盲人文学联谊会的顾问，曾在三年前应邀出席了他们联谊会的成立大会，与他们有着一份割不断的特别感情，因为这群在黑暗中用心写作、用他们自强不息与拼搏奋斗的精神为我们文学事业添上一笔明亮色彩的特殊作者，真的让我感到非常震撼。

当我打开文稿开始阅读时，我立刻被作者的文字吸引住了。除了文笔流畅、描写生动，作者文字中所表达的那种精神更令人眼前一亮，我相信只有发自内心的文字才能如此打动读者的心。

而在了解了江建军的英雄事迹之后，我读起来更有了一种不同的感觉，这可能就是我们常说的进入状态了吧！

我是写散文的，对文字的要求比较高，可江建军的文字却令我很喜爱，因为他的字字句句都充满了阳光般的积极乐观的热情。他采访的对象都是身残志坚的强者，这些用优美的文笔描写出来的强者，怎能不让人读了精神振奋呢？

每个人都有自己的命运，很多时候我们确实不得不受困于命运的摆布，很多时候我们也会因命运的不公而沮丧。可对江建军这样的盲人朋友来说，命运就没那么可怕，因为他们用强大的精神战胜了黑暗，用手中的笔将命运击败了。不久前我收到了中国盲文出版社出版的盲人文学联谊会优秀散文选——《心灵的北斗》，这本书可以说是强者之声，是指引我们与命运拼搏的一面高高飘扬的旗帜。江建军作为中国盲人文学联谊会的副会长，不仅自己用笔做武器与命运战斗，还将这群在黑暗中不服输的盲人作者组织起来，用文字形成钢铁般的拳头，将命运打倒，向世界发出胜利的欢呼。

在我看来，江建军和他笔下的一个个人物，就是光明的使者，他们不仅在黑暗中点亮了他们自己的人生，也照亮了我们眼前的世界。我是为江建军写序，更是为这样一群不屈不挠的强者喝彩，让我们并肩行进在文学事业的阳光之路上，为光明呐喊与欢呼！

2016 年 5 月 26 日

序者简介：林非，历任中国社会科学院研究生院教授、文学系主任、博士研究生导师，中国鲁迅研究会会长，中国散文学会会长，中国散文家协会名誉会长。

秉烛照亮行人

叶　梅

认识江建军先生是在一个秋雨飘飞的日子。在长江之畔的宜昌城里，我第一次惊讶地见到几十位来自全国各地的盲人作家，其中有全国著名的战斗英雄史光柱，他写下了很多脍炙人口的散文与诗歌，有曾经的学校老师，有打过工的小老板，还有好些年纪尚轻的姑娘、小伙，他们集聚一堂，为自己的聚会取名叫“文学嘉年华”。我见他们会前相携而行、谈笑风生，会场上则一个个正襟危坐、神色庄重。活动的主办方中国盲人协会让我跟与会的盲人作家进行一次文学交流，那是个难忘的下午，是让我感觉最为安静的会场，是真正的鸦雀无声，连针掉在地上都会听得见，因为那些盲人朋友是最为专心的听众，他们凝神屏气、一动也不动。

那天主持会议的正是江建军先生，他戴着一副眼镜，我没留神看他的脸，但能从他沉稳从容的声音里感觉出，他经历丰富、胸有成竹，他对会议流程的把握有条不紊，在介绍有关情况时娓娓道来、流畅自如，让人不敢相信他会是一位盲者。事实上，他双目失明，只有一点极其微弱的光感，任何字迹都看不见。30 年前，身为安徽贵池县武警战士的江建军，奉命与战友抓捕一名潜逃的罪犯，为了保护战友，江建军被穷凶极恶的罪犯用猎枪击中了双眼，从那时起他便陷入了永久的黑暗。但他在经历了难熬的痛苦、绝望与迷惘之后，毅然选择了坚强，很快寻找到了新的生活目标，他学会了下盲棋、读盲文、写文章，文学给他带来了光亮。

江建军自小爱读书，父亲曾是县城新华书店的经理，他从小就在书的海洋里穿行，在受伤之后没着没落的日子里，他最为渴望的是听到那些书中的故事。贤良的妻子找来书报，轻轻地读给他听，又专门买来一台收音机，中央人民广播电台的《阅读和欣赏》与江苏人民广播电台的《文艺天地》成为他每天必听的节目。久而久之，亲友们都知道，如果去探望建军，不需要带什么礼物，去为他读书就能给他最大的满足。就在这些倾听的日子里，江建军心中升起一种想要倾诉的强烈冲动，他摸索着拿起笔，歪歪扭扭地写下一行行文字，那是他对妻子的爱和无尽的感激，是他对人生的痛彻感受。他一口气写下了一篇 2000 多字的散文——《我的太阳》，不久被当地的报纸发表，许多读者感慨文章催人泪下，让人十分感动。

接着他开始学盲文、学电脑、下盲棋，借助语音读屏软件，他通过打字或直接语音与网友切磋棋艺，还参加了“全国盲人网络象棋首届甲级联赛”。通过下棋，他领悟到人生的更多哲理，体会到人生如棋的道理：尽管车、马、炮等杀伤力强，但兵卒之类的“弱子”也绝不可以轻视。作为盲人，他不能将自己比作不起眼的小卒而自轻自贱或者怨天尤人，因为有时候最终直捣黄龙、克敌制胜的，往往可能是一个毫不起眼的小卒。盲人不能向命运屈服，世界上没有天生的赢家，盲人要学会在挫折中及时调整自己，做人生中的强者。所谓强者就是能把失败和挫折转变为前进的动力，然后在奋斗的过程中展示出惊人的毅力和坚韧不拔的意志，排除障碍，最后取得成功的人。做一个这样的盲人，就是人生的强者！

江建军就是以这样一种心态与黑暗抗争，在知识和文学创作的道路上艰难跋涉，找到了他与这个世界对话的方式。多年来，他已有数百篇文章发表于报刊杂志，他以真挚和坚强的精神风貌以及行云流水般的文字打动了四面八方的读者。

我的眼睛，
长在我的心上，
长在心上的眼睛，
总是能看见光明和梦想，
我用这些梦想装扮着我的王国，
我的王国里阳光普照，
春暖花开。

——江建军《点亮人生》

是啊，江建军的世界里充满了光明，他寻找到的烛火和阳光，不仅照亮了自己，也照亮了宽广的世界，以及那些辛苦前行的人们。

江建军用一颗敏感的心，捕捉着这个时代最为真切、朴实的情感和爱意，他撰写了一篇篇报告文学，呼唤对爱、对生命的尊重。从他的笔端缓缓走出了一个个鲜活的人物形象：有自强不息的歌唱家晏慧、李任红，打开幸福密码的李珍、自比一枝红杏的张淑萍；有草原雄鹰崔健、传奇警察张秀昊、悬壶济世的医师杨春豹、盲人女教授姚敏、固体力学教授富明慧、桃李满天下的李晶；还有为开拓中国盲人钢琴调律事业奋斗几十年的李任炜、为盲人兄弟姐妹撑起一片天的王永澄、盲人心理咨询工作者万兴华、自强创业的郭勇、泰山之子汤建泉等。在这一组组生动的群体画像中，几乎每一位主人公都经历过常人难以想象的困难，但他们都突破了自己的生命极限，获得了凤凰涅槃的重生，他们就像一束束光芒照亮了身边人，同时也照亮了芸芸众生中某些困惑的灵魂。他笔下的人物大多为平凡世界中的平凡人，但他们却内心强大，能超越自我，挺立于社会的浮生百态之中，成为这个时代的标杆和楷模。记录他们人生事迹的报告文学集《点亮人生》，既是对世人的一种召唤，也是江建军自身心路历程的自然流露。

作为一位盲人写作者，他对自然景物、人情冷暖都有着非比寻常的敏感度，能于细微处洞察人性的美与善。在他的作品里，既有人性善恶的碰撞与灼人的疼痛，也有重生般的快感。这是一位在现实生活中失去光明但内心的触觉却十分敏锐，想象力也十分丰富的作者的书写，也是一份不可替代的生命感受的文学再现。因此我们完全可以说，江建军的写作有着十分珍贵的价值。

司马迁在《史记·报任安书》中写道："左丘失明，厥有《国语》。"相信古人先贤的风骨会给江建军的文学之魂注入更多的精气神。他秉烛前行、一路探求，文学已然成为他生命的一部分。他的生命因为文学而精彩，而文学也因为他，还有那些盲人作家的书写而增添了别样的光芒。

因宜昌一会，承蒙江建军先生信任，嘱我为《点亮人生》作序，窃以为不得贸然评议，于人于文，我更多的是心怀敬意，只能姑妄言之，还是请读者们阅读此书，直接感受江建军所点亮的人生吧。

是为序。

2016 年端午于北京

序者简介：叶梅，中国作家协会主席团委员、中国少数民族作家学会常务副会长、中国散文学会副会长。

水乳交融的写作，绚丽多彩的风景

李伟洪

1936 年，《光明》创刊号发表了夏衍先生的《包身工》。自此，报告文学作为一种新的文学样式逐渐被人们所接受与认可。许多作家开始以报告文学的形式关注社会生活。后来，报告文学就有了“文学创作中的轻骑兵”的美誉。之所以有此美誉，就是因为报告文学把新闻写作的真实性与文学写作的艺术性有机结合在一起，使之具备了双重审美维度。盲人作家江建军历时 8 年创作完成的报告文学集《点亮人生》便是一部真实性与文学性有机结合、形象反映盲人群体中先进人物的突出事迹的佳作。

《点亮人生》收录了江建军自 2008 年至今陆续创作的 15 篇报告文学，记述了 15 位盲人所走过的人生历程，展现了他们自强不息、乐观向上、勇于拼搏的精神风貌。

首先，《点亮人生》是一部盲人写、写盲人的报告文学作品集，填补了国内的一项空白。作者曾是一位武警战士，因在抓捕逃犯过程中光荣负伤，导致失明。在经历了脱胎换骨般的蜕变与重生之后，从小喜爱文学的江建军以笔为枪，开始了在黑暗中与命运的战斗。正是作者特殊的人生经历才使他既满含激情又怀着感同身受的情怀把写作聚焦到盲人群体上来，这样的写作，无疑是水乳交融的写作。通读这 15 篇作品，你会发现，文中的字字句句都饱含深情，都是作者把自己放进作品之中的倾吐与述说。江建军的写作绝不是所谓的零度写作，他的作品饱含着他的真情实感，渗透着他的喜怒哀乐，因为他没办法让自己冷若冰霜、冷眼旁观，因为他自己也是一个盲人。这无疑使这本书具备了别样的阅读体验与审美价值。

其次，《点亮人生》为读者展现了一道丰富多彩、绚丽多姿的风景。15 篇作品所记述的人物虽然都是盲人，但却各有各的经历，各有各的风采。从年龄构成上看，既有 20 世纪 40 年代出生、被作者尊称为大姐的李晶女士，也有 20 世纪 50 年代、60 年代以及 70 年代出生的中青年盲人。从职业构成上看，有技艺精湛、妙手回春的中医按摩师，有在三尺讲台传道授业的学校教师，有勇于担当、伸张正义的律师，有在声乐艺术领域苦苦追求、成就卓然的歌唱家和钢琴调律师，还有铁骨铮铮、从不认输的传奇警察，也有被誉为草原雄鹰的中国第一位地市级残联一把手和全心全意为盲人同胞尽心竭力、甘于奉献的盲协主席以及盲人企业家……由此我们也不难看出作者在选择采访对象时的良苦用心。

在人们的印象中，盲人除了从事按摩推拿，顶多再加上打卦算命或者沿街卖唱，而江建军笔下的这些盲人朋友却来自各行各业，无不具有鲜明的个性和绚丽的人生风景。相信在读了这些作品之后，人们一定会对盲人群体有一个全新的认识。不仅如此，作品中人物的身上还常常展现出自强不息、乐观向上、积极进取、热爱生活、超越自我的精神，而这不正是人类文明进程中不可或缺的精神动力吗？不也是当下中国人民为实现民族复兴的伟大梦想所需要的正能量的体现吗？这大概就是《点亮人生》的社会价值之所在吧。

茅盾先生说过：报告文学是散文的一种，介乎于新闻报道和小说之间，也就是兼有新闻和文学特点的散文，要求真实，运用文学语言和多种艺术手法，通过生动的情节和典型的细节，迅速地、及时地“报告”现实生活中具有典型意义的真人真事。（茅盾《关于报告文学》）这就是说，报告文学是报告，也是文学。正如报告文学作家理由所言：“除了虚构与概括的手法不宜引进报告文学，其他一切属于表现形式的文学手法都可以在报告文学中充分调动。调动得越好，就越逼真，越真实，就越富于艺术的感染力。”这就告诉我们，报告文学需要从文学引进多样化的表现方法与技巧，如提炼、剪裁、描摹、重笔渲染、精选角度、截取断面、澎湃的抒情、恰当的议论，以及艺术语言的调动等等。江建军的报告文学写作，就充分调动了这些文学表现手段，使其作品具有着强烈的艺术感染力。

首先，在题材的提炼与剪裁方面，作者是十分讲究和用心的。例如在《幸福密码》中，作者以女主人公李珍的幸福生活为主线，紧紧围绕读书与人生的关系这一主题，选取了她在个人成长过程中的几个重要阶段：叙述她通过阅读收获了自己幸福美满的爱情婚姻，成就了自己的编审事业；通过阅读提升了自己的人生境界和生活质量，赢得了社会的尊重，并与女作家毕淑敏结下了深厚的友谊。整篇作品从多个侧面记述了主人公热爱生活、追求幸福的动人故事，但都没离开读书这条线索，由此可见作者在选材上的精心取舍。

同样，在运用描摹、渲染、精选角度、截取断面等文学表现手段方面，作者也有独到之处，相信读者在阅读作品的过程中会有自己的体悟。这里，我想特别指出的是，作者把报告文学写作中澎湃的抒情、恰当的议论这两点运用得十分精当。例如，在《草原雄鹰》中，作者在讲述了主人公从一个普通的盲人成长为一个地级市残联理事长勇于担当、全心全意、满含深情为残疾人排忧解难的动人故事后，写下了这样的感慨："崔健总是强调自己只是个幸运儿，遇上了改革开放和残疾人事业大发展的时期，如果没有国力的强盛，没有残联，自己浑身是铁又能打出几颗钉来，正所谓'皮之不存，毛将焉附'。我则在他的谦词里陷入沉思，倘若有越来越多像崔健这样有能力、有魄力、德才兼备的残疾人走上残联领导岗位，有职有权，一心一意为残疾人谋福利，那该是各地残疾人多么大的福音啊！"这样的感慨是作者发出的，也是千千万万残疾朋友所期盼的，正是有了这样的分量十足的感慨与议论，才使作品从讲述一个人的故事升华到具有典型意义的高度。再如，《女人花》一文中作者在题记中就发出了这样的议论："成功的花儿，人们只惊羡它现时的明艳！

当初它的芽儿，浸透了奋斗的泪水，洒遍了牺牲的血雨。”在记述山东科大中天电子有限公司董事长、硕士生导师，被誉为“泰山之子”的盲人企业家、学者汤建泉博士的人生事迹报告文学《泰山之子》中，江建军这样写道：“泰山风景以壮丽著称……每每看到描写泰山的文字，我总是情不自禁地联想到汤建泉。他那跌倒100次、也要第101次站起前行的执着；他那扛着社会责任感、领着残疾人员工一起朝前走的坚定；他那学无止境、敢为天下先的攀登与创新精神；他那博大深沉、以奉献为乐的胸怀；他那任人赋诗作画、传扬四海而不骄不躁、稳如泰山的品质，不正是巍巍泰山的真实写照吗？他无愧于泰山，无愧于‘泰山之子’的光荣！”这些澎湃的抒情、恰当的议论，在江建军的报告文学中俯拾即是，它们如点睛之笔，为他的报告文学增姿添色。

上述几点看法是我对江建军报告文学写作的一管之见，难免挂一漏万，还请读者在阅读中去发现、去欣赏，唯望江建军在今后的写作中，继续努力，精益求精，再创佳作！

是为序。

2016年6月16日于北京

序者简介：李伟洪，中国残联第五届执行理事会理事，中国盲人协会主席。

C 目录 ontents

开拓者之歌

序 曲

黄宗羲《原君》一文开篇言道：有生之初，人各自私也，人各自利也；天下有公利而莫或兴之，有公害而莫或除之。有人者出，不以一己之利为利，而使天下受其利；不以一己之害为害，而使天下释其害；此其人之勤劳必千万于天下之人。夫以千万倍之勤劳，而己又不享其利，必非天下之人情所欲居也。

当今社会，我们更多地讲究个人奋斗。一个人，以自身的努力打拼事业、成就梦想已属不易。一位从母腹中呱呱坠地就没见到过一线阳光的盲者，能够在一个领域一枝独秀已是万难，更难能可贵的是他还做到了“不以一己之利为利，而使‘群体’得其利”，这样的人，才能当之无愧地担起“开拓者”的历史重任。

2012 年 8 月 23 日，经过一年多的精心筹备，中国盲人钢琴调律师委员会在中国盲文图书馆正式成立。中国盲人钢琴调律事业的开拓者、国家高级钢琴调律技师、北京市盲人学校钢琴调律专业创办者李任炜众望所归，在热烈的掌声中全票当选委员会主任。台下的盲人调律师代表，绝大部分都是他的学生。当选副主任的陈燕和冯瑞，更是他的得意高足。对此，为开拓中国盲人钢琴调律事业奋斗了 36 年、正当花甲之年的他，掩饰不住内心的激动与喜悦，脸上挂满欣慰的笑容。国家钢琴调律分会掌门人金会长热情洋溢地致辞，并对前两天亲任评委的全国盲人钢琴调律技能大赛进行了总结，致辞中那毫不掩饰的肯定、那从不相信到躬身叹服的态度转变，让李任炜百感交集。身高 176 厘米、体重近 200 斤的魁梧汉子流泪了，胖胖的笑脸上，两只假眼球因泪光闪闪而显出别样的神采。回想这些年的奋斗历程，李任炜浮想联翩，往事一幕幕在脑海里浮现。

优雅的邂逅

1970 年的一天，一辆北京吉普把年仅 18 岁、正在北京市盲人学校读初三的李任炜接到了海淀区评剧团乐队。一脸懵懂的他，只记住离校前校长的话：不管走到哪里、让你做什么，都要努力为盲生和盲校争口气！

原来，评剧团受命改排京剧样板戏《智取威虎山》，乐队没有小号手，接连招考的几个又都不合格。正一筹莫展之际，区里一位领导告诉他们，曾偶然看过一场盲校学生乐队的演出，对那个乐队小号手印象深刻，不妨找来试试。剧团里不明就里的乐手们，听说军代表用专车接来一位小号手，以为一定接来了什么“大腕”，都十分好奇地围拢来要一看究竟。等到看清走下车的李任炜是个手执盲杖、稚气未脱且一脸茫然的小男生时，个个像泄了气的皮球，专等着看军代表和这位不知天高地厚的新伙伴的笑话了。就连乐队队长老周也大失所望，为此，他悄悄布置了一场排练考试，想让李任炜知难而退。

排练场在剧团隔壁的北京市八一学校后院，有花坛、水榭、假山等，风景宛如颐和园一角，十分宜人。但对一点不熟悉环境的李任炜来说，这却是不小的挑战。第一次去排练场，在穿过假山洞时，他的前额就被洞口一块突起的假山石磕出个大血包，盲杖也被磕飞了。但他忍住剧烈的疼痛，毅然跟着前面的脚步声走上了排练舞台。等大家都抄完曲谱，他最后一个用盲文听写出属于自己的分谱后，趁别人调音的时候，他快速摸读一遍就开始排练了。

首先是《智取威虎山》的前奏曲，李任炜的小号主旋律吹响了，声音嘹亮又干净利索。在其他乐器的配合下，既和谐又突出，犹如鹤立鸡群，瞬间震住了所有人。一心想看笑话的乐手们更是惊奇，难道这小子有神助？刚到手的曲谱，不用看就能一气呵成吹得这么流畅，简直不可思议。一曲结束，台上台下响起了热烈的掌声，还有人议论乐团终于来了一位有专业水准的小号手。周队长也咧开大嘴巴笑了，拍着李任炜的肩膀说："你考试通过了，只是你看不见指挥棒，排练时可以提醒你何时进入，正规演出怎么办呢？"

直到这时，李任炜才知道自己通过了一场特殊的考试，还没顾上高兴，他却因松懈下来而明显感觉额头疼痛难忍，不禁心下奇怪，刚才抄乐谱、吹小号时怎么就没感觉到痛呢？他一边用手按揉，一边琢磨点子。世上无难事，只怕有心人，这话说得真对！第二天排练，他便带来一个小木条做成的微型跷跷板放在脚下，自己脚踩一头，轮到小号该进入时，旁边的乐手轻轻踩一下另一头就 OK 了。

小号有三个键，一般要两手协作才方便吹奏。李任炜拿到很长的曲谱，单靠记忆怕出差错，便练就了右手拇指与小指执号，其余三指按键吹奏，左手摸盲文曲谱的绝活。这令乐手们大开眼界、敬佩不已，纷纷向他伸来橄榄枝，友好地照顾他的生活与出行。而再去排练场途经那个假山洞时，不等旁人提醒，李任炜总能在那块假山石前一偏头躲过，这便是他的机灵，让同行的伙伴们对他这个盲者又一次刮目相看。

剧团有一台老旧的立式钢琴，李任炜是先天失明，从来没见过钢琴长啥模样，就像有人夸饰演小常宝的演员多么多么漂亮，他却没一点形象感一样。但他却似乎与钢琴天生有缘，初次相见便爱不释手，他上上下下、左左右右地触摸一通，那感觉真与盲人摸象一般，但他却依然乐此不疲，仿佛得了啥心爱的宝贝似的。小号手就这样与大钢琴不期而遇了，而这美丽优雅的邂逅竟能演绎出一个追梦者与开拓者的精彩人生，却是连李任炜自己也始料未及的。

迷上了调律

自打与钢琴一“摸”钟情，闲来无事，不喜欢打牌和摆“龙门阵”的李任炜，便总是围着钢琴打转转。一次他见有人来，不是坐下弹琴，而是打开琴盖这里敲敲、那里用扳手拧拧，好生奇怪，便问人家这是干啥？人家说这是检修和调律，又说这活不是你们盲人干得了的，一旁待着吧。这虽是李任炜第一次听说调律，也不知其深浅，但调律师那歧视的语调，却激起他不服输的劲头和更大的兴趣，心想你小瞧我们盲人，我偏要试试看。

天生好学、肯动脑筋的他，的确默不作声地在一旁待着，耳朵却牢牢锁住调律师工具发出的每一个声响，锁住钢琴发出的每一个单音，听人家调到怎样的效果才收手。等到调律师走后，他设法借到几件调律工具，开始了艰难的摸索。

一开始，不要说调律，就是200多根琴弦是怎么装的他都不晓得。摸着密密麻麻的弦轴，手指尖却不知道往哪儿插，更别提摸出琴弦的缠绕方向和排列顺序了。就这么放弃吗？他不甘心。经过几天反反复复地思索，办法终于想出来了：“弦轴我虽然摸不着，但音高我能听得出。只要用扳子转动一个弦轴，必然有一根琴弦会变音，用手拨动那根弦，就能听出谁变了音。”当寻找到全部弦轴和弦的对应关系及排列规律时，他欣喜若狂。

那些天，李任炜就像丢了魂似的，一有空就黏在钢琴上，常常不知哪里被扎破了，手上摸到黏糊糊的血也察觉不出。同事们见他这么痴迷，就在逛书店时顺便给他买来一本《钢琴调律与维修》的小册子，他如获至宝，请同事们好事做到底，帮他录制成 6 大盘的老式盒带，他一边听一边摸索实践，直到把那本小册子都背诵默记在了心里。尽管那本小册子属于钢琴调律的入门守则，比较简单浅显，但对李任炜自学调律来说无异于启蒙老师，对规范他的操作有着不可替代的作用，至今仍让他和他的学生们受益。

1990 年，美国卡特基金会与长春大学特教学院联合举办钢琴调律与维修培训班，学员招收对象是各地盲校的音乐老师。消息传来，当年 2 月刚刚被选调到北京市盲人学校担任音乐老师的李任炜跃跃欲试，但校领导却不想让他去，怕刚刚组建的学生乐队没人管理和指导，唯一的名额留给了另一个明眼人女老师，让她填写了报名表。

招考老师和北京一位钢琴调律专家一起来到盲校，校长让李任炜也去考场感受感受，谁料那位女老师上场没两下就败下阵来，考试没有通过。招考老师不无遗憾地对校长说，如果没别的人选，名额只好让给其他盲校了。校长无奈，只得让在场的李任炜试试，结果，乐理知识、听音准和动手能力三项考试，李任炜都无可挑剔，考了个满分，38 岁的他成了那个培训班——后来被戏称为“卡特班”的唯一一名盲人学员。

招考老师和专家哪里知道，在此之前，凭着练就的调律与维修基本功，李任炜早就敏锐地意识到钢琴调律是盲人就业的新途径，是一项大有可为的新事业。他相信自己不仅能通过努力做一个合格的钢琴调律师，还能凭借盲校这个培养盲生的最好平台，教出更多的盲人调律师，为盲人就业蹚出一条新路来。为此，他调入盲校不久，就在校领导的支持下，开办了盲生钢琴调律与维修实验班，通过三个月的教学，五名学生基本掌握了调律与维修技能。但他也清醒地知道，要给学生一碗水，自己必须先有一桶水，半桶水晃荡是绝对教不出合格的学员的。而这次去脱岗学习，正是千载难逢的好机会。李任炜就是怀着这种追求与责任感，走进那个让他梦寐以求的“卡特班”的。

课堂上，老师多半是做给学生看。李任炜看不见，老师也没有教盲生的经验，只得按照李任炜的请求，让他摸着老师的手来感觉，这是真正的手把手教学。下课后，别的学员休息玩牌去了，李任炜就一个人待在琴房反复地、千百次地摸索，揣摩老师教给的技巧，每天至少要耗上 14 个小时，常常手指摸肿了、破了、失去感觉了，他就搓搓手，放松放松再来。他想，现在多吃点儿苦，多学两手，将来教学生就能多几分把握。

来自美国的一名女老师，负责教授欧美调律方法与技巧。李任炜知道老师比他还小几岁，不好意思去摸着女老师的手听课，便买来一个小录音机交给翻译，想先录下讲课内容，以后慢慢消化。那位老师见他这么用心，便特许李任炜也摸着她的手上课，这使李任炜很快学会了欧美全套新式调律方法，最终以第一名的好成绩告别了“卡特班”。

一个人在为自己的前途与未来打拼的时候，是能迸发出强大的生命潜能和勇敢精神的。而当他自觉地提升个人境界，为开拓一项事业，为一个有着共同苦难命运的群体求学、谋发展的时候，这种精神、生命潜能和创造力，又何止提升百倍、千倍！较之先天盲人特别灵敏的听觉与触觉，这或许才是李任炜成绩优异的决定性内在因素吧。

崭新的乐章

还在“卡特班”结业之前，李任炜便经过一番周密的谋划与考虑，去信建议盲校开办钢琴调律与维修职高班，为盲生就业开辟新途径，这得到校领导的首肯与大力支持。1991年9月1日，北京市盲人学校钢琴调律与维修专业正式开办，学校拿出有限的经费购置了三台钢琴和部分专用工具，选拔了五名初中毕业的盲生进入该班。

他们的教与学确实比较特殊，因为师生都看不见，书和图形一切全免，只能靠语言和实物操作，一个一个地把着手体验。经过两年艰苦严格的教学训练，五名学生基本上都掌握了立式钢琴的调修、拆卸、组装技术，而且还能弹奏部分钢琴小品。

是骡子是马，该拉出来遛遛了。实习阶段，李任炜通过个人关系，把五名学生一起带到中央音乐学院的琴房安营扎寨，一住就是几个月。学员每调一台琴，李任炜都要仔细检查验收，指出毛病和疏忽之处并一一纠正。他强调说：“不是抽查，是每一台都要亲自过手。”他语重心长地告诉学员们：“你们是第一届学员，走出校门后，你们每个人都身系盲人钢琴调律事业的成败与声誉，关系到你们自己和学弟学妹们的饭碗啊！”

为了让这五名学员得到更多的磨炼，为将来就业打下坚实的基础，李任炜又把他们带到一家钢琴厂，跟着老师傅们干。开始，老师傅一个班能调八台琴，学员们最多只能调两台半。差距明显摆着，老师傅对他们说：“要调准调好，也要加快，这么慢是没饭吃的。”听罢老师傅的话，学员们都憋足了劲埋头苦练，实习结束个个都赶上了老师傅的工作量，练就一手过硬的调律和维修技艺。

不怕不识货，就怕货比货，他们五位学员一走进北京钢琴调律市场，便被行业内一个个大小老板慧眼识珠，当成了香饽饽。以后第二届、第三届学员还未毕业，就早早地被各家钢琴公司抢聘一空。而一家钢琴城，不仅要抢学员，还想出高薪挖走学员们的老师，让李任炜出任技术部经理，却被他婉言谢绝了。他对人家说：“我走了，那些等着我的学员怎么办，学校钢琴调律专业怎么办？当老师，培养更多盲人钢琴调律师是我今生认定的事业，这是金钱和名利不能动摇的。”是啊，他一手创办的北京市盲人学校钢琴调律班，在全国盲校还是首创，承载着他与学员们的共同希望与梦想，他怎么可能舍弃呢？后来，那个老板有高端客户的三角钢琴遇上调律与维修疑难问题求助李任炜，李任炜二话不说，带上几名学员就去了客户家，边干边讲解，来了个现场教学。事后老板给他报酬，他一分钱不收，说只要你接收我的学员，以后来帮忙都一样分文不收。老板、学员和客户都十分感动。

鲍蕙荞钢琴城在北京享有盛誉，其女老板鲍蕙荞本身就是国内著名的钢琴演奏家，在接触了第一届盲人学员后，她主动要求李任炜把第二届学员带去实习，还特意请来中国残疾人联合会相关部门领导、学员家长和媒体记者，举办了隆重的欢迎仪式。鲍蕙荞在欢迎仪式上郑重承诺：“从实习第一天开始，你们六名学员就是我们的正式员工了，就把我这里当成你们的家。作为这个大家庭的家长，你们生活工作有什么困难尽管找我。”学员和家长都没想到，他们竟无需为求职纠结，还没毕业就这么轻而易举地就业挣钱了，一个个感动得热泪盈眶，至今说起这件事，李任炜还记忆犹新、深感欣慰。他说这是双赢，既提升了那家钢琴城和盲人学员的声誉，还起到了示范作用，为职高班以后的毕业生就业铺平了道路。

华丽的表演

进入21世纪，中国乐器协会钢琴分会开始行业规范化管理，要求从业者必须持证上岗。李任炜再次敏锐地意识到，这是行业发展的大方向，盲人从业者也不能例外，不然就会被市场无情地抛弃，到那时流泪乞怜就迟了。他觉得有责任和义务率先垂范，为他就职于全国各地的近200名学员弟子以及所有的盲人钢琴调律者领航。

面对初级调律师到高级技师的五个技术等级，李任炜认真审视了自己这么多年的钢琴调律经验与教学实践，胸有成竹地直接报考了高级技师资格证。“我身后还站着一个群体，一定要拿下这个高级证来证明明眼人能做到的，我们盲人一样能做到，不能让人家看扁了。”这就是他朴实的想法与原动力。“我身后有个群体”也是他说得最多的一句口头禅，成为他开拓事业、屡创辉煌的出发点与落脚点。

高级钢琴调律技师调律与维修考场上，30多人每人一台钢琴同时开考，李任炜是唯一的盲人考生，六名主考官分别来自北京、上海、南京、武汉、福州与沈阳，他们大多没见过盲人调律，对此很是不屑。这也难怪，钢琴有大大小小8000多个零件，每个零件都影响着钢琴的音色和音质。其中，光琴弦就有200多根，每根琴弦由约80千克的拉力张紧，调律的时候，扳手用力大一点或小一点，差异也就非常大，因此要求手法必须娴熟，有时就连明眼人都弄不好，一错眼珠也会考砸了，何况盲人。本来分两组的考官，居然都好奇地一起来观摩，来给李任炜打分。只有国家钢琴调律分会副会长、中央音乐学院钢琴调律专家王兴龙泰然处之，相信李任炜不比考场上任何一个考生差。

原来，早在1992年，王兴龙老师就带领专家组，对李任炜进行过考评，通过并接收李任炜加盟中国音乐家协会钢琴学会。也是这个王兴龙老师，后来力排众议，让李任炜带领第一届学员去他所在的中央音乐学院实习，并免除了师生六人全部的实习费和食宿费。

果然，不出考评组组长王兴龙所料，两个小时的考试，李任炜只用了一个半小时就第一个完成了全部规定项目，成绩也是名列前茅，顺利拿到了高级钢琴调律技师资格证。后来，李任炜还通过考试，拿到了国家钢琴调律师考评证。他的成功，给他的学生和其他盲人从业者增强了考证的信心。

有考评组专家问李任炜，你的盲人学生来考证要放宽政策、降低要求吗？李任炜的回答很干脆，要绝对公平竞争，确保盲人手中执业证的含金量，任何的照顾，都是对盲人从业者的贬低与歧视。因为他知道，市场只相信实力，相信令人折服的调律与维修技术，却根本不相信眼泪，不相信浪得虚名的“小本本”。他更知道自己一手调教出来的学生，合格率百分之百，其中还不乏佼佼者。比如，第一届毕业生陈燕，她风雨无阻，走遍了京城的大街小巷，成了这座古城的

“活地图”，她的钢琴调律与维修技艺也随之誉满京城，并开创了自己的钢琴调律中心，还领养了一个与她自己小时候同样命运的、被抛弃的弱视女童，写出了长篇纪实文学《陈燕耳边的世界》，此文还荣获第一届全国盲人文学奖评比一等奖。如今，陈燕是中国音乐家协会钢琴调律学会注册会员，也是北京陈燕新乐钢琴调律有限责任公司的总经理。对于这一切成就，她说饮水思源，都应该感谢老恩师李任炜。

还在“卡特班”进修时，李任炜的老师就说，一台钢琴的保养、调律、维修，一般要一个半小时到两小时，他自己最快也要 40 分钟，盲人达到 45 分钟一台琴就是绝对的高手了。而李任炜教出的第三届学生冯瑞，经过多年磨炼，调好一台琴最快只需 26 分钟，令明眼人同行都感到难以置信。一次郎朗在国内演出，请冯瑞和张红海前去调琴。他们很快调好了并让郎朗来验收，郎朗只简单弹了几个音节，便起身点点头，一言不发地走了。张红海虽有一点残余视力，但也跟全盲的冯瑞一样莫名其妙，心里没底，不知道结果怎么样，毕竟郎朗名气太大啊！等郎朗走后，他的经纪人兴奋地告诉两位盲人调律师，此时无声胜有声啊。他说郎朗对调琴非常挑剔，以前别人调好琴，他都无一例外地要挑剔一番，这次没找出任何毛病，是对你们的最大肯定呢。后来郎朗再在国内演出，总是对他的经纪人说：“请小张他们来调琴。”著名钢琴家的认可，无疑是对盲人调律师的最高奖赏与肯定。

就这样，在李任炜的鼓励与支持下，从 2005 年开始，

100多名盲人钢琴调律从业者，陆续通过考试，拿到了中、高级职业资格证，成为一支不可小视的行业正规军，得到了市场的充分认可与用户的信赖。

就在中国盲人调律师委员会成立的前两天，李任炜领头筹备的全国盲人调律师技能大赛在北京联合大学特教学院琴房拉开了序幕。从2002年9月开办之日起，李任炜就是这里的钢琴调律专业的客座教授，所有的讲义和教案，都是他自己编写的。这赛场上的每一台钢琴旁，同样洒满了他辛勤耕耘的汗水。因此说他桃李满天下，一点也不为过。

一声令下，来自10多个省份的26名选手各显身手，紧张而又有序地开始调律。评委们都是中国乐器协会以及旗下的钢琴调律分会的领导和顶级专家，他们有的从来没见过盲人调律，有的虽见过，却对盲人调律并不看好，国家钢琴调律分会的金会长甚至持否定态度，并在各种场合表露过他这一态度。今天所有用作考试的钢琴，都被他们亲手调得乱糟糟的，每台琴至少有六大项60种人为的机械故障。结果两小时不到，26台琴全部完成调律与维修，专家评委们逐一验收，赞不绝口，直感叹大开眼界。总结会上，金会长来了个180度的大转弯，对选手们的表现给予了充分的肯定和高度评价。他说自己一年当考官、评委无数次，从来没给过任何人满分，今天他却给不少选手打了满分，还宣布给两个一等奖选手郑琳琳、陈少华直接颁发高级钢琴调律师职业资格证，并授予他们“钢琴调律之星”的荣誉称号。

2013年10月8日—9日，来自美国、日本、韩国、澳大利亚、挪威、瑞士、俄罗斯、新加坡、英国、德国、加拿大和中国的363名钢琴技师调律师代表齐聚杭州第一世界大酒店，隆重召开第18届国际钢琴制造技师调律师年会，李任炜应邀组团代表中国盲人钢琴调律师委员会出席大会，这也是会上唯一的盲人专业代表团。

本届年会是国际钢琴制造技师调律师协会（IAPBT）成立36年来首次在中国内地举办，从前国际钢琴发展形势来看，这不仅是中国钢琴业蓬勃发展的一个证明，也是世界钢琴业聚焦中国的一个体现。对于中国内地广大钢琴技师调律师来说，这也是一次难得的与世界同行开展交流、增进友谊的机会。在全球会员大会上，组委会还特别邀请了盲人调律师委员会主任、高级钢琴技师李任炜代表中国盲人调律师做了《盲人调律在中国》的主题发言，讲述并以视频影像课件展示了盲人在掌握全面的钢琴调修技术中，克服视觉障碍，开发改造专用工具，探索触觉操作的方法与技巧，以及引进学习欧美调律验证技术形成的技术优势，出色完成大量调修项目的主要业绩。与会代表眼观耳听，频频点头，对中国盲人调律师的精彩表现报以热烈的掌声。

飞扬的颂歌

2013年9月2日，新学期开学的第一天正是秋高气爽的好时节，位于北京市海淀区昆玉河畔的北京市盲人学校，迎来了一位尊贵的客人，她就是中共中央政治局委员、国务院副总理刘延东。上午 10 时许，她来到钢琴调律班教室看望师生。

早已功成名就并光荣退休的李任炜，还跟以往一样站在三尺讲台上，一丝不苟地给六名学生讲授“卧式钢琴中音区调律”的理论课。刘延东兴致勃勃地听了一会儿，又听了李任炜对钢琴调律专业成就与前景的介绍，得知从这里走出的 170 名盲人调律师如今都已成为行业骨干，每月收入稳定在 4000 元至 10000 元，十分高兴，笑着对李任炜说：“我替这些学生感谢你啊！你刻苦钻研，创办了钢琴调律这个专业，为盲人青少年走向社会、走出精彩人生提供了更多途径。”

是啊，李任炜，你就是奠基石，就是开拓者，就是里程碑，是在荆棘丛中艰难跋涉、为盲人群体开天辟地、任劳任怨的拓荒牛！

啊！开拓者！一个多么朴实，又多么崇高的称谓！这些年来，不论你头上有多少桂冠与光环，拥有多少荣誉称号，在“开拓者”这三个金光闪闪的大字面前，它们都显得无足轻重了！

你笑了，笑得灿烂、开怀，笑得响亮，也笑得清澈！你的耳边响起钢琴的协奏曲，那是你一手谱写的慷慨激昂的乐章，是在明亮的教室里，在湛蓝的天空下，在你一手打造的王国里，奏响的激昂清越的奋进的旋律！这钢的琴，这华美的协奏曲，在你和你的学生面前，打开了一个明亮而多彩的世界！

在你身上，那种不屈不挠的奋斗精神，那种为群体谋生存、谋发展的开拓精神，那种为站上事业高峰、矢志不移的攀登精神，不也是一首鼓舞后来人追求梦想的开拓者之歌吗？

注：本文荣获2015年中国爱盲互联网和《踏浪》电子杂志举办的“特殊教育那些事”征文大赛二等奖。

女人花

成功的花儿，
人们只惊羡它现时的明艳！
当初它的芽儿，
浸透了奋斗的泪水，
洒遍了牺牲的血雨。

——题记

2005 年 4 月的广州，舞台上灯光亮起，一袭大红晚礼服的晏慧，在引导员的帮助下，走到舞台中央，在灯光的照射下，犹如一朵盛开的木棉花，鲜红似火，绽放着生命的光彩。她轻轻地握住麦克风，音乐响起，她展开歌喉，一曲《中国圆舞曲》征服全场，毫无悬念地获得了首届盲人歌手大赛美声组的冠军。在欢呼与喝彩声里，晏慧百感交集，幕幕往事和着泪水一起涌出，酸甜苦辣咸，五味俱全。

一、天地间走来了小小的我

晏慧来自海边城市大连，命运对她极为不公，她上面有三个姐姐，一个比一个健康活泼，但在1972年那个春天，她带着清脆的哭声来到这个花团锦簇的世界不久后，却先后被检查出双眼先天性白内障、眼球震颤和弱视，这将注定她的人生之路要比三个姐姐和其他同龄人坎坷艰难，需要她加倍的努力和付出。

小时候的晏慧，根本不清楚自己视力与生俱来不好的情况，不知道自己就是安徒生童话故事里的一只“丑小鸭”，照样跟小朋友们疯玩，经常跑着跑着就被撞得鼻青脸肿，摔得手肘膝盖血迹斑斑，父母见了不忍心责怪她，只有在帮女儿拭去眼泪的同时，悄悄抹去自己眼角的泪痕。

要上学了，晏慧欢天喜地地背着新书包走进教室，可她即使坐在第一排也看不清黑板上的字。鼻梁上900度的远视镜，也没起到一丁点儿的作用，酒瓶底样的镜片，沉重地压迫鼻翼，常常惹得她心烦意乱，只得老用手去往上托一托镜框，这成了她打小养成的习惯动作，让人看了心疼。一直到现在，她的梦里偶尔还会出现小时候因找不到黑板，看不见黑板上的字儿伤心落泪、揪心无助的场景，这成了她难以摆脱的一个心理阴影。

“那你当时是怎样读书、写字和考试答卷的呢?”后来每个采访她的记者，都会这样好奇地发问。

“我是酒瓶底镜片加放大镜，个别好心的同学也为我读题目、抄笔记，老师则把我安排在第一排的前面，几乎跟讲台并列。但绝大多数同学都不愿跟我玩，而是远远地看着我左手拿着放大镜、右手写作业的样子，仿佛这是多么可笑的一个特写镜头，惹得他们指指点点，不愿靠近我。孤独的我，就把别人玩的时间都用在了学习上，结果我考试的成绩一直很好，我找到了一点点心理平衡，从而懂得，虽然自己眼睛不好，只要更努力，就会跟别人一样出成绩，一样优秀，甚至更好。”

到了初中，又一个事件给晏慧造成了刻骨铭心的心理阴影，让她至今感觉挥之不去，并从反面激励她在歌唱事业上永不懈怠，即使摔倒 100 次，也要 101 次站起，即使被漫天的冬雪侵袭，也要像红梅一样傲雪绽放。

事情是这样的：也许是孤独的心情需要宣泄，也许是寂寞的灵魂更容易亲近天籁般的音符，晏慧从小就喜欢唱歌，稚嫩的歌声曾带着几分忧伤与几分渴望，打动了无数师生。然而无论她怎样恳求，学校合唱团的大门却始终不愿对她开启，把她和她对歌唱的热恋与希望隔在了门外，唯一的理由，还是她视力不好，生活中多有不便。

像一只受伤却依然要飞向天空的小鸟，晏慧性格中倔强的一面悄悄地显现。“不让我唱，我偏要唱，还要唱得更好。”晏慧这样对自己说，也这样努力去做，俗话不是说嘛，不蒸馒头，还要争口气呢。

机会终于来了，初二那年，学校举办声乐大赛，经过精心准备与反复练习，晏慧迈着自信的脚步走上了赛场，“天地间走来了小小的我……”她一开口，现场顿时鸦雀无声，安静得如月夜的草原，唯有她的歌声在回荡。“我是山间一滴水，也有生命的浪波；我是地上一棵小草，也有生命的绿色。啊，小小的我，小小的我，投入激流就是大河；小小的我，小小的我，拥抱大地就是春之歌！”

这虽是苏红的原唱歌曲《小小的我》，但此时此刻从晏慧心中流出，又何尝不是在唱她自己呢？她动情的歌唱不仅打动了现场的观众，也感动了评委，她夺得了人生第一个声乐比赛一等奖。领奖台上的晏慧，羞涩的笑脸犹如初绽的蓓蕾般惹人怜爱。而她心里，也坚定了今后走歌唱之路的决心和信心，她要把动听的歌声唱给亲人和朋友，唱给所有关心她成长的人们。

二、敢问路在何方

初中毕业，一个选择摆在晏慧面前。她想去读师范，将来当一名她喜爱的音乐或英语老师，那也是她和许多女生玫瑰色的梦想。父母却担心女儿的视障问题，即使师范毕业，也没哪个学校肯要她，怕她梦想破灭后更加痛苦，毕竟希望越大，失望后承受的打击也越大。不得已，晏慧只能依照父母的安排上了大连钢厂技工学校，因为凭借父母多年做钢厂职工的人脉与情面，她毕业后的饭碗还是不成问题的。

技校毕业，晏慧被分配在钢厂实验室，这已是对她莫大的照顾了。因为比起其他工种，实验室干净、轻松，是新职工都梦寐以求的好岗位。但晏慧却很不适应，她即使拿着放大镜，对化验仪器上的刻度和数字也难看个清楚明白，还有，检验钢材钢丝的强度硬度到极限时，钢材钢丝会断裂反弹，一不留神就会绷伤检验员。晏慧初出校门，年轻而漂亮，粉嫩的俏脸如三月春风吹开的一朵桃花，几滴春雨就会打落花瓣，何况这些不知怜香惜玉的钢材！师傅们哪敢贸然让晏慧上操作台呢。

看着师傅们忙忙碌碌，自己却只能跟在他们屁股后头打打下手，不甘心的同时，她又感到无可奈何。

偶尔有师傅故意板着脸对她说："站一边去，也不嫌碍手碍脚啊。"晏慧虽明白师傅是在呵护她，可还是感到委屈，泪水克制不住地涌上来，又不愿让人看见，只好一转身强忍着吞进肚里。而这咸咸的泪水却浇不灭心中烦闷的心绪。"难道就这样浑浑噩噩地虚度光阴，白白浪费金色的青春年华?"回家倒在床上，晏慧问了自己100遍，1000遍，答案却依然在天尽头，看不见也摸不着。夜不能寐时，她拧开了小小半导体收音机，这是她少女时代唯一的知心朋友。那首给她带来光彩与自信的《小小的我》，就是她听着半导体收音机学会的。今晚，这善解人意的"知心朋友"再度给她带来撬开希望之门的好消息——大专自考开始报名了，且有她喜欢的英语专业。她眼前仿佛看到了希望之光，当即翻身起床，拟定了报考学习计划。

目标渺茫时，人就会萎顿，再年轻的心也会苍老。而一旦选定奋斗目标，浑身就会散发活力和冲天干劲，就会激情洋溢而魅力四射。此时的晏慧就是后者。再上班时，她让师傅们眼前一亮，感觉她跟前一天判若两人。晏慧也不管别人投来的惊奇目光，手头的事情做好后，就安安静静地看她的自考辅导书，悄悄默记英语单词，琢磨阅读与理解题，一时不理解的难点，也不做笔记，只是牢牢地记在心里，下班随便扒拉几口饭，就匆匆去夜大求教。老师、同学谁能释疑解惑她就找谁。她的好学与刻苦、她不愿自暴自弃的自强精神，让老师和同学们为之动容，大家都乐意帮助她这个编外学员，这让她第一次感受到大家庭的温暖。有了知识的滋养与友爱的阳光，她如沐春风，心情舒爽。

然而，走进自考考场，拿起考卷，晏慧却高兴不起来了。那时的考卷，很少使用答题卡，填空题也很少，多的是阅读与理解题。她拿起放大镜，光看阅读题就很费事。别人眼睛一扫就是一行，她却只能像探测地雷一样，小心翼翼地一个字一个字地“过目”，生怕漏掉一个字，曲解了题意。答题的时候，她左手一分为二，三根手指抓牢放大镜，两根手指要摁住考卷，右手书写，就像在显微镜下工作的实验员，其速度比蜗牛爬行还要慢。监考老师见了她这副模样，都好奇地走来观看，也为她的执着与不屈所感动，知道她答题速度不是一般的慢，结束收卷时，都是先不慌不忙地把其余考生的卷子一一收完，然后也不催她，总要延长几分钟，尽量让她多写上几行字。就是这短短的几分钟让敏感的晏慧接收到了善意的信号，让她感受到了人性本善的温暖，也更激发出她自考的热情和动力。结果仅仅两年多，英语大专九门功课，她全部都是一次通过，分数都在八九十分上下，顺利拿到了专科毕业证。

按照当时的政策规定，职工拿到大专或本科证书，是可以找单位上调相应工资待遇的。可是，当她兴冲冲去找人事科时，却被告知她已经被列入首批下岗人员名单，理由自然是她的视障问题。这消息即使不说是晴天霹雳，也是一瓢冷水，把她从头到脚浇得透心凉。

一头是沉甸甸的八年工龄，一头是一万元工龄买断费，失衡的天平犹如倾斜欲倒的大厦，随时便能压垮她柔弱的身躯。

其实，钢厂很大，有专业的宣传队、合唱团等，凭晏慧的唱功，去合唱团领唱也没问题。然而，她虽多次递交申请，却总是被人拒之门外。但晏慧并没有屈服于命运的摆布，即便是一次次被拒绝，晏慧还是大声唱出来一句：敢问路在何方，路在脚下！

三、女人如花红尘扰

如同人生一样，歌里有欢喜也有眼泪，有掌声也有伤痛。一路走来，晏慧对付厄运的唯一法宝，就是躲在没人的地方放声歌唱。那年月，内地还没有星探一说，但晏慧美妙的歌喉，还是被朋友和有心人发现，有人推荐她去夜总会当歌手。

起初晏慧对此顾虑重重，怕被人误解，让人瞧不起。毕竟舞女和歌女在国人心中有太多的想象空间，均与“桃色”、“八卦”相关。当时，迫于生计，赚钱养活自己是当务之急，更重要的是，她太需要一方舞台证明自己了。思量再三，外柔内刚的晏慧，迈着轻盈而又坚定的步伐，走上了夜总会的歌唱舞台，让吃不到葡萄的“长舌妇”们，去流着涎水说葡萄酸吧。后来，当她得知一些著名歌星，比如唱《快乐老家》的陈明，唱《大哥你好吗》的甘萍等人，在成名前都是先走红歌厅夜总会的，就更加坚定了自己的选择。

那些年，随着改革开放，邓丽君、苏瑞、梅艳芳等港台歌星的歌先后风靡大陆，《亲爱的小孩》、《写不完的爱》、《蓝蓝的夜蓝蓝的梦》、《爱的箴言》等，都成了晏慧在夜总会的保留节目，久唱不衰。

台上的晏慧，皮肤白嫩，秀发高高盘在头顶，典雅端庄，如出水的芙蓉，清纯而俏丽，歌声更是婉转动听、饱含激情，引得台下掌声、喝彩声不断。因她台风正，从来不靠抛媚眼、扭捏作态迎合观众，一扫夜总会低俗之风，被誉为青春偶像加实力派唱将。尤其当她唱起梅艳芳红遍内地的新歌《女人花》的时候，众人一边和着节拍鼓掌，一边异口同声地高声喊着“女人花，女人花……”在他们眼里，忘情歌唱的晏慧，就是盛开在舞台上的女人花，娇美而有风骨，神圣不可侵犯。她那微微有些震颤的眼球，眼波一转，更是给人扑朔迷离、莫测高深的感觉。然而，谁也没有料到，想要侵犯她的坏家伙，早已躲在暗处伺机而动了。

一个仲夏之夜，照例在夜总会唱歌到零点下班的晏慧，登上有轨电车就觉得很不对劲，隐隐约约发现有人跟踪似的，心跳便不自觉地加快了。下了有轨电车，还要走一段路才能转车，而这段路偏偏没有路灯。略带腥味的海风，携着雨点打在晏慧撑起的伞顶，打在各种各样的房顶和路面上，发出奇怪的声响，阴森而恐怖。没等到她顾上害怕，一块砖头“啪”地拍在了伞顶，伞骨立时散架，一只罪恶的大手抓牢了她右肩的挎包，原来是劫匪，是劫财的。倒在地上的晏慧，惊恐失声地大叫：“救命，救命啊！”恐惧的尖叫声陡然在静谧的夜空响起，比猫头鹰的叫声更加凄厉，附近的人家，有的亮起了电灯。或许还想劫色的坏蛋，包包得手后再也不敢恋战，快速逃离了。直到这时，从地上爬起来的晏慧才感觉额头左边钻心的疼痛，用手一摸，都是黏糊糊的血，越发头晕眼花起来。晏慧镇定了一下，踉踉跄跄找到附近一家歌厅，正要下班的几个相熟的乐手，见状直接把她送进了医院，然后才通知她的家人。缝了两针、心力交瘁、精疲力竭的晏慧却不敢闭眼，不敢睡觉，仿佛一闭眼，刚刚发生的那场噩梦就会重新袭来。

其实，晏慧的包包里并没几个钱，只是那包包太金贵太漂亮，是她姐姐从国外带回来送她的礼物，夜里也亮闪闪的抓人眼球，因而惹祸上身，遭此一劫。让晏慧事后稍稍欣慰的是医生缝合技术非常好，额角没留下一丝疤痕，总算去了破相之忧。

四、相思风雨中

噩梦醒来依然是早晨的阳光，经历了这次意外之险，内心坚强的晏慧没有被吓破胆、一直闭门不出，她调整好心态，重新站上了夜总会舞台。乐队的伙伴们，也早就习惯了她“女一号”的歌手地位，只是此后再下夜班，他们便主动担任起护花使者的责任，确保她安全到家。

晏慧赚了些钱，除了必要的演出行头与装备，都交了学费。这期间，她夜里唱歌，白天就去大连外国语学院跟班学英语本科课程，她要继续靠自考拿到英语本科毕业证。她不想仅仅当别人眼中的女人花，更不想当花瓶，她要在歌唱之外，同样证明自己的实力，证明视障者同样可以靠实力拿到本科乃至更高的学历，证明她的人生价值。

晏慧的好学上进，再加上对生活的热爱，对音乐的执着追求，被一个成熟男人的目光尽收眼底，一颗爱的种子悄悄在两个人心里发芽了。那是晏慧青春岁月中一段美好的时光，稍有闲暇，他们便一起唱歌听歌，一起去海滩拾贝壳、下海冲浪，一起梦想着爱情开花结果，一起憧憬幸福的未来……

谁见了志同道合的他们，都说男的帅，女的俏，如一对神仙眷侣，跟《神雕侠侣》里的杨过和小龙女一样般配。然而，当他们的恋情曝光后，男方父母却强烈反对，理由自然是担心遗传，担心他们的孙辈也会出现先天视障，这是两位老人无论如何也不能接受的。他们使出了棒打鸳鸯的杀手锏，让儿子在父母和女友中做选择题，而且是单项选择，必须二选一，如果儿子选了女友，他们就跟儿子脱离关系。

恋爱之后，晏慧少女的心，有过多少绚丽多彩的梦啊！她愿意做个好妻子，为勤于创作的夫君红袖添香，每天做可口的饭菜等待爱人品尝，只要他说声“好吃”，那就是对她最高的奖赏。如果爱人不乐意，她会义无反顾离开夜总会，她相信自己靠做英语课外辅导老师，一样能挣钱养活自己。她甚至还曾想，将来有了小宝贝，自己从小就可以对孩子进行双语教育，让家庭变成英语学习的最好课堂。但她做梦也没想到，爱情的蓓蕾尚未完全开放，就遭受到比西伯利亚寒潮更为狂野的暴风摧残。可是，爱一个人，不是为了占有，而是要让对方幸福，这是晏慧的爱情观。她明白，只有自己主动退出，才能弥合对方家庭的裂缝。于是，她无限悲情地选择转身，与她的初恋无声地告别，再次把泪水吞进肚子。这杯失恋的苦酒，她唯有“举杯邀明月”，和着清冷的月光默默品尝，而留在心里的是再也抹不去的苦痛阴影。

疯狂地唱歌、疯狂地学英语是晏慧埋葬痛苦的两把铁锹，她要像林黛玉葬花一样，一锹一锹亲手埋葬零落成泥的爱情花瓣。失眠怕什么，正好秉烛夜读；嗓子嘶哑了，养好了再唱。那些天，父母不忍看她，朋友不愿瞧她，只因原本就瘦弱的她，越发显得弱不禁风，瘦得脱了人形，大家都担心她一旦倒下，就再也站不起来了。

然而，他们都看错了，柔弱的晏慧却有颗坚强的心，她硬是在坍塌的情感废墟上勇敢地站了起来，不仅在英语本科自考中做出了令人满意的答卷，在人生的考场上交出的卷子同样令人满意。拿到英语本科毕业证后，晏慧马不停蹄地又向法学本科学历吹响了冲锋号。

那时，她加入了大连残疾人艺术团，有幸被安排做街道残疾人专职委员，有了一份还算稳定的工作。得知东北财经大学与大连市残疾人联合会有个远程教育的联合项目，残疾人可以通过网络接受法学本科教育，她当即买来电脑，900度的眼镜片换成了2000度的，顶得上一个大大的放大镜。只是看电脑屏幕时间稍长，她就会感到头晕眼花，什么也看不见了。毕竟这样厚重的镜片，强烈的阳光通过它的聚焦都能点燃纸屑。

晏慧学英语、学法律，都没有明确的实用目的，只要有机会学习，充实知识储备，提高自身文化修养，她就一头扑进去，跟拼命三郎似的啃教材并淡定自如地进考场。结果不到两年工夫，她这个考场达人，又通过了法学十几门科目的考试，拿到了一张“东财”本科文凭。

五、掌声响起来

工作、学习、考文凭，晏慧从来没有这样舒心畅快。走在熟悉的大连街头，沐浴着吹面不寒的杨柳风，感受阵阵海风带来的夏日清凉，她心中的阴霾渐渐如浮云般散去，一场大连市残疾人联合会和大连市残疾人艺术团为她张罗的“个唱”已经万事俱备，等待着她登台亮相，真是人逢喜事精神爽啊！

那是2009年6月的一天，下午6时许，在辽宁师范大学音乐厅，晏慧登上了属于自己的演唱会舞台。掌声响起，她虽然看不到台下观众的表情，但她可以听到大家的赞许声。37岁的晏慧从小就有一个梦想：用歌声告诉人们，没有什么困难能阻挡自己对梦想的追逐。她用20多年的坚持，实现了自己的这个梦想。

“两年前，我就想开演唱会了，可是去年一年活动特别多，所以拖到现在。确定下来要开演唱会了，我就天天来艺术团排练。不管天多冷，有时候下班了，到这里时已是七八点钟，我就自己在里面练一个小时。看门的大爷都认识我了，我一来马上帮我开门。”晏慧的家在太原街，而排练厅则在中南路上，路很远，走这段路对于一个盲人来说更是困难重重，但是晏慧从来没有偷过懒，一直坚持了一年。“最冷的时候，我就裹着大棉袄在这里唱。家里不能练，会影响到邻居。唯一觉得对不住的就是父母，天天回家那么晚让他们担心。”晏慧如是说。

演唱会临近时，残疾人电声乐队的朋友们来和晏慧一起排练，排练厅里热闹起来。这次演唱会上晏慧将演唱 16 首歌曲，其中包括民族、美声、通俗，还有英文歌曲。艺术团团长程超告诉专程赶来采访的记者：“这是大连市第一次为一位盲人举办个人演唱会，对她的演唱功力也是一种挑战。”

对于晏慧来说，这次机会来之不易，这是她多年的梦想，她真心地感谢大连市残疾人联合会，同时也感谢提供赞助的大连昌喜钢铁有限公司，这份感谢是发自内心的，是十分真诚的。

“我早就想搞这样一场晚会，不为别的，只是想告诉大家，我们残疾人可以做得很好，你们只要努力也没有什么跨越不了的坎儿。”说到这儿，记者看到了晏慧眼中有泪光闪动，里面除了有激动、喜悦，更多的是普通人无法体味的人生况味。

回想当初，在姐姐们都毕业工作了之后，家里条件好了些，晏慧就开始学唱歌，一开始姐姐带她去找老师，人家都不收。后来，市群众艺术馆的于翠卿老师收下了她。1990年，晏慧又有幸结识了钟淑芬，在钟老师的指点下继续学习声乐。

“走过很多弯路，有一阵儿我不能唱歌了，一唱歌嗓子就哑。父母都不支持我，觉得我不适合唱歌，就连老师和夜总会的乐队朋友也劝我别唱了，要我改行练习打架子鼓，加入他们乐队的行列。但我还是坚持要唱歌，我相信自己能唱好。”

2002 年，晏慧再次拜师，这次的老师比她的年龄还要小。但人家是音乐学院科班毕业，曾在专业艺术团演出，有一定的舞台与教学经验。晏慧就虚心求教，甘当小学生，一直跟她学了五六年，演唱水平有了明显的提高，在广州拿到的一等奖，就是这几年的学习成果。

这一次，大连广播电视中心的杨静老师又给了她很大的帮助，教她发音、拓宽音域、练习表演，为她顺利登上“个唱”舞台，挥洒自如地完成 16 首各种风格的高难度歌曲，奠定了坚实的基础。

舞台上，晏慧情绪饱满，笑容甜美，眸子闪闪发亮。这是杨静老师苦心训练出来的结果。原本她的眼睛根本盯不住东西，看什么都颤、都跑，老师训练她科学练眼并进行表情训练，告诉她即使看不见，也要像看得见那样送出目光，不许露出盲人那种茫然呆滞的眼神和表情。说也奇怪，练习之后，认识的人都说，她越来越美了，眸子越来越亮，眼睛也大了。她自己也感到看东西能坚持盯住一会儿，能控制住眼球震颤了，甚至视力都有所提高！若深究起来，其间还有个不为人知的小秘密。

事情是这样的：演唱会之前，晏慧有一次路过一家佛教用品店，好奇地进去看看，发现有一张图，白纸上画着一圈一圈的藏文符号，中间是一双眼睛，两眉正中还有一只眼睛，这就是佛家所谓的第三只眼。晏慧问明是免费送人训练眼神用的，便拿了一张回家。从此，晏慧每天起床后的第一件事，就是对着这张图，先顺时针，而后逆时针由外圈看到内圈，最后盯住最中间的第三只眼，不眨眼地持续注视，直看到泪水模糊了眼睛为止。连她自己也没想到，她没打针，也没吃药，眼球震颤就这样在三年的坚持中被有效控制了。

演唱会取得了巨大的成功，面对观众的鲜花与掌声，晏慧再也无法抑制心中的喜悦，一任热泪滚滚，说出了自己的肺腑之言："我的眼前总是像蒙着一块黑布，我想撕开它，告别那种压抑的沉闷。是音乐帮我打开了另一扇窗，让我快乐、自信，对未来充满憧憬。"站在舞台上，晏慧感谢家人、感谢所有支持和帮助过她的人，其实她更该感谢的是自己，是她用坚持和坚强，给了自己新的生活和希望。

六、只不过是从头再来

演唱会的成功让晏慧在大连一举成名。电视里有她的镜头和演唱的歌声，日报、晚报上整版都是关于她的报道，还在显著位置配发她的演出照。再次走上熟悉的街头，晏慧总是被许多人认出，他们亲热地跟她攀谈，她成了大街小巷家喻户晓的大明星。大连市音乐家协会也接收她成为会员，她得到了专家们的认可。

在这一片赞扬声中，晏慧没有被胜利冲昏头脑，她清醒地意识到，自己的演艺之路要想走得更远，就必须拜名师，必须进高等音乐学府进修，提高音乐理论素养，而这一切需求，在大连已经不能得到满足。她把目光瞄准了北京，瞄准了中央音乐学院。而这就意味着她必须辞去稳定的工作，告别温暖的家庭生活，成为一只北飞的孤雁，加入“北漂”大军。等待她的，是四个字：前途莫测！

“瞎胡闹，出点小名就不知自己有几斤几两了啊！”这是老父亲得知女儿要去闯北京时的第一反应。但深思熟虑后，父亲还是改变了态度，由开始的担心反对转而变成赞成和支持。因为他毕竟是开明的老人，当初晏慧去夜总会唱歌时，他也没强烈反对，而是对女儿说：“小慧，别人不能养活你一辈子，爸相信你是六月荷花，出淤泥而不染。”

“妹妹，在大连遇上难处，有我们三个姐姐，还有你的老同学、老朋友们，大家伸把手，再大的坎也能过去，何必要去那人生地不熟的北京自讨苦吃，到时候哭都找不到地方。”这是三个姐姐苦口婆心的劝解，手足之情溢于言表。

“让她疯去，要不了一个月，她就会哭着鼻子跑回家的。”母亲就是抱着这样的心态，于2011年春节后，亲自把晏慧送到了北京，也没额外给她多留下一块钱，根本没指望她在北京能扎下根来。

从大连来北京的路上，晏慧反复听着刘欢老师的《从头再来》：昨天所有的荣誉，已变成遥远的回忆，辛辛苦苦已度过半生，今夜重又走进风雨，我不能随波浮沉。为了我至爱的亲人，再苦再难也要坚强，只为那些期待眼神，心若在梦就在，天地之间还有真爱，看成败人生豪迈，只不过是从头再来……

为了省钱，在二环外北京联合大学附近，晏慧找到了一间合租房，八九平米的空间，地铺上已经并排放着四个铺盖卷，几个人凌乱的行李物什，简直让走进来的晏慧没处下脚。一张不大的三人沙发，躺上去连腿也伸不直，便成了晏慧此后一年多的床。放下行李，晏慧逃也似的出了门，直接摸到了中央音乐学院。她早有准备，是冲着原国家歌剧舞剧院歌剧团业务副团长、国家一级演员、退下来后在这里的继续教育进修班当老师的孔德成老师去的。但孔老师名气大，收学生很挑剔，每届才只有八九个幸运儿能拜在他的门下。即使找来各种关系，没潜力的歌手也只能望洋兴叹，入不了他的法眼。

没有关系、也不敢说有实力入孔老师法眼的晏慧，正如她的名字一样，有一个智慧的大脑，她来了个曲线救国。她先找到继续教育学院院长，诚实地说明自己是一名视障歌手，是专程来进修班拜孔德成教授为师的，希望院长成全。院长被晏慧的诚心和志气打动，从中做了协调；经孔老师亲自面试，晏慧终于如愿以偿，成为孔老师第一个也是唯一一位视障弟子。

进修班学制两年，却跟正规的音乐学院本科班课程设置一样，有音乐史、和声等十多门理论课。晏慧每天早上六点半就要出门，先坐两站公交，转五号线地铁，出站后走三五分钟，再转二号线地铁，匆匆忙忙走进教室，已经基本到了八点的上课时间，动作稍微慢点，连早饭也顾不上吃。特别是刚来那阵子，路线车次不熟，她怕搭错车，总是反复找人问路问车，很多北京人挺热情，一般都会帮她找到要乘坐的车。但也有人瞧她一点不像看不见的样子，对她就没好气了。因为这时晏慧的酒瓶底镜片早就改成隐形眼镜了，从外表看，确实看不出她是盲人。就这样千小心、万留神，晏慧偶尔还是会搭错车。直到最近，有一次她还把 59 路车当成了 66 路车，车子一拐弯，已经熟悉北京方位的她才发现搭错车了，赶紧下车走回原处。而初到北京时人生地不熟，那种搭错车的懊恼与焦心，真的就跟来北京前姐姐们说的一样，哭都找不到地方，泪水依旧只能流进肚子。

看教材、做笔记，对晏慧来说还是一成不变的艰难，她常常跟不上老师讲课的进度，只能笨鸟先飞，多花时间预习。别人吃中饭、午休时，她就去食堂拿两个馒头直接回教室，一分钟也不敢耽搁，毕竟每学期还要一万元学费，两年就是四万，这都是她先前省吃俭用积攒下来的血汗钱啊。到了晚上，学院里有各种各样的专业讲座，她也不愿错过，因为机会太难得了。等到走出校门回家，往往都是九点钟之后的事了，回家之后她还要加班加点整理笔记，待到零点之后躺上床，她感觉浑身骨头都要散架了。唯一的好处就是，先前在大连的失眠症不治而愈了，早上闹钟不响，她根本睡不醒。

七、中国圆舞曲

晏慧的主攻方向是花腔女高音，它是指美声唱法中具有花腔技巧的女高音，换言之，就是主要在高音区的炫技演唱，难度非常大。特点是音域比一般女高音还要高，声音轻巧灵活、色彩丰富，性质与长笛相似，擅于演唱快速的音阶、顿音和装饰性的华丽曲调，用以表现欢乐的、热烈的情绪或抒发胸中的理想，这是晏慧对自身潜力的又一次挑战。

第一堂声乐课上，孔老师强调，每一个学生，不论之前在地方上多么有名气，一律要放下歌手的身段，把自己变成一张白纸，返璞归真，从零开始。这话说起来容易，但做起来却很难。

这届学员总共一百来人，其中确有不少学员跟晏慧一样，是各地小有名气的歌手，有的还是艺术团的专业演员，他们来这里进修，不过是想镀镀金，让他们脱胎换骨地从头学起，谈何容易。有些吃不了苦、改变不了自己的学员，只好半途而废，悄悄卷铺盖走人。

一学期、两学期，晏慧过往腔调中的一些坏毛病总是张口就来，想扔也扔不掉，这一度让她十分苦恼，她怕自己不是唱花腔女高音的料，也曾萌生退意。

“是孔老师的耐心、不弃以及他的热情施教、一丝不苟的教学坚定了我的信心，我才咬着牙坚持了下来。再上声乐课时，孔老师知道我看不见，就主动让我用手去摸他的发音部位，感受他胸腔的震动。”晏慧还买来一台小小的摄像机，把老师讲课的课件幻灯片等偷偷拍摄下来，回去反复观看学习。这样，到第三个学期结束，她才真正改变了自己，取得了真经。

孔老师还告诉学生，花腔女高音的唱段多半是西方歌剧的经典选段，要想唱好，就必须了解西方歌剧史以及作者的生平和创作背景，悟透作品的文化内涵，而不仅仅是鹦鹉学舌般地模仿。只有对作品本身理解深刻，才能唱出自己的风格，你的歌声才是从自己心底流出的，才能打动听众。晏慧把这些话牢牢地记在了心里，用以指导自己的演唱实践，感觉受益匪浅。再唱《中国圆舞曲》和一些歌剧选段时，孔老师对她给予的评价是：音域宽广、音色纯美、花腔俏丽、处理细腻感人。

由此，晏慧的演唱水平突飞猛进，有了显著的提升，先后斩获2013年“追梦杯”第四届全国盲人歌手大赛美声组一等奖、2013年第八届全国残疾人文艺汇演声乐组金奖。后面的这个金奖，让她从盲人声乐圈突围，站上了一个新台阶，其含金量比之前的几个一等奖都要高出许多。但与这些沉甸甸的获奖证书相比，晏慧自己却更在意那场国家大剧院的助兴演出，那是她华丽转身后一次精彩的亮相。

2011年，中国残疾人联合会举办全国残疾人网络V歌大赛，晏慧精心录制了雷佳首唱的《芦花》，一经挂上中国残疾人联合会的网站，便收获如潮点赞，顺利进入前十名。

在北京京西宾馆颁奖晚会上，晏慧被雷佳的助手看中，她是特意前来为总政歌舞团歌唱家、国家一级演员雷佳的“复兴之歌”——雷佳国家大剧院独唱音乐会挑选助演歌手的。

10 月 15 日，正巧是国际盲人节，雷佳独唱音乐会如期举行，前来助演的歌手，除了名不见经传的晏慧，都是戴玉强、王宏伟等一线著名歌唱家，就连台下的观众里，艺术家和国家一级演员也是数不胜数，真是盛况空前。

“头天晚上，我就激动得难以入眠。那毕竟是超一流的国家音乐殿堂，是多少音乐人和歌手梦寐以求而无缘登上的大舞台。但当我站上那个舞台的时候，心里反而镇定下来，一点也不紧张。因为雷佳为我选定的《报答》这首歌，我太熟悉，太喜爱了，一张口，歌声就如泉水，自然而然地流了出来：祖国，母亲，家乡父老，我的兄弟姐妹……是你给我幸福，铺开春光明媚；是你给我理想，让人神往心醉……”

许多关注晏慧的亲朋好友，在电视上看到国家大剧院舞台上的晏慧，一身红色晚礼服，发辫高高盘在头顶，这是她在重要演出时偏爱的造型，显得典雅高贵、庄重大方。

一曲唱罢，雷佳上台祝贺演唱成功，并与晏慧深情拥抱，两人双双流出激动的泪水。镜头摇向台下，只见老歌唱家李双江也在双眼垂泪，眼睛却放出了光彩。

八、感恩的心

漂在北京的晏慧，腰包里只有出的，没有进的，她又脸皮薄，不肯找父母亲朋开口，只能尽量克扣自己的生活费，可是渐渐地她还是难以支撑下去，用“孤苦无依”来形容那时的晏慧一点也不夸张。中国盲人协会的领导获悉她的窘况，主动联络她，让她有时间就去中国盲人协会打半天工，以补贴她的生活费。晏慧非常珍惜这个工作机会，也感激这份大家对她的关爱，工作十分认真负责；加之她有本科双学历，又有基层残疾人委员工作经历，经领导考核通过，她于2012年正式就职于中国盲人协会，得到一份稳定又满意的工作，担任中国盲人协会声乐指导，负责各类文体活动的策划与组织实施。她先后出任中国盲人协会下辖三个专门委员会的副秘书长，工作之繁琐可想而知，加班加点也就成了她的家常便饭。但无论多忙多累，晚上她都会留在空无一人的办公室练歌一小时，雷打不动。

为了方便工作，晏慧在靠近单位的小区重新租房，改装隔出的小房间只有六七平方米，里面放置一床、一桌、一椅就难转身了，访客来了也只能挤在床上，是真正的“蜗居”。但晏慧却很满足，她开心地说：“还有个小阳台呢，能放点杂物，光线也比较好。最主要的是上班步行只需20分钟，早晚上下班不用再跟打仗一样，紧张地去追公交、挤地铁了。”

晏慧上岗不久，恰逢中国盲人协会要举办第二届全国盲人诗歌散文朗诵大赛，策划组织工作自然就落在首届诗文朗诵大赛冠军的她的头上。

话还要从 2008 年说起，那一年，首届全国盲人诗歌散文朗诵大赛就在大连举行总决赛，之前从未接触过朗诵的晏慧根本没打算参赛。但她所在的残疾人朗诵学会的老师关晓文，安排晏慧与曲亮合作一首男女生对诵的散文——《盲人的太阳》，让他们一起登台参赛。开始时晏慧朗诵起来根本找不到感觉，她连连摇头摆手，表示作罢，怕坏了人家夺奖的好事。关老师却有独到的眼光，认定晏慧在朗诵方面同样有潜力，便悉心指导、耐心示范，硬是把一个朗诵新手带上了总决赛赛场，并一举夺得总分第一名的好成绩。晏慧自己都不敢相信，一等奖证书上居然写上了自己的名字。从此，晏慧在唱歌之外，也爱上了朗诵，并从盲人圈突围，在中央人民广播电台举办的第二届“夏青杯”朗诵大赛上，取得优秀奖的好成绩。2014 年中国盲人协会创办“中盲之声”音频节目，她就是三大女主播之一。她跟男主播共同主持，介绍福建省盲人协会主席王永澄事迹的节目，还在中央人民广播电台播出了，越来越多的人喜欢上了她的声音。而她精心策划组织的第二届全国盲人诗歌散文朗诵大赛，也取得了圆满成功，得到专家评委、著名播音艺术家葛兰、中国盲人协会领导和参赛选手的一致肯定。

作为盲人歌手，晏慧深知，喜欢唱歌的盲人很多，但苦于找不到合适的声乐老师，多半停留在自娱自乐的程度，想要提高演唱水平实在很难。担任中国盲人协会声乐指导后，她着手创办了中国盲人协会“音乐沙龙”，在北京的中国盲文图书馆开班授课，并亲自担任声乐老师。消息传出，首都盲人奔走相告、踊跃报名，原本设定第一期声乐学员 20 人，结果涌进多一倍人还不止。

晏慧每次来图书馆授课，除了集体讲解、示范，还要进行单个教练，一一指出毛病，直到人人过关，这就特别耗费时间。她常常上午 9 点钟开始授课，一直到中午一两点才能结束，连中午饭也顾不上吃。每一位学员都被她负责的态度与敬业的精神所感动，纷纷表示：不好好学，就对不住晏慧老师。

第一期声乐班结业，晏慧策划了一场汇报演出。节目是她一手为学员量身定制的，有独唱、男女生对唱、二重唱、小合唱和大合唱，力争使每个学员都有表现机会，极大地调动了大家的演唱热情。汇报演出非常成功，赢得观众的阵阵热烈掌声。晏慧自己也站在大合唱的队伍中间，跟学员们一起引吭高歌，让人不禁想起伟人那句咏梅诗：“待到山花烂漫时，她在丛中笑!”

九、女人如花花似梦

一路走来，晏慧的心里绽放出一朵朵美丽的小花，有喜悦，有感恩，有苦涩，有希望……晏慧还有个心愿，想在首都北京举办一场个人演唱会，简单预算一下，自筹资金至少要 20 万，这在今天虽算不上天文数字，但也是晏慧的个人财力不能承受的。她那小小的蜗居，加上水电卫生费，每月就要支出1500元；进修班结业后，每周继续请孔老师辅导一堂课收费要几百元，这还是因师生关系照顾给她打对折的优惠价；再加上生活费，以及添置几套时尚演出服，她每月都是入不敷出。不得已，她只好靠双休日去琴行打工教唱歌赚点辛苦钱才能勉强度日，哪有什么积蓄来实现个人演唱会的梦想呢？日忙夜忙，双休日也难得休息的晏慧，像个陀螺一样忙得团团转，但谁见了她，都说看不出她的真实年龄。年逾不惑的她，看上去顶多三十岁上下，依旧显得年轻漂亮，让人感觉，她就是一朵开不败的女人花。

年少时，她是一株路边的野百合，开花前被人视作不起眼的野草，肆意践踏；青年时，她是花中皇后月季，是大连人钟情的“月月红”，这或许也是她偏爱红色晚礼服的缘由吧；人到中年，她是高贵典雅、芳华依旧的君子兰，默默吐露芬芳。君不闻，花香里，有歌声远远传来：女人花，摇曳在红尘中；女人花随风轻轻摆动。若是你，闻过了花香浓，别问我，花儿是为谁红。爱过知情重，醉过知酒浓……女人如花花似梦……

2015年12月写于池州

校园传奇

我
是一个没有眼睛的人
常常冲着远方冥想
凭空制造了一座梦幻的大门
通往属于自己的海市
通往童话一般的五彩缤纷
可我却不会沉沦
永远不会
我知道

这是一位盲人朋友写的诗歌节选。诗为心声，这是他的，也是我的，我想也是富明慧的，还是所有盲人朋友的心声。是的，我们，用心去寻找光明！

时令已近中秋，窗外月华如水，照亮了我家书房整整一面的玻璃墙，静谧又温馨。清凉的风从窗子吹进来，安逸而舒适，正是与朋友聊天的好时光。

富明慧应约准时出现在我的 YY 采访专用房间——“大江东去”，我感觉他就像是踏着月色，越过千山万水，走进了我的书斋，落座在我对面。

一个是盲人，另一个也是盲人，却没有一点初次晤面的陌生感。尽管他是中山大学的固体力学教授、博士生导师，而我只是一位年长他几岁的伤残老兵，但访谈起来，我们一点也没隔行如隔山、秀才遇上兵的感觉，甚至连寒暄也觉得多余，便直接进入了采访主题。

一

访谈是从他的名字开始的。我说在我的周围、曾经的兵营、五湖四海的战友和朋友中，还没见过一个姓富的。他笑了笑，说自己是黑龙江富裕县人，满族，上有一个姐姐，下有一个弟一个妹，加上父亲，别说全县，仅他一家就有五个姓富的，六分之五，不少了呀！他的回答，态度温文尔雅，充满机智与幽默，我被逗乐了，忍不住笑出声来：隐约间记得清朝福建乾隆年间征西的一位大将是姓富的，是一家子么?

其实，1966年出生的富明慧，从小就是一只受伤的小鸟，鸟雀一样，天一黑就只能缩在巢穴里不敢出门，因为他那双大大的眼睛是人们俗称的“雀眼”，白天神采飞扬，夜幕下便什么也看不见了。求医后他才明白，是遗传性视网膜色素变性这个魔鬼阴险地跟他这个农村娃开了个苦涩而又漫长的玩笑，仿佛要以此来挑战他名字中包含的聪明与智慧。

该上小学了，天性贪玩的富明慧背上母亲缝制的新书包，仿佛换了个人似的，一下子就对读书产生了浓厚的兴趣。每天放学，他总是自觉地认认真真地做好老师布置的作业再玩耍。在后来的整个求学阶段，他一直保持这良好的学习习惯，让他一生受益匪浅。

当时的农村就是贫困的代名词，富明慧姐弟四个，全靠父母挣公分苦撑苦熬，家贫是可想而知的。我问他和村里的孩子如何筹措学费，辍学的孩子有吗?他说那时有校办小农场，播种、浇水、收割庄稼，各年级学生分工合作，收入抵销了全体孩子的学杂费，使学生既学到了书本知识，又培养了动手能力和热爱劳动的好习惯。问他这样是否挤占了读书时间，影响教学效果?他说不会，小学五年级时，全县小学生数学竞赛，他就得了全县第八名的好成绩，轰动了全公社，成了他所在“村小”的一个传奇。兴奋之余，小小年纪的他明白了一个简单的道理，只要努力读书，就会出人头地，给父母皱皱巴巴的脸上添一点光彩。

富明慧的叔叔是个职业司机，定居在齐齐哈尔，常常顺路来看望他们，他对富明慧的学习成绩一直关注和赞赏。

“叔叔，我们这初中不教外语，真气人。”刚刚上了初一的富明慧懊恼非常、好不甘心，便对再次来家里探望的叔叔抱怨。

叔叔是个有心人，对求知欲强、爱读书学习的富明慧十分喜爱，回去后不到两个月，就把富明慧的学籍转到了齐齐哈尔一所不错的中学。富明慧从此离开了养育他的乡村，一直寄住在叔叔家，直至高中毕业。提起这些经历，他由衷地感激叔叔一家，说这是他人生中的第一个转折点，也是最重要的人生机遇。

然而当时，富明慧连“ABC”都不认识，老师对他这个农村来的学生并不重视，城市里的同学更觉得他土气，对他不理不睬。而视野已经慢慢变窄的富明慧，仿佛一点也看不见那些歧视的眼神，他把前后左右座位上的同学都当成了老师，问了张三，再问李四，毫不介意别人的态度，一门心思奋起直追。两个月后的期末考试，他这个英语“白丁”，单科考试成绩一跃升至全班第三名，不仅令全班师生刮目相看，也再一次轰动了整个校园，成为学校的一个传奇农村娃。

二

高中阶段，随着课业负担加重，富明慧挑灯夜战的时间越来越长，却发现灯光下字迹越来越模糊。去医院检查，许多眼科医生都没见过他这眼病。别人是排队等着看医生，他则是医生排着队来看他的眼病，像看什么稀罕物一样，结果自然也都一样：束手无策。眼科主任无奈地告诉他，没必要外出求医了，即使走遍全国、全世界，医生也拿这种眼科不治之症没办法，不如省点钱回家多吃点鱼肝油、鸡蛋，增加营养，尽量延缓病情恶化吧。

叔叔一边默默为他换上更大更亮的电灯泡，一边劝他不要太熬夜，要爱惜自己的眼睛。富明慧嘴里“嗯嗯”应着，心里却想着叔叔一家待他这么好，不拼一拼考上大学，怎么对得起人家呢？再说，小小的他，还真想将来有机会走出国门，看看自己的眼病究竟能不能治。

为了减少用眼，富明慧不再熬夜，他总是特别认真听老师讲课，努力把课堂内容记牢。下课别人玩闹时，他就找个僻静处，过电影一般，在脑海里反反复复回忆老师的讲课内容，对老师推演的公式更是老牛反刍般来来回回琢磨，直到能够灵活运用为止。晚上睡觉前，他躺在床上再过一遍“电影”，把白天的新课内容吃透、消化彻底。各科老师对他的视障深感同情，也把他的勤奋苦学看在眼里，只要他请教，都会不厌其烦地为他讲解，以便他能减少翻看教材的次数。同学们也被他的精神感动，对他的态度有了 180 度的大转弯，见他阴天翻书找不到页码，都会主动伸手帮一下；光线暗时，富明慧看不清黑板，同学们就帮他抄题读题。苍天有眼，功夫不负苦心人，高中毕业时，他的高考分数超过北京大学理工科 7 分。可不知怎的，他却莫名其妙地被录取到吉林大学数学系力学专业，这成为他人生头号憾事……

说到这里，富明慧让我稍等，他去端来茶杯，呷了两口后才接着往下说。

走进大学校园，意味着跳了龙门，成为了真正意义上的城市人，这是他人生的第二次转折。或许是心情很放松，也或许是大学学习不如高考前那么紧张、压力大，他的视力一度比较平稳，他以为眼睛就这么回事了，没啥大不了的，一副没心没肺的样子。开学之初，除了力学主业，他迷上了中学时就打下了一定基础的俄语，在举国一片“英语热”中，他把俄语选作了外语主修课。后来他被公派前苏联攻读博士，同学们就夸他当初学俄语是多么的有先见之明。学业之余，他还喜欢下下围棋，足球场上人手不够，他也会被拉去充数。结果大三那年，参加足球赛时他与别人发生猛烈碰撞，他的鼻梁骨被撞断，流血不止，更严重的后果是眼病由此恶化。问了医生他才知道，这种眼病眼底循环不好，供血和营养不足就是主要病因之一。

“我原来周边没有视野，但中央视野还是好的。从那以后，中央视野也逐渐出现缺损，视力持续下降，心里才开始发毛，第一次感觉到了失明的威胁。”至今提起这段往事，还能听出他语气里有明显的懊丧与自嘲。

然而，富明慧毕竟是个东北硬汉子，且有一颗聪明智慧的脑袋。“我不能沉沦，也不敢沉沦，必须抢在失明前多学点本事，不然将来如何能在社会安身立命、找到自己的生存空间?”他不时这样提醒自己，再也不敢没心没肺地盲目乐观。

本着这样的进取精神、生活理念，他开始争分夺秒地使用自己的管状视力，满足自己越来越强烈的求知欲，绝不跟同学们一起高唱“60分万岁”的歪曲滥调。大四那年，他凭借优异的成绩、优良的品格，光荣地加入了中国共产党，并在毕业后免试留校攻读硕士。他的求学成绩与拼搏精神成了学弟学妹们代代相传的美谈，也成为授业老师们的骄傲。

三

选派赴莫斯科大学读博有三条要求，第一要求有一口流利的俄语；第二要求是中共党员；第三要求专业成绩名列前茅。这三点，富明慧在班上7名硕士生中无人可比。他想去莫斯科，心里还有个“小九九”，那是他少年时的一个梦，就是想去那里举世闻名的眼科医院看看眼病，看看事隔10年，齐齐哈尔那位眼科主任对他这种眼病不可治的论断，有没有被世界一流眼科医院打破的可能。

读博期间，他几乎是迫不及待地怀着满腔希望去那家传说中的医院做了眼科手术。我有些奇怪，不明白这种眼病要做怎样的手术。他解释说，就是类似心脏搭桥，把血液更多引向眼底，以改善眼睛的营养。疗效虽不显著，却在一段时间内延缓了病势发展，为他读博争取了宝贵的时间。

视野狭窄、中心视力不够清晰，就仿佛有好几只永远挥之不去的蚊子，老在眼前飞来飞去，有时恰巧落在他要看的字上，他不得不转转眼球、晃晃脑袋才能把飞蚊赶跑，看清字迹。这就是所谓的“飞蚊症”，给他的学习和生活带来不少麻烦。对此，他为我说了这样两则小笑话：

博士生每人有一个单间，一次他回公寓，用钥匙捅了半天锁孔，门开了，里面站着一个俄罗斯女郎，用不解和怀疑的目光盯着他看，就差喊出“流氓”两字了。愣神间，他还以为自己房间出了个外国版的“田螺姑娘”呢，拍拍脑门，才恍然大悟，是自己跑错了房间，只得抱歉地笑笑，转身落荒而逃。想想当时那场面的尴尬，我也跟他一起笑起来。

还有一次就更惨了，有个中国留学生要跟他学围棋，要在寝室做几个中国菜请他吃饭。这对留学生来说是非常诱人的口福。他兴冲冲地关门下楼，电梯停下走出后，他却发现灯光昏暗，眼前一片模糊，怎么也找不到出行的通道了。他冷静下来，让眼睛适应一下，仔细看看周遭，发现有许多管道、缆线，才知道自己按错了楼层，跑到负一楼的地下室了。他想原路返回，在电梯口摸索半天，也没找到电梯按钮，真有点叫天不应、叫地不灵的无助。直到一个多小时后有个背着工具包的工人下来检修什么，他才得救离开。

以这样的视力读博，看堆积如山的文献资料和图表、推演固体力学专业数不清的公式谈何容易？面对一大堆难题，富明慧却有自己的独门绝招。这就是他从中学起逐渐养成的读书方式：少用眼，多回忆，多思考。他每次看书，看上一两页或半小时，便闭上眼回忆书上的内容，一遍遍直到把知识点记牢为止；所有的公式推演、论文腹稿也都在大脑的高度运转中完成，等到落笔，就毫不费力地一次搞定。

读博期间，富明慧主攻计算固体力学，需要用计算机编程。而 1991 年 9 月步入莫斯科大学的富明慧，做梦也没想到，仅仅几个月时间，号称超级大国的前苏联，一夜间犹如地震般土崩瓦解。经济大幅倒退导致大学研究硬件落伍，他们 30 多名研究生，只有两台老电脑，每天排班轮流使用。他视力太差，轮到上电脑，还没看清几个图标，后面的同学就催促换班了。无奈的富明慧，拿一本中国挂历，敲开了有中国情结的教研室主任的大门，说明情况，赢得信任，拿到了一把计算机房的钥匙。从此，白天他不争不抢，到了深夜 11 点多，在整栋大楼关闭前，他钻进计算机房，一干就是一个通宵，丝毫不怜惜自己那点宝贵的视力，顺利完成了博士论文，提前半年拿到了博士学位。

学成回国，富明慧选择在清华大学做了两年博士后，跟导师一起研究卫星整流罩简便计算模型等课题。见我不太明白，他便形象地告诉我，卫星发射前，火箭头上有一顶“帽子”，那就是卫星整流罩，起保护作用。卫星入轨后，那顶“帽子”会自动变成碎片飞落。

四

1997 年，富明慧结束博士后研究工作，来到中山大学，任教于固体力学专业，开始了他的教师生涯，谱写了一曲新的校园传奇，这也是他第三次的人生转折。

初为人师时，富明慧凭仅有的一点视力，备课、讲课、板书还可独立完成，但随着视野越来越小，斗大的字在他的视线里也变得模糊。有时进入办公楼昏暗的楼道，他不小心碰倒一辆自行车，那一长排自行车犹如多米诺骨牌，“哗哗”地倒下一大片，令他懊丧不已。上下班路上，有人跟他点头、微笑，他一概视而不见，引起大家背后的议论，说清华来的博士后傲气十足，不愿搭理人，传到他耳里，让他有些哭笑不得。虽然有机会他也做些解释，但主要心思还是用在摸索教学方法上。

他讲的课偏重理论，板书是必不可少的。黑板就像老家母亲侍弄的小菜园，倘若栽下的“秧苗”东倒西歪，或挤挤挨挨，甚至窜行重叠，自然影响生长，又何谈收成？他跟学生讲，很希望能做一个教具，帮助他书写，学生非常支持，和实验室的老师一起帮他做了一套教具，就是三个尺，挂到黑板上，把黑板分成三部分，每个尺上放一块磁铁，写到哪一行就把磁铁移到哪一行，慢慢熟练了，教具也就简化成两块磁铁。写第一行字的开头放一块磁铁，换行时再把磁铁下移，中间停下便把第二块磁铁用上，续写时就能很方便地找到位置。偶尔还有写重，或者窜行的，学生会主动上前擦掉让他重新写。渐渐地，他的板书虽不算漂亮，但总算能看得清楚了，就像母亲菜园里长势喜人的秧苗，横平竖直迎接阳光一样，迎接一双双求知欲非常强烈的眼睛。

备课对富明慧也是个不小的难题。他先要把内容在头脑里回想一遍，当要讲的内容初步确定后就进入排演阶段。在头脑中他想象自己站在讲台上，把要写、要讲的内容，像拍电影一样排练一遍。为保证不出纰漏，这种排练会进行十几次，有时甚至二十多次，直到自己满意为止。现在他已经熟能生巧，排演一堂课只要五六次便能胸有成竹，确保讲课质量了。

批改作业时，他总是先找几位成绩拔尖的学生，让他们口述解题过程和结果，然后让他们充当助教，一一批改其他学生的作业。这种模式得到了全班同学的认可，大家都以争当“助教”为荣，这也反过来促进了学生学习的积极性。

我浏览过中山大学评师网，学生对富明慧的讲课一致好评，有的说他把枯燥的工程力学讲得生动形象、趣味横生、引人入胜；有的说，没想到一个盲人老师竟能在抽象枯燥的力学理论课中，结合学科动态和人生感悟，将课讲得脉络清晰深入浅出；还有的说，从富老师身上不仅学到了知识，更学到了一种精神。这是一种敬业精神，更是一种自强不息的精神，有了这种精神，人生中就没有什么风浪顶不住，就没有什么难关闯不过。选修这门课的学生因而越来越多，且别的课，学生一般喜欢抢后面的座位，到了上富明慧的课，却反过来喜欢提前抢前面的座位，每每讲完课，同学们都会以热烈的掌声对富明慧表示发自心底的敬意。评师网评选2007年度感动中国十大教授，富明慧名列榜首，颁奖词称他："一个全盲教授，依然能够给本科生授课；虽然已双目失明，但仍坚持板书，很令我们学生敬佩。"

对于学生的认可，富明慧一直心存感激。他还记得有一次下大雨，妻子正准备送他上班，门开处，一位学生撑着一把大大的雨伞已经等在了那里，让他感动不已。

2004年，在完全失明第三年后，他被学校聘为教授，这是正高职称；还当上了博士生导师，这在当时的国内几乎是绝无仅有的。

五

失明是富明慧的第四次人生转折，也是他经受的最残酷、最煎熬的人生窘境。但失明以后，他没有抱怨，没有颓废，而是把"乐观向上，勇于进取"当作了自己的座右铭，始终坚持边教学边搞科研，收获颇丰。然而，一个盲人从事科研工作，在常人眼里简直是天方夜谭，我对此也发生了寻根究底的浓厚兴趣。

"只要有信念，梦想就会变成现实。"这是富明慧坚定的信念，也是对我和所有人的回答。

阅读文献是科研工作的重要环节，他总是和学生们一起读文献，学生们只要给他读一两遍，他就能掌握文献的主要内容，然后把其中的关键和精华所在讲给学生们听。通过和导师一起学习，学生们阅读文献的能力也得到了迅速提高。

这些年，他还在实践中掌握了一种特殊的本领，就是在头脑中建模型、推公式。原来习惯在纸上进行的工作现在全部要用头脑来完成，最初尝试这种方式，他感到困难重重，常常推了下一步，就忘了上一步，几步下来，头脑已经混沌一片。然而他没有气馁，一次不行那就两次，百次不成那就千次。经过千百次反复的琢磨练习，他终于能在头脑中推导公式、建立模型和设计编程了。科研工作中的许多关键问题都是在他的头脑中经过反复推导演化才得以解决的。

写论文时他会和学生一起坐在电脑前合作完成，并把这种和学生打成一片的工作方式称为“群众路线”。在学生们的配合下，他的科研范围也逐步拓宽、科研能力不断提高。

2005 年起，他开始研究精细积分方法。这是由我国学者钟万勰院士开创的一种新方法，由于具有高精度和高效率的特点，该方法在科研和工程的许多领域都获得了广泛的应用。然而，对于非齐次问题，当时精细积分法的精度和效率却大打折扣，优势无法发挥。富明慧把研究目标锁定在非齐次方程的精细积分法上，并带领学生们开始了攻坚战。一个个方案被提出来，又一个个被否定。两年过去了，研究工作进展甚微。这期间，富明慧满脑子里装的都是研究中出现的问题，连吃饭、睡觉都在想方案。

有一天，富明慧工作累了，拿着盲杖走到院子里散步，伴着盲杖敲击地面的声音，头脑里转的还是精细积分的问题。忽然间，一个巧妙的思路一闪而过，困扰他两年多的“坎”，竟在一瞬间有了突破口。一个月后，他的学术论文《一种广义精细积分法》诞生了，它很好地解决了十多年以来困扰计算力学界的一个难题，把精细积分法的应用提升到了一个新的高度。

目前，富明慧已指导了博士生四人、硕士生六人，主持了国家级科研项目三项、国际合作项目一项、省部级科研项目两项，同时还参加十余项其他科研项目，在国内外学术刊物上发表论文 40 余篇，可谓成果丰硕。2006 年他被评为全国优秀力学教师，2009 年被评为全国自强模范，在“2011 年全国教书育人楷模”评选活动中，他还进入了广东省 10 名候选人之列。

不仅如此，2003 年，富明慧还当选为广东省盲协主席。成为全省 75 万盲人的“大家长”后，他就想着为盲人做点什么，不能辜负了大家的信任。

在摸摸索索学盲文、学盲用电脑输入法的过程中，他意外地发现，盲文与神奇的“八卦”有着相似的内在规律，便突发奇想，要进一步简化盲文汉字输入法，更方便盲人使用。

智慧的火花一经点燃便照亮了富明慧的大脑皮层，让他兴奋不已。他与自己指导的研究生探索了几个月，经过千万次地重新排列组合、反反复复地修改编程，终于研制成功半方盲文数字编码汉字输入法。该输入法的最大特点是简便易学，盲人完全可以左手摸读盲文，右手单独打字记录，这大大提高了学习与工作效率，该发明因而获得了国家专利。2013年，他的这项发明还喜获广东省科学技术三等奖。富明慧则不计得失，自愿把这项发明无条件提供给广大盲人，不要一分钱报酬。我的身边，就有盲人在手机上使用这种输入法。

“您做老师，又做科研，创造了校园奇迹，能让您坚持下来的是什么?”我问他。富明慧对我的提问毫不掩饰，真诚地坦露心声：

“其实，我中间也出现过动摇，就是在即将失明的那个阶段。当时我感觉有很大的负担，因为无论教学还是科研，的确困难重重、步履艰难。我曾经想过放弃，但我心有不甘。从小学到博士、博士后，20多年学习，到了真正应该发挥自己所学去有所成就的这个阶段，让我放弃，的确不甘心。我舍不得丢掉学的这些本事，去从事另外的工作。”

夜已深，我身上感到了些许的秋凉。我和富明慧，也都在暗夜里走进了人生的秋季。访谈结束前，我问他对此有何高见与感悟？他不假思索地接过了话头：

“虽然失明使我饱尝了人生的艰难困苦，但也让我对人生有了更加深刻的领悟，这段人生历程让我深有感触。其实人生中没有什么挫折和困难是不能克服的，关键看你的决心有多大。每当你身处困境，感到不堪重负、快要坚持不下去的时候，可能离成功已经不远了，只要再咬咬牙、挺一挺，坚持下去，前面就是一片柳暗花明。”

从乡村小学到出国读博，再到大学教授、博士生导师，富明慧之所以能创造一个又一个校园传奇，从他上述的话语、从我对他的访谈中或许不难找到答案吧？

富明慧，富有的是品格与知识，明亮的是心，用心为眼，自然聪慧如斯。

我的眼睛，
长在我的心上，
长在心上的眼睛，
总是能看见光明和梦想，
我用这些梦想装扮着我的王国，
我的王国里阳光普照，
春暖花开。

注：本文发表于2014年第四期《自强文苑》文学季刊。

一枝红杏

1969年的春天，甘肃省定西市安定区一个偏远的农家小院里，杏花开得格外娇艳，仿佛在隆重迎接花仙子的降临。农历3月11日，随着一声清脆的啼哭，这家的长女降生了。在城里工作的年轻父亲，怀着初为人父的喜悦，为女儿取名张淑萍。待到我结识张淑萍时，已是2010年的盛夏，正是杏树枝头挂果的时节。而6岁因病失明后，历经30多年的风霜雨雪，张淑萍的人生之树也已硕果累累、令人艳羡。她曾先后荣获“甘肃省自强模范”、“定西市十大杰出残疾人”、定西市安定区“优秀残疾人工作者”等荣誉称号，并先后当选为市区两级“盲协”主席、省“盲协”副主席、省按摩学会理事。她是那片黄土地上一枝绚丽的红杏。

“花仙子”遇上“长颈鹿”

命运对张淑萍是残酷的，只给了她短暂而美好的六载光明。那六年，是张淑萍人生中的七彩童话。那时的她在定西西寨乡一个小山村里快乐地成长。她曾经和小伙伴一起捉蝴蝶、采野花，看含苞的杏花漫布村庄和山坡，听燕子在檐下呢喃，看柳丝随春风轻舞……家乡的田野上撒满了她天真无邪的笑声。六岁时，她成了一名小学生，美丽的校园、神奇的书本在她面前打开了一个陌生而多彩的世界。就在她像一只雏燕准备向着理想的云天展翅翱翔时，命运的黑手却折断了她飞翔的翅膀。突如其来的一场疾病使她失去了光明。于是，黑色成为她生命中唯一的颜色！

在六年漫长的数万里的求医路上，她常常从心底发出呐喊：我要看如红五星样的美丽杏花，要看小山田野的旖旎风光，要看相依相伴的星星月亮和太阳明媚温暖的笑脸，要看书和外面的世界……我不要永远待在夜晚，不要永远看不见脚下的路，看不见前方在哪里。我要奔跑，我要游戏，我要上学……

12岁那年，复明无望的张叔萍被父亲送进了兰州市盲哑学校。她的美丽，先是被尚有残余视力的女同学发现，传扬开去，又被看不见的男生在心里无限放大，她被同学们誉为校园“花仙子”。这是她当年一个老同学对我说的，还说刚进校园时的她就像一个漂亮的“洋娃娃”。她自己对此却并不在意，疾病使她过早地成熟了。在父母送她去盲校读书时，她没有哭，而是暗下决心一定要努力学习，成为让父母欣慰和骄傲的女儿。她的聪明、爱学使她的成绩节节攀升，她很快被选为班干部，这比“花仙子”的美誉更令同学们敬佩。来盲校后第一个六一儿童节那天，她第一次登上领奖台，从来校慰问的领导手中接过了“红花少年”的奖状与奖品。那一刻，她幸福地笑着，快活的脸如同六月的阳光一般灿烂。她深情写下的散文——《故乡的小河》一炮打响，喜获“首届全国盲童作文竞赛”二等奖，在一封封全国各地盲校同学的来信里，她结识了更多不曾见面的好朋友，她的世界由此一天天地扩大，她的心，也一天天晴朗起来。学习之余，张淑萍还发起创办了校报——《同学之友》，她不仅认真编排每一期报纸，还策划举办了有奖知识竞赛，一度使报纸深受同学们喜爱。就这样，她成了学校的小名人，多次被邀请去一些小学做报告，讲述自己在黑暗中克服重重困难、自强不息的精神历程。

张淑萍说：“登上讲坛的瞬间，我有了一种强烈的使命感，因为我的讲述点亮了一颗颗被黑暗包裹着的心，点燃了他们心中的希望之火，还有什么比这更有意义的事呢？”有次在一个学校做完报告，该校的同学们为她表演了丰富多彩的节目，还送给她用橡皮泥捏的长颈鹿、用纸叠的小船。她眼含热泪、满怀感激地把长颈鹿放在纸船里，双手捧回了盲校，摆放在自己寝室的床头，以此勉励自己，在新的学习生活中、在未来的人生旅途上，要像长颈鹿一样奔跑，像航船一样乘风破浪。这个“花仙子”遇上“长颈鹿”的美丽故事，在张淑萍毕业转入职业中学学按摩后，还在她就读的小学久久传扬。

两度停薪留职

1989年春末，杏花由红转白、如雪花般纷纷飘落的时候，张淑萍从职业中学按摩专业毕业，被分配到定西市中医院，穿上了如雪的白大褂，成为中医院第一位盲人按摩师，也是该院唯一的盲人医生。

上班伊始，她为自己定下一条戒律，绝不以残疾人自居、处处依赖上上下下的特别照顾，她要与大家站在同一条起跑线上，跟同事们并肩前行，甚至跑得更快更好。为此，她在科室里放了个电饭煲，中餐或自带饭菜热一热，或下几根面条对付一顿。节省下来的往返时间，她就结合临床按摩实践，研读专业理论书籍，累了就闭目养一会儿神，然后用冷水拍拍脸和额头，继续摸读带在身边的盲文书。同事们见她这么勤奋好学，待人接物又落落大方，一点也看不出盲人摸摸索索的盲态，且长得俊俏美丽，都喜欢跟她交往。有趣的是，有的病人做了一个疗程按摩，还不知道按摩医生是个盲人，发现有同事读书读报给她听，也还不敢相信，直到张淑萍亲口说自己连一点光感也没有，这才啧啧称奇。

尽管张淑萍很努力，按摩医术和专业理论水平提高也很快，但中医院当时整体不景气，不得已，医院号召部分年轻职工停薪留职，各自想法创收或创业。1997 年，经历了结婚、生子、集资建房等人生几件大事后，张淑萍的小家已经负债 3 万元。这在当时也算不小的亏欠，凭她和在供销大楼当营业员的丈夫的微薄薪水，如石头般压在身上的债务何年何月才能还清？张淑萍当机立断，决定响应医院号召，停薪留职南下打工。那三年，她先后转战深圳、东莞和珠海等地。打工的辛劳、生活的清苦、条件的简陋，她都能承受。尽管她看上去娇美、柔弱，一副小鸟依人的模样，但她是黄土地的女儿，黄土高坡风沙肆虐的恶劣的自然环境锻造了她坚定无畏的性格和吃苦耐劳的秉性。可她毕竟结婚没几年，离家时儿子刚刚送进幼儿园小班，最是需要母亲的呵护和关爱的年纪。夜深人静，她常常无法克制对丈夫、儿子的思念，不打个电话，她就牵肠挂肚睡不着；通了电话，听儿子说完“妈妈，我想你”她更睡不着。多少次长夜失眠后，她都想抬脚奔向车站，奔向大西北，奔向温暖的家的方向。多少次，她回家探亲、过年，再也不愿离开家，不愿放下怀中撒娇的儿子。如果你也是妻子、年轻的母亲，你也曾外出打工，你一定能理解张淑萍那种矛盾心理，懂得她的苦楚和不易。就这样，张淑萍像候鸟大雁一样，南飞北往、来回奔波、苦干苦熬三年，终于还清了家里全部债务，重新回医院上班了。

第二次停薪留职时，身为定西市“盲协”主席的张淑萍却不是为了自己的小家。她看到定西还有不少盲人没有条件上盲校、学按摩，没有生活出路，便决心再次停薪留职，创办定西按摩培训中心，免费教盲人学盲文、学按摩。她的决定得到了家人、所在医院、定西市残疾人联合会和其他社会各界的大力支持。2006 年，她创办的定西市第一家盲人按摩诊所及定西市盲人按摩培训指导中心开张后，闻讯前来采访的记者这样写道："见到张淑萍，是在她的盲人按摩诊所里。当时她正在专注地给病人按摩。在我的眼中，她是一个美丽的人。一袭洁净的白大褂，白皙的面庞、高高扎起的马尾辫、轻柔而甜美的话语、满脸明媚的笑容，她是那么阳光，那么自信，那么干练，如果不是看到盲人按摩诊所的招牌，我怎么也看不出她竟然是一个盲人！"

那两年，张淑萍治疗病人 1 万多人，有效率达 95%，免费培训盲人按摩人员七人，同时还教会了他们盲文，为他们进一步提高专业水平奠定了学习基础。其中有个叫佳妮的盲女，被送来后张淑萍才发现 20 岁的她智力也有问题。张淑萍没有嫌弃，而是加倍用心来教她，让她只学简单的保健按摩手法，每个手法一招一式都在张淑萍身上反复练习，直到一一过关。张淑萍常常被不知轻重的佳妮弄得身上青一块紫一块，但她毫无怨言。学成后，佳妮被定西市残疾人联合会照顾安排了一份工作，能够自食其力了，张淑萍才算放了心。

不仅如此，张淑萍对来按摩治疗的贫困者，收费能减就减，实在困难就费用全免了。有个 60 多岁的农村老婆婆，患顽固性偏头疼多年，慕名来找张淑萍按摩治疗。老人的儿子在外打工，儿媳嫌弃家贫，丢下年幼的孙子离婚走了；老人有时头痛得厉害，下不了床，连烧顿饭给孙子吃也困难。张淑萍知道后，一分钱不收，认认真真为老人治疗了三个疗程，彻底解除了老人的陈年痼疾，老人感激得逢人便说自己遇上了“活菩萨”，对张淑萍千恩万谢。

耳朵里孵出小鸡

小时候，张淑萍听奶奶说，吃完了酸酸甜甜的杏，把小小的杏核用棉花包了放进耳朵，就会孵出小鸡来。失明后，她常常想起这个在老家一带流传很广的美丽传说。一年又一年，张淑萍创造了一个又一个奇迹，她用心孵出了一个又一个青春的梦想和热望。

张淑萍是个有心人，从业 20 多年，不论在医院、打工还是在自己创办的诊所做按摩，从来不以拿到工资挣到大把钞票为唯一目的，而是注意在干中学、在学中干，还注意向周围的高手学。那几年打工生涯，她就像武林中人遍访高手一样，与南北各地按摩高手讨教切磋，极大地丰富了临床经验，大大提高了按摩技艺。她还特别注意向书本学，并勤于思考，注意总结经验，从而对妇科、儿科、内科和伤科的一些常见而又难以治疗的疾病有了自己独到的见解和独特的按摩治疗手法，并据此执笔写下了不少很有分量的医学论文。

其中，《推拿按摩配合针灸治疗脾胃病的体会》发表在《盲人月刊》上；《仰卧位拔身牵引法为主治疗神经根型颈椎病196例临床体会》发表在中华人民共和国民政部主管、中国社会工作协会主办、在国内外公开发行的综合性医学学术期刊《民康医学》上；《腰部斜扳法治疗凸起型腰椎间盘突出症疗效观察》发表在广东省卫生厅、广东省中医药局主管主办，由中华中医药学会、中国康复医学会等协办的国家级优秀医学科技期刊《按摩与导引》上。这些响当当的论文便是张淑萍心血的结晶，也是她精心孵出的一只又一只小鸡雏。2009年，张淑萍重新回到中医院上班后被破格评聘为按摩主治中医师。

自诩专业生病、业余写点东西的史铁生去了，张淑萍说她的心好像一下子被掏空了，忽然感觉没着没落的。她自称是铁生的粉丝，简称“铁丝”，一直喜欢研读史铁生那些苦难中闪耀着哲理与智慧之光的文字。工作和成家之后，少得可怜的一点业余时间里，她也喜欢写点东西。在《静夜独处》一文中，她这样写道：“人无法选择自己的命运，尽管我是那样地向往着健康，如果可能，我愿献出所有的一切，换取哪怕只是短暂的光明。但光明与我无缘，命运注定黑色将成为我生命的主旋律，那就让我做一颗无怨的星，静静地闪耀在夜的世界里。”

在盲校读书那些年，学校图书馆中不多的文学书籍都被她读遍了，她只好眼巴巴地期待着每月一期的《盲人月刊》

的到来。后来她写下的回忆这段美好时光的《每月的期盼》在《盲人月刊》编辑部、中央人民广播电台等单位联合举办的“我与《盲人月刊》”征文大赛中荣获三等奖。2000年她用上了电脑，是盲人中比较早的接触电脑的先知先觉者。电脑中大量的中外文学名著润物细无声地滋养着她心灵的芳草地，使她的文学素养和文字表达能力有了长足的进步。她陆续发表作品20多篇，前面提到的《静夜独处》还荣获首届甘肃省残疾人散文诗歌大赛三等奖。这些获奖作品和发表出来的一篇篇精美文章，不正是她在精神家园里孵出的又一群可爱的小鸡吗？在这里，不妨让我们再来读读她的两段心情文字吧：

“种子曾在黑色的世界里苦苦地挣扎，是因为它向往光明，向往春天。终于，它看到了大千世界，看到了绚丽的春天！这其中，也有它的一份新绿。我就是这颗生活在黑暗中的种子，渴望钻出土壤，献给世界一份春意，一缕生命的绿色！”

“我是一棵柔弱的小草，长在贫瘠的黄土地上，但我依然骄傲而自信地生长。我欣赏大树挺拔的身姿，羡慕花朵绚烂的容颜，我也用心演绎着自己真实的故事。”

幸福婚姻源于“打牌相亲”

张淑萍不仅热爱生活，多才多艺，而且性格开朗活泼，人缘好，朋友多。她还特别喜欢打牌，一副盲用扑克常年放在她随身携带的小包包里。她说自己之所以拥有近 20 年平淡而又幸福美满的婚姻生活，跟她当初打牌相亲不无关系。

22 岁那年，张淑萍跟几个明眼人朋友去小酒店聚餐，坐定后，自然要打上几圈牌。张淑萍拿出随身带来的扑克牌，定下规矩，每个人出牌必须说明，犯规者罚站。跟张淑萍打对家的小伙子是初次见面的新朋友，根本没看出张淑萍是个盲人，出牌时忘了吱声，打牌的和围观的都嚷嚷着罚站，小伙子这才仔细端详张淑萍，发现对面打扮入时、面如杏花且牌艺精湛的美丽女孩果真是个盲人，便规规矩矩站了起来。喝酒时，小伙子再次端杯站起，诚恳地对张淑萍说："我叫杨德荣，刚才多有得罪，自罚一杯以谢罪。"酒后，小杨又主动护送张淑萍回家。岂料这一送，便在张淑萍上下班的路上来来往往、风风雨雨送了 20 年，且他对张淑萍一直呵护有加、痴心不改。婚后，他们就把那次打牌聚餐戏称为"打牌相亲"，每年都如同庆祝结婚纪念日一样，逢上那个美丽邂逅的日子，总要去当初那家小酒馆享受一次烛光晚餐。

我曾问张淑萍，当初是不是因为小杨是个健全人，才抓住机遇把自己嫁了，之后还对人家感激涕零。张淑萍坦然地告诉我，她当初的确打定主意要嫁一个健全人，但前提是必须有爱，而且是平等相待、互敬互爱的那种。她说自己身体已经残缺了，爱情绝对不能再残缺，婚姻也不能凑合，否则她宁肯不嫁，或者嫁个志同道合的盲人按摩师也未尝不可。基于这个婚恋底线，当小杨第一次向她求婚时，她很冷静地提出，再等上100天，给各自一个考虑的机会，看看对方那时会不会后悔，自己是不是因为爱才嫁。那天，喜欢朗诵的张淑萍还特地朗诵了舒婷的《致橡树》："我如果爱你——绝不像攀援的凌霄花，借你的高枝炫耀自己；我如果爱你——绝不学痴情的鸟儿，为绿荫重复单调的歌曲；也不止像泉源，常年送来清凉的慰藉；也不止像险峰，增加你的高度，衬托你的威仪。甚至日光。甚至春雨。不，这些都还不够！我必须是你近旁的一株木棉，作为树的形象和你站在一起。根，紧握在地下；叶，相触在云里……"以此表达了她对爱情的理解和信念。写小说也没那么巧的事，等到100天后，两人依照约定走进那家小酒店，才发现正好是他们"打牌相亲"的周年纪念日，两人真正是天作之合。

婚后，小杨心疼张淑萍上班辛苦，包揽了全部家务，是大院里有口皆碑的"模范丈夫"。张淑萍外出打工那几年，小杨在家又当爹又当妈，还要上班，其辛苦是可想而知的。后来小杨单位行业性亏损，导致全员下岗。小杨一时找不到合适的工作，而张淑萍的事业则越来越红火，名气越来越大。小杨的心理落差很大，嘴上不说什么，心里却成天郁郁寡欢。善解人意的张淑萍拿出积蓄让丈夫学驾驶，又帮他应聘到高速公路工程监理公司开车，使得丈夫重新振作起来。只是现在轮到张淑萍在家守候，替换了丈夫先前又当妈又当爹的角色，还要每天默默祈祷沿着高速路越走越远的丈夫好人有好报，一路平平安安。小杨每次休假回家，还是抢着做家务。夜里不论多晚，天气多冷，哪怕零下 20 多度，只要张淑萍说声肚子有点饿，小杨便会冲出门去给张淑萍买夜宵。听着丈夫来去匆匆而又熟悉的脚步声，张淑萍从心底浮上脸颊的笑容，便又像盛开的杏花一样美丽了。

张淑萍曾告诉我，她就像家乡黄土地上一棵寻常可见的普通杏树，该开花时就开花，该结果时就结果，自自然然，平平淡淡，没什么好写好张扬的。这就是了，杏树对土壤、地势的适应能力强，多生长在山坡梯田和丘陵地上，在 800～1000 米的高山上也能正常生长，在壤土、黏土、微酸性土、碱性土上甚至在岩缝中都能生长。杏树既耐寒，又耐高温，不论自然环境多么恶劣，从来不向命运低头，并且尽其所能，总是向大地母亲奉上甜美的果实。这不正是张淑萍内心世界的精神写照吗？张淑萍人生的长轴画卷，不正是绽放在红杏枝头的美丽风景吗？

2011 年 1 月 8 日写于池州

注：该篇发表于 2012 年第 1 期《盲人月刊》。

传奇警察

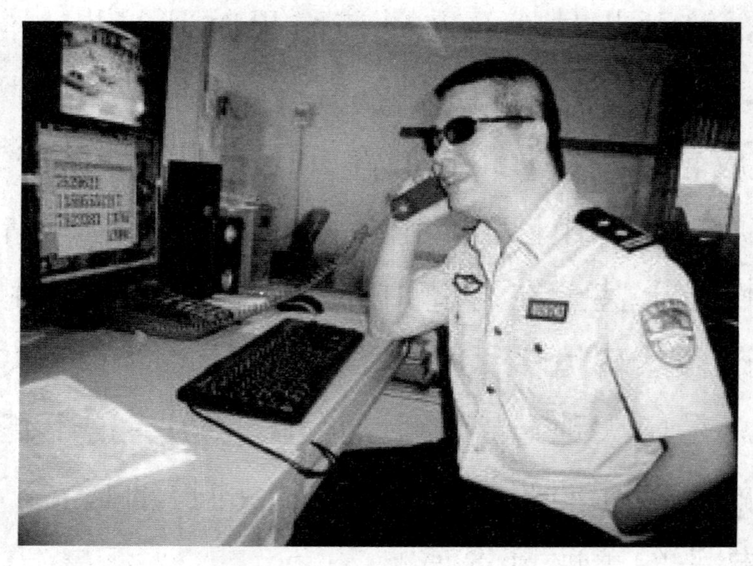

10 年前，在天柱县，在黔东南苗族侗族自治州，在贵州省乃至全国，张秀昊的名字伴着他英勇排爆的动人故事传遍了山山水水、四面八方。10 年后，伴着他重返岗位、走进“110”指挥中心的坚实脚步声，这个身体残疾却又铁骨铮铮的侗族硬汉子、全国公安战线“二级英模”，再次成为人们关注的焦点，成为那一方山水养育的侗苗汉三族口口相传、交口称赞的传奇人物。

义无反顾勇排爆

1998年12月19日上午，张秀昊接到报警后和战友李斌一道赶赴一处民宅处置可疑物品。可疑物品是一只拆开后又被封上了的皮鞋盒，张秀昊凭扎实的刑侦业务功底判断，里面很可能装有炸弹。张秀昊疏散了周围群众，又非常坚决地将战友“撵”出了房间，便开始动手拆除炸弹。他小心翼翼地撕下了盒子封口上的透明胶纸，成功地摘除了一枚电雷管；可年轻的他毕竟经验有限，怎知这是一枚有“双保险”装置的炸弹，就在他的手接触到盒盖另一边时，第二套爆炸装置接通了电源，爆炸就在他面前发生了……

三天三夜后，张秀昊从深度昏迷中苏醒过来，他的头沉重得难以动弹，稍偏一下头就是一阵剧烈的眩晕。他一点儿也不知道自己已经到鬼门关绕了一圈。他真想睁开眼看看自己躺在哪，看看他新婚不久的爱妻，看看他还不满周岁的胖小子，看看他的父母双亲，看看他多年来风里雨里并肩战斗的警察兄弟、他的好战友们……然而，无论他怎么努力睁眼，他的眼前除了黑暗还是黑暗。不仅如此，他的左手也没了，从手腕处被生生地截断了，他的右手也只剩下中指和伸不直的小指。而这时，他才26周岁，还有大把大把的好年华，还有他深爱的警察岗位。在此之前，他刚被任命为县公安局凤城刑侦中队队长，正是意气风发、前程似锦的时光。那一年里，张秀昊率领刑侦中队的刑警们破获刑事案件140

余起，破案数接近当年刑事发案数的五分之四，一下子便控制住了当地刑事案件大幅上升的势头。他多想再接再厉，和他的伙伴们一起扩大战果、牢牢掌握治安的主动权，巩固这得来不易的大好局面啊。可是，守着这副残缺不全的身体，别说再续壮志，他就连脚下的路也看不见，更别说往后的日子——漫长而又苦难的后半生怎样去面对。他实在不知道答案在哪里。陷入迷惘与孤独寂寞的他，仿佛走进了一个最寒冷的冬季。

两根手指创奇迹

是妻子点点滴滴、无微不至的细心呵护，温暖了张秀昊那颗冰冷的男儿心；是儿子第一声“爸爸”的呼唤，唤醒了张秀昊初为人父的责任心；是父母强作笑颜的声声鼓励与战友们的牵挂，让他重新思考生命的意义。面对至爱亲朋，面对他们渴望他重新站立起来的期盼，张秀昊意识到，要重新振作起来，唯一的办法就是先接受自己残疾的事实，以一个残疾人的身份，和儿子一起蹒跚学步，再蹚出一条属于自己的人生之路，重新融入社会。从什么地方开始呢？他想到了写作。张秀昊的父母都是中学语文教师，从小耳濡目染，加上爱看武侠小说，张秀昊有着不错的文字功底。但此时他仅剩的保持完整的右手中指也触感极差，学习盲文摸读非常困难，更无法使用盲笔和写字板。在他的生活与学习中，像这样的困难比比皆是，但他已经下定决心，不论什么样的“绊脚石”，也不能阻挡他前行的路。

2004年，张秀昊终于通过媒体发现了现在使用的盲人专用读屏软件，利用它可以上网浏览网页、聊天、收发电子邮件，更重要的是，还可以用它来打字，现代电脑及互联网的各种功能盲人都能够借助它使用。就像当年哥伦布发现了新大陆一样，张秀昊为这一新发现激动万分，他又重新能够读书、能够了解外面的大千世界、能够写自己想写的东西了！然而，虽是盲用软件，操作起来一样要靠十指敲击键盘，用自己仅存的右手中指和无法伸直的右手小指能够做到吗？想到这里，张秀昊不禁有些恐惧，他真怕这刚刚找到的一丁点儿希望也被残酷的现实碾碎。还好，经过详细的咨询与了解，他终于确定，虽然有些不方便，但他基本上可以操作这套软件。两天后，张秀昊在家人的帮助下买来了电脑，一个星期后，又收到了那套软件。张秀昊说：“从此，每天除了五六个小时的睡眠和吃饭时间外，我都坐在电脑前孜孜不倦地学习着。我用残缺的半截拇指和半截食指去配合中指、小指来按键，遇到用残缺手指不能兼顾的时候，就用嘴咬住一支铅笔去按住一个键，再用右手按其他键，也学着用中指一个键一个键地摸索着敲击出一个个字……”利用这一软件，他还进入了“爱盲互联语音聊天室”，在那里的热心的盲人网友的帮助下，他迅速掌握了这套软件的基本操作方法。他还学会了用QQ等聊天工具和电子邮件与网友们交流，学会了在浩瀚的网络世界里获取自己需要的信息。一度他还应聊天室主持人的邀请，每周四晚上在“爱盲互联语音聊天室”给盲人朋友们讲解法律知识。上警校期间学到的法律知识不够用了，他就在网上寻找有关资料，先自学充电，然后再去讲解，这一讲就是三个月。从此，寂寞远离了张秀昊的世界，生活重新变得有声有色起来。每天上网读读书，和朋友们聊聊天，灵感来了写上几段文字，张秀昊说，他的生活又有了乐趣。2006 年，他的散文处女作《电脑引领我告别冬天》发表在《盲人月刊》第 12 期上，并荣获该刊“消除信息障碍，共享科技文明”征文三等奖。如今，张秀昊用电脑进行写作的速度已经不输于常人，一分钟能打出三四十个字；从开始练笔到现在，他在电脑上陆续敲出的散文小说，有 18 篇已经发表在《盲人月刊》、《人民公安报》等全国性报刊上，总字数 5 万余字。他说，自己的下一步目标是创作出几部长篇小说，其中一部将以盲人在网络世界的生活为基本内容。了解他的为人与秉性的人，对此深信不疑。而知道他从小痴迷武侠小说，在警校时和当上警察后一直坚持练功、特别崇拜海灯法师“二指禅”的警察兄弟们，则夸他这两根手指创出的奇迹，是一种另类的“二指禅”，其精神境界完全可与海灯法师相媲美。

重返岗位再辉煌

尽管写作和电脑像一双羽翼渐丰的翅膀弥补了张秀昊身体的残缺，使他能够在生活与心灵的天空、在创作与想象的世界里自由地飞翔，像一双隐形而又神奇的眼睛让他看到了风雨后的彩虹、看到了另一方生活天地，但静下来的时候，他还是感到些许的失落与一份难以割舍的牵挂，感到生活中还缺少点什么。他明白，这是他离开了公安工作岗位、离开了战友、离开了火热的战斗生活的原因。而这种缺憾是写作和电脑无论如何也替代不了的。伤愈出院后，他没有一天不渴望重返岗位、重回战友们中间。为此，他在 2001 年和 2003 年先后两次提出回公安局上班，说就算为大家接接电话也好。但那时，单位和他个人各方面条件都不成熟，他只好把回去上班的念头当作一颗种子深深埋在了心里。当局里工作已初步实现了电脑化、网络化，而他也已能熟练操作电脑的时候，那颗心底的“种子”便压抑不住地萌动了、发芽了，它要破土而出。他再次写出书面报告，请求重回局里上班，到 110 接警中心从事接警工作，这次终于得到了批准。2007 年 11 月 13 日早晨，天空格外晴朗，深秋时节特有的明媚阳光洒在穿着一身新警服的张秀昊身上，使他显得格外精神与惹眼。他就这样披一身朝霞，在妻子的陪伴下，迈出了重返岗位的第一步。

“你好，这里是 110 报警中心。”第一次拿起接警电话，张秀昊满心激动，口气却是神圣和庄严的。然而，只听见话筒里传来一声“去你妈的”，对方便“啪”地一声挂断了电话。张秀昊的热情突然间像被冰封住了一样，他愣住了。已经对此习以为常、见怪不怪的同事告诉他：“骚扰电话，接警电话的三分之二属于这类，别管他就是了。”可他们哪里知道，张秀昊为了这一天，为了重返岗位等了多少年、度过了多少个不眠之夜。为了记录接处警情况，他提前把家里的读屏软件装进了工作间的电脑里，凭着原先多年的刑警工作经验，他做好了处置各类报警的充分准备，没想到一上来就被人“骚扰”了一把。

他上班不久，传入他耳中的某些背后议论。也很不中听。那时，他使用的读屏软件有两次由于杀毒软件升级而不能出声，他靠自己无法排除问题，只能请同事帮助解决。上班一个多月后，局里的110接警中心安装了110、119和122三台合一接处警系统，接警后接处警系统会生成一张报警记录表，每次接处警情况必须在表格内逐项填写，而“三台合一”接处警系统却与读屏软件的兼容性不太好。张秀昊利用读屏软件虽能切换到报警记录表的各个项目，但各项的名称读屏软件却读不出来。他不知道项目名称，也就无法填写内容。每次接警后，他只得靠同事帮助才能完成报警记录表的填写。于是便有人说他来上班是添麻烦，也有人说他待家里一分钱不少，上班又一分钱不多，何苦来哉，还不是为了出风头、捞取政治资本。对此，他一笑置之，并决心用行动改变人们的成见，做到不蒸馒头也要争口气。经过几天的摸索，他像儿子背诵数学公式一样，记住了那张表格各个项目的固定位置，每一步该填写什么了然在胸后，他再也不用同事的协助，完全能独立完成从接警到录入的所有流程。

2008 年 7 月 17 日 11 时 42 分，如火的骄阳把行人都逼进了室内，街上空空荡荡、人困马乏时，报警电话铃声骤然响起，有人冲着话筒急切地叫嚷着："抢劫了!"张秀昊稳住对方情绪，听明白了报警事由。原来报警人是个个体批发店老板，中午 11 时许，店里进来一个小青年，东瞧西看了一会儿，拿起一瓶饮料就跑，老板急忙出门追赶。趁这空当儿，小青年的另一名同伙抢步进店，掳走了抽屉里的全部货款 600 多元。张秀昊当机立断，用对讲机迅速指令城内巡逻警车赶赴案发地点，并通报了嫌犯的体貌特征以及可能的逃窜方向。仅仅 10 分钟，巡警便抓住了其中一名嫌犯，案件快速告破。事后巡警们都说"110"用对了人，有老刑警在那里坐镇，大家对第一时间掌握案情、第一时间抓捕嫌犯似乎多了几分底气。

局里警力缺乏，110 接警中心其他几名接警员都是聘请的协警，由于他们对公安工作业务不够了解，对全县的地理地貌不够清楚，在接处警工作中也就难免会有不足。张秀昊上班并熟悉新的工作内容之后，针对"110"接处警工作制度不健全，个别人接处警用语不规范、责任心不太强的实际情况，主动起草制定了《"110"接处警工作实施细则》和工作制度等四项规章制度提交给局里，希望使局里的 110 接处警工作制度化、规范化。他满怀信心，要以自己的言行和丰富的工作经验，带出一个高水准的全新团队。局领导对此非常满意，十分支持他，还奖励他一套读屏软件。从此，他上下班不用把加密狗来回带了。上班后一段时间他说："上班的感觉真好!"并以此为题写出了一篇散文新作，发表在2008年3月29日的《人民公安报》上。他的文和他的人一样，平实中孕育着神奇，透视出一派中国警察的风骨；阅读其人其文，那种桀骜不驯的凛然正气，那种不屈不挠、昂扬向上的精神风范，令人动容。

重返工作岗位一周年后，适逢公安部和中央电视台联合开展第三届全国"我最喜爱的十大人民警察"评选活动，张秀昊成为60名候选人之一，受到从地方到中央各路媒体全方位的"围追堵截"，先后做客中央电视台的《法治在线》和中央广播电台"经济之声"的《财富人生》等栏目。在回答《财富人生》主持人关于如何看待人生财富的最后一问时，张秀昊以自己的独特经历与体会告诉人们：人生漫漫，不管在生活中失去什么，都不要失去直面人生的勇气，无论多么痛苦、绝望，只要能超越自我、搏击人生，不管结果怎样，收获的都会是人生最宝贵的财富。这或许是他重返岗位的原动力，也是他给与大家的人生启示。

2009年1月21日晚，张秀昊走上中央电视台第三届"我最喜爱的十大人民警察"颁奖晚会的领奖台，成为全国人民最喜爱的人民警察之一，他当之无愧。无论是作为警察，还是盲人，张秀昊都是最棒的。

晚会上的颁奖词是对张秀昊辉煌人生的充分肯定与褒奖，也是送给他的最珍贵的新年礼物：凤凰在灰烬中重生，钢铁在烈火中炼成，虽然失去光明，却让生命大放光华。黑暗中的前行，爱是引路的明灯，照亮你充满阳光的人生旅程。祝福重新穿上警服的你，续写多彩的生命乐章。

2009 年 1 月 22 日写于池州

李任红的艺术人生

早在20世纪90年代，盲人歌唱家李任红的歌声便享誉京城。近几年，通过网络传播，她的歌声飞向了全国各地，飞进了千家万户，深受各地朋友特别是盲人朋友的欢迎和喜爱。2006年，她的歌声还飞跃海洋，飞到了隔海相望的日本。但她歌声背后的故事却因她为人低调、不张扬的性格而鲜为人知。在这个满世界桂花飘香的美丽季节，笔者通过QQ语音，慕名采访了远在北京的她。或许同为盲人的缘故，曾经婉言谢绝中央电视台《东方时空》采访的她，欣然对笔者敞开心扉，说起了她的艺术人生。

艰难学艺

1953年2月3日，李任红出生于北京一个干部家庭，她的父母乃至上三代皆无眼疾，她和她的大哥却都是先天性视网膜色素变性患者，视力最好时都没超过0.1，这让所有的眼科专家既无法解释，也束手无策。或许，这就叫命运弄人吧。1984 年，北京市民政局组建盲人艺术团，李任红和她的丈夫双双被从香山橡胶厂成型车间选入艺术团乐队。她丈夫吹长笛，她则拉手风琴、弹电子琴；他们夫唱妇随，是团里人人羡慕的一对儿。但李任红从小喜爱唱歌，一直梦想着当一名独唱演员，为此她辗转托人拜到中央乐团唱美声的老歌唱家吴老师门下，开始了艰难的学艺。

从李任红位于香山附近的家到中央乐团住宅区，中间要转好几次公交车，走三四个小时。她每周两次去乐团吴老师家，她丈夫总是抱着才两岁的儿子一起同往。她的丈夫也是个先天白内障患者，眼神比她强不了多少，不然也进不了盲人艺术团。到了老师家，父子俩便在附近边玩边等，李任红则百倍珍惜这难得的学习机会，专心致志地听老师讲解理论、示范发声方法并跟着琴声反复摸索练习，一分钟也不敢马虎。不然既对不起老师，也对不起门外的父子俩。可是，尽管她非常用心，她原先在盲校和工厂也经常登台演唱，在全民唱样板戏的年头她的“李奶奶”和“沙奶奶”也曾唱得有板有眼，但在此之前，她在美声唱法方面简直就是“白丁”一个，就连老师对她能不能学成也没有丝毫的把握。何况此时的她已经 30 岁出头，还是个杂务缠身的年轻妈妈、家庭主妇。

开始讲授发声法时，老师说了对气息的把握和运用，喉头对气息和声音的控制与调节以及多器官的协调共鸣，还特别强调口型要好看，不能张得过大，声音还要圆润洪亮，仿佛从头顶上源源不断、绵绵不绝地上升一样，即所谓的“头声”。李任红却很茫然，她看不见摸不着，心里发急，可越急就越找不到感觉，以至于怀疑自己不是这块料。要不要打退堂鼓？但一想到门外的父子俩，想到老师破天荒收下她这唯一的盲人女弟子，费心费力不说，还不收她一分钱学费，再想到艺术团上下对她的殷切期望，她觉得别无选择，只能努力学成，不能后退半步。后来老师告诉她一个体验的方法：比如你在人前要打哈欠时你一定不会把嘴张得很大，还会用手遮遮掩掩，但这时小腹一紧，打哈欠的过程还是缓缓地完成了，这就有点柔声唱法的味道了。那天回到家里，李任红满脑子就只有“打哈欠”三个字，还想方设法让自己多打哈欠，惹得儿子“咯咯”笑个不止。

冬去春来，不知不觉儿子四岁多了，李任红去老师家也由每周两次减为一次。遇到丈夫有事时，儿子便单独为她领路。她记得小家伙第一次领路去老师家显得异常的兴奋，“指挥”妈妈上下公交车、转车时，儿子像个小大人似的，俨然成了妈妈的保护神，赢得一路赞许声。李任红心底的幸福感不由自主涌上了眼角眉梢。可那天有一段路大修，只能步行，到了老师家所在的大院，一栋栋楼房看上去都差不多，小家伙迷路了，转了几圈也找不到老师家，又累又急，腿一软便一屁股坐在地上“哇哇”大哭起来，边哭边委屈地说：“再也不给妈领路了。”李任红心里一酸，一把抱住儿子，眼泪也止不住地和儿子的泪水流在了一起。直到好心人把他们领进老师的家门，小家伙脸蛋上的泪痕还没有干。就这样，李任红克服种种常人难以想象的困难，坚持跟吴老师学了七八年，打下了美声唱法的坚实基础，不仅较好地掌握了发音的方法与技巧，也明白了很多乐理知识，比如美声唱法也称"柔声唱法"，是歌声、内容、风度、气质仪表和台风等的完美结合，美声唱法在意大利语中的原意就叫"完美的歌唱"，它并非指一味地玩弄技巧，更重要的是要声情并茂。明白了这些，李任红才能把许多中外歌剧的经典选段演绎得荡气回肠、恰到好处。1992 年 5 月，李任红第一次登台亮相，参加北京市总工会主办的"五月的鲜花"职工文艺汇演，以一首意大利歌剧选段《人们叫我咪咪》一举夺得独唱二等奖，为这段学艺生涯画上了圆满的句号，也交给老师一份满意的答卷。

街头卖艺

正当李任红的艺术之路刚刚铺展开来、成功的曙光乍现时，盲人艺术团却莫名其妙地解散了。而更加严酷的现实还在后面——等李任红和丈夫双双回到厂里，早已濒临破产的工厂哪还有他们的岗位？他们夫妻便理所当然地成了第一批待岗工人中的困难户，每月象征性的一点儿生活费根本无法维持生计。那一夜，他们夫妻恰如李任红学唱过的那首歌《今夜无眠》的名字一样，但那不是因为欢乐，而是凄苦与无助。别说艺术之路，就连生存的路他们也不知在哪里。

其实，李任红的父母都是建国前参加革命的高级干部，后来双双离休，她的公公是清华大学的老教授，只要把眼前的困境稍稍透露一丁点儿给他们，双方父母都不会不管的。但李任红不愿像如今不少年轻人那样当“啃老族”，她跟丈夫商定，决心要自食其力，用他们自己的双手挣钱养活小家。在一无技能二无本钱的情况下，李任红当机立断，和丈夫干起了卖冷饮的小生意。装冷饮的大木箱是朋友送的，他们把那只旧木箱刷上白漆，使之看上去很新很亮，她丈夫还趴在箱上画了一只憨态可掬的北极熊以吸引孩童的目光，又在箱内钉上了隔热层。拖放冷饮箱的脚踏三轮车是借来的，没钱买遮阳伞，他们就躲在树荫下。6月天，孩儿脸，说变就变，有时突遭一阵过云雨，他们无处躲藏，就被雨浇得浑身水淋淋的，狼狈不堪。如此艰难的情况下，他们夫妻却为每卖出一支雪糕能赚到三毛钱而感到欣喜，期盼着攒下钱改变这一切。有了第一笔钱后，他们便买了两辆冷饮车，还办了正规的营业执照，有模有样地成了冷饮摊中的“正规军”。每天早上出摊，他们夫妻便迎着初升的朝阳，一人推一辆冷饮车，丈夫在前面引路，李任红凭着仅存的一点微弱视力，盯着丈夫的模糊背影跟进。横穿马路时，丈夫担心她，不停地要她跟紧点。她也担心丈夫，不住地要他当心，注意安全。这是一幅多么感人至深的夫妻恩爱图啊，细心的人们不难从他们身上看到不离不弃的鸳鸯鸟的影子，想到那句古诗——“在天愿作比翼鸟，在地愿为连理枝”。这是一部现代版的爱情童话。

卖冷饮毕竟季节性强，挣钱也不多，儿子的学费却猴子翻跟头般一年年往上涨。就在李任红为此发愁之际，有两人慕名找上门来，约她入伙上街头唱歌挣钱，她顿时心里一亮，随即把冷饮摊留给丈夫料理，自己换上一套平日不怎么舍得穿的鲜亮衣裙，跟着他们一个领路的、一个伴奏的便出发了。没想到第一天上街唱了不到两小时，他们便挣了 200 元，她自己分到 80 元，这在当时可是一笔不小的收入。更重要的是，她又可以放开嗓子唱歌了，心情一下子便开朗起来。几个月唱下来，她积累了丰富的街头演唱经验，就置办了录音机、音箱和麦克风，走上了独自街头卖艺之路。在人们固有的印象里，街头卖唱的盲女总是一副凄凄惨惨的乞怜相，与沿街乞讨没什么两样。然而，李任红一开始便与众不同。她的端庄典雅，她大方沉稳的风度气质，她俏丽而不失庄重的得体衣饰，她随风轻拂的披肩长发，她训练有素的纯净、柔和的近乎完美得歌声，这一切的一切，完全改变了那些世俗成见，她几乎轰动了北京城，人们惊呼：“太美了！哪里冒出个大歌星！”她被热心追捧她的北京市民毫无保留的热情感动了，也为自己辛苦学艺七八年的所得有了用武之地感到欣慰。为此她唱得很投入，把每一次演唱都当作一次特殊的艺术实践，努力地唱好每一首歌。《我爱你，中国》、《英雄赞歌》，还有一些中外歌剧选段，都是她街头演绎的保留节目。想不到这些艺术歌曲居然能在街头深受观众欢迎，这对她实在是莫大的鼓舞，更增添了她唱好艺术歌曲的信心与热情。一次，她在西单唱歌，围拢的人越来越多，片警怕闹出事来，挤进人群要她赶紧收摊回家。兴头上的观众不乐意了，纷纷指责警察，说有这时间，你们警察不如去多抓几个扒手，多破几个案子。当然，警察的担忧也不是多余的，李任红也曾遇到街头小混混趁机浑水摸鱼，借机捣乱闹事，甚至直接冲她污言秽语泼脏水的。好在喜爱她歌声的群众遇上这种情况就会自动站在她的周围，有意无意地保护她，这让她非常感动。她的街头卖艺生涯，直到后来北京市残疾人联合会组建合唱团，她被选入担任领唱时才结束。

日本献艺

李任红的歌声不仅赢得了街头的掌声，也帮她挣到了赖以生存的金钱，帮她的小家度过了那段经济窘迫的艰难时光。难能可贵的是，她一直把关很严，非常自律，从来不为了赚钱而降低演唱歌曲的艺术水准，不为了迎合部分观众而低俗化，从而也赢得了别人对她的尊重。她对艺术的认真、严谨和一丝不苟的态度以及她的大量的演唱实践，大大提高了她的演唱水平。在各种文艺汇演和歌手大赛上，她的演唱实力得到了广泛的关注与认可，她也收获了一本又一本获奖证书。那些大大小小、规格不等的小红本装满了一抽屉，总有几十本之多，连她自己也记不清到底拿了多少奖项了。她记忆较深的，除了前面提到的首次获得的二等奖，再就是1993年由市委宣传部牵头、北京市电视台等七家单位承办的“我有一个欢乐的家”音乐大赛上李任红唱《我爱你，中国》，她丈夫拉手风琴伴奏，这是他们夫妻第一次联袂登台，结果他们妇唱夫随、配合得天衣无缝，一举拿下了大赛一等奖，奖品是一台分体式空调。那时候，他们夫妻还在街头卖冷饮，家里连台彩电也没有，空调对他们来说简直太奢侈了，转手就被他们卖了5000块现钞，买了彩电和两辆冷饮车等，大大改善了他们的生活状况。也就是这次大赛之后，中央电视台《东方时空》栏目组通过北京市电视台表达了采访她的意愿。这简直是千载难逢的成名良机，是无数日夜做明星梦的人求之不得的。但谁也没有料到，李任红却婉言谢绝了，她说自己不是那种说得比唱得好听的人，不善于也不习惯夸夸其谈，她需要的是更多的演出机会，一切要用她的歌声来证明。2000年，她的歌声终于得到声乐专家的认可，她被接收成为北京市音乐家协会鲜有的盲人会员，成为了真正意义上的歌唱家。她果然证明了自己的实力，成了盲人事业有成的典范。

成名成家的李任红参加的演出和社会活动越来越多，经常忙得不着家。2006年，北京市西城区与日本东京中野区建立友好城市二十年互访，李任红是访日代表团里唯一的一位残疾人。与日方艺术家同台演出时，她的节目被安排在最后，是所谓的“压轴戏”。在异国他乡的舞台上，李任红的笑容大方而自信，一袭曳地长裙庄重而典雅，一头如水的披肩秀发又显出了她的妩媚。不知是出于日本人特有的礼貌，还是他们惊羡于她的风度与美丽，场下一片静悄悄的。就在这静悄悄的等待里，《北国之春》的歌声如同一股旋风在风平浪静的海面上骤然响起，标准的日语发音、圆润柔和的标志性美声唱法、昂扬澎湃的激情综合形成的冲击波激起了层层海浪。一曲歌罢，掌声汇成的浪潮一浪高过一浪，全场沸腾了！直到李任红谢完幕，掌声仍然经久不息。面对他们的盛情，李任红两次谢幕不成，只得临时加唱了一首《节日欢歌》才算作罢。回到后台，几位老华侨已经手捧鲜花在那迎候她，一个劲地夸她的完美歌喉，夸她为中日民间友好事业做了贡献。

并非尾声

五十而知天命，李任红在天命之年结束了十几年的待岗生涯，开始享受退休待遇，过起了安逸遂心的家居生活。而她那一点微弱的光亮，也在这一年悄然不告而退，把她彻底扔进了夜的怀抱。对此早有心理预期的她，坦然接受了这一现实，但她心中那盏不息的艺术之灯依然亮光闪闪，什么样的“天命”也改变不了她对生活的热爱与对声乐艺术的追求。咬定青山不放松，这是她坚定执着的天性，或许也是她事业有成的秘诀之一。这些年来，凡各种规模的公益演出，她都爽快地应邀而去，从不借故推托。北京“残奥会”期间，她参加了合唱团，在开幕式前进行“热场”演唱，为此还集中排练了很长一段时间；大赛间隙，她又在小范围内为各国残疾运动员和前来观摩比赛的历届各国金牌得主演出，忙得不亦乐乎。

2004年她买来了电脑和读屏软件，凭借她的聪明与执着精神，很快便熟练掌握了盲用电脑的使用方法，比如系统的安装和相关软件的设置等，并为自己取了一个意味深长的网名——芦苇。她就是日后爱盲语音室“音乐角”大名鼎鼎的主持人芦苇大姐。在那方崭新的艺术天地，作为芦苇出现在网友面前的李任红如鱼得水，深受歌迷和盲人歌手的追捧与喜爱。她的主持风格亲切自然，不卖弄，不故弄玄虚，像个受人敬重的、很有亲和力的邻家大姐姐。她结合自己多年的艺术实践讲授的声乐艺术讲座让许多年轻的盲人歌手受益匪浅。他们纷纷通过网络向她求教，她总是根据他们每个人的具体情况提出指导意见，既耐心又毫无保留，是大家公认的良师益友。网友们喜爱她的为人，更喜爱她的歌声。2005年8月，全国盲人“仲夏夜之梦”网络歌手大赛，她众望所归，再次夺魁。尽管奖品只是一台数字收音机，价值不过500元，但她非常珍惜，一直珍藏着没有启用。她说，自己的艺术生命在网络世界、在“音乐角”这片无遮无拦的广阔天地得到了最大程度的延伸与拓展，她将沿着这条信息高速公路，继续她的艺术人生。

2008 年 10 月 28 日写于池州

注：本文发表于 2011 年第 4 期《盲人月刊》。

草原雄鹰

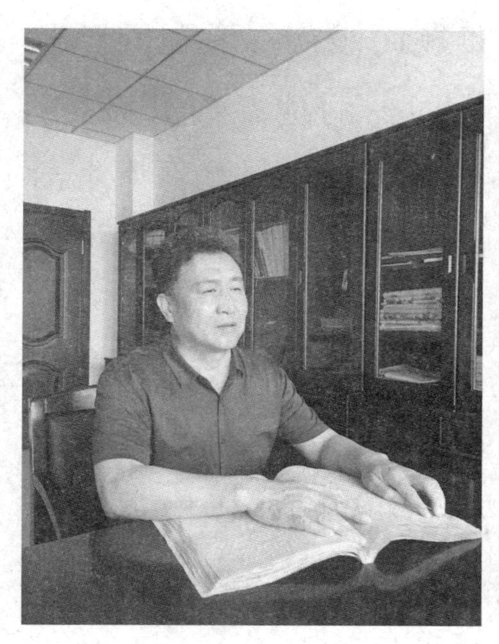

接通 QQ 语音，一声“哥们”透着大草原的粗犷和真诚，一下子拉近了我这个老伤兵与内蒙古通辽市残疾人联合会理事长崔健的心理距离。细算起来，他小我 5 岁，马年正好是他的知天命之年，采访也便在这轻松自如的气氛中，从年龄话题说开来……

15 岁的忧伤

生在草原长在草原的崔健，打小就是个活泼好动而又好学上进的好孩子。每每看到一飞冲天、在辽阔的草原上空翱翔的雄鹰，他总是钦羡不已，总是情不自禁地追逐着雄鹰投射在草原上的剪影奔跑，梦想着长大后也要像雄鹰一样，在更加广阔的天空里自由飞翔。然而命运却跟他开了个天大的玩笑，还没等到他这只雏鹰起飞，就用一块厚厚的黑布死死地蒙住了他那双渴望知识、渴望蓝天的眼睛，留给他无限的忧伤与怅惘。

那是15岁的花季，读初三的崔健突然发现黑板渐渐离他远去，粉笔字就像一个个小蝌蚪一样相继潜入浑浊的水底不见了踪影。他跌跌撞撞地跑回家，一头扎进母亲怀里泣不成声，绝望的情绪笼罩了整个家庭。经眼科专家诊断，他患上了致盲率非常高、至今仍是医学难题的眼病——视网膜色素变性。15岁的忧伤就这样击垮了年少的他。离开校园，离开朝夕相处的老师同学，他看不见路在何方，看不见生活的希望和生命存续的意义，他决计以绝食与命运抗争，做不成草原雄鹰，他愿意去滋养一棵小草。

他的举动吓坏了同样忧心如焚的父母。为了以防万一，那段时间，父母只能轮流请假陪他在家，分别给他讲草原英雄小姐妹、海伦·凯勒、《钢铁是怎样炼成的》中的保尔这些人的故事，鼓励他坚强起来，战胜厄运。为了排解他的空虚寂寥，父母又借钱买来半导体收音机给他解闷。懂事的崔健不忍父母为他焦虑与担忧，更不想他们为此耽误工作，吃饭时特意让父母看见他吃得香，胃口好，好让父母放心去上班，把忧伤留在自己一个人独处的时候。

22岁的光荣

在父母的爱的呵护下，崔健渐渐接受了失明的痛苦现实，整天与半导体收音机为伴，借以打发无边无际的空虚与寂寥。百无聊赖时，他会把小小的收音机拆了装，装了拆，父亲见他手感特好，做事又细心专注，便问他愿不愿意去学按摩，为多病又缺医少药的草原牧民服务。他立刻丢开成天不离手的“话匣子”，缠着父亲给他联系培训班。

1981 年 9 月，他如愿以偿地走进了内蒙古盲人按摩培训班，接受了两年比较正规的按摩培训，于 1983 年 8 月以全优成绩毕业，在通辽市科尔沁区第二医院当上了该院唯一的一位盲人按摩医生。穿上白大褂的那一刻，19 岁的他百感交集，决心做一名好医生，为盲人争口气。

此前，崔健在培训班学习非常刻苦，刚开始用盲文抄写笔记时，右手中指被盲笔磨出的血泡好了又破，破了又好，直到后来磨成厚厚的老茧。在两年的医疗实践中，他深感医学的博大精深与自己学识的浅薄，知道靠培训班所学的皮毛想当个好医生还远远不够，因而他为自己定下了考学深造的目标。

1985 年，崔健考进了河南省盲人按摩学校三年制的按摩中专班，实现了他第一步的深造计划。在那里，他如鱼得水，更加发奋学习，先后担任了学习委员和团支部书记。入校的第二年，在他年仅 22 岁的时候，于新中国 37 岁华诞之际，他光荣地加入了中国共产党，成为同学们的标兵和榜样。他说面对党旗、举拳宣誓的那一刻是他终身难忘的梦想起飞的时刻，他就像一只羽翼渐丰的雏鹰，继续渴望着飞向蓝天。1988 年 9 月，他又如愿考进了长春大学特教学院针灸推拿系，实现了他的大学梦，为自己进一步的深造和起飞铺平了道路。

1991 年学成归来，崔健的事业再上新台阶，当上了通辽市人民医院的按摩医师。有了苦学八年打下的医学理论基础与熟练的按摩手法，他很快声名鹊起，每天求医者络绎不绝。

颈肩腰腿痛是按摩中的常见病，对崔健来说这些都是小菜一碟。急性腰扭伤躺着进来的病人，经他揉捏点穴三下两下，患者就能神奇地立马起身下床、自己走着回家。不仅如此，细心的他还能根据所学的理论和丰富的临床经验，及时发现常见病中的隐患。比如，一个中年腰椎间盘突出患者，几次按摩没见好转迹象，他琢磨该患者可能伴有股骨头疾病，建议患者扩大检查范围，后来果然查出该患者伴发股骨头坏死的早期症状，使之及时转到骨科治疗，没有因此延误病情。还有两例腰椎间盘突出患者同样在他的建议下查出了伴发早期骨癌，避免了癌症在不负责任的按摩下恶化、造成不可挽回的后果。他据此提醒同行们，特别是未经过正规按摩专业学校学习的按摩从业者，无论工作多么辛苦劳累，一定要多抽时间学习医学理论，提高诊断水平，要记住磨刀不误砍柴工，更要知道良医救人，庸医则只能害人不利己。此外，他在《按摩与导引》、《中国骨伤》等杂志上发表的《颈性眩晕的推拿与西药疗效观察对比》、《肱桡关节滑膜嵌顿一例》、《重感冒引发急性腰骶神经根炎一例》等论文，都具有相当高的学术价值，在业内受到高度评价。很快他被评聘为副主任医师，跻身医院青年专家行列。

34 岁的创举

1996 年的一天，科尔沁左翼后旗盲人宝山在姐姐、姐夫的陪同下找到崔健，要求留下来拜师学艺。崔健当时为难了，他很想帮宝山一把，也知道这是给像宝山一样的盲人生的希望，但是条件不允许啊！崔健家里很拥挤，老少三代一家六口住在仅 50 平方米的房子里，哪有地方收留他啊！

宝山走后，崔健陷入了沉思：有多少像宝山这样的盲人因为没有一技之长生活没有着落！帮助他们走出困境也是自己的一份责任啊！崔健突然产生了一个大胆的想法：办一所盲人按摩学校，填补通辽市按摩培训和学历教育的空白，让像宝山一样的盲人都能学到按摩技术、找到自己的人生希望。于是，在妻子的鼎力支持下，他把自己的全部积蓄拿了出来，找朋友，找残联，找政府，找了他认为能够帮助他解决问题的所有单位和个人，跑了一趟又一趟，话说了一遍又一遍，他们了解了崔健的医技，更被崔健的执着感动了。有了他们的帮助与支持，一系列的问题得到了快速而圆满的解决。1998 年，浸透着崔健心血与追求的“通辽爱心针灸推拿学校”正式挂牌成立。

办学伊始，崔健就把正规的三年中专学历教育作为办学目标，要把每一个学生都打造成合格的按摩医师，绝不误人子弟。为此他每天从医院下班后，晚上都准点站上讲台，着重给学生讲授中医基础理论、人体解剖，并结合自己的临床经验传授按摩诊断、各科按摩学、训练手法等。从早到晚一站就是十几个小时，造成了右脚跟腱炎，疼痛难忍。但只要一站上讲台，他就全然忘了疼痛，眉头都不皱一下，仿佛给学生讲课就是他最好的镇痛剂。与身体上的疼痛相比，他说更揪心的还是办学经费太有限，远远不能满足需求。办学硬件很简陋，对不起那些慕名前来又那么刻苦的莘莘学子。而盲人学员大多相当贫困，别说学费，有的甚至连基本的生活费都成问题。

记得一个姓王的姑娘入学不久，哥嫂便找到学校，要拉她回去嫁人，说一个瞎子学什么按摩，还不如早点嫁人早省心。小王姑娘哭着找到崔健，不肯离校。她哥嫂却说收了男方 3000 元聘礼，钱都买了化肥、农药撒到地里去了，不想嫁就拿钱还人家。崔健了解到，小王姑娘对哥嫂作主的这门亲事本来就不满意，感觉就像他们为 3000 元钱把妹妹当货物卖了，十分愤恨，他当即把自己刚刚借来维持家计的一笔钱给了那对见钱眼开的夫妻，留下了小王姑娘。崔健把借来过日子的钱又送了出去，这让一直坚定支持崔健并在学校兼职当老师的妻子也有点沉不住气了！加之她的老父亲正生病，她便赌气要回娘家看父亲，不想走到车站附近，却发现一个叫小柯的盲生正在讨饭，便上前询问。一路从山东讨饭找来、被崔健留校学按摩的小柯说："学校也困难，已经免了我的学费，自己就想讨点生活费交给学校。"崔健的妻子听后二话不说，拉起小柯就转回了学校，然后才对小柯说："以后再也别去伸手讨饭，盲人也要有尊严，只要有我和崔健一口饭，绝不会让小柯你饿着肚子学按摩。"就这样，小柯和小王姑娘学成后，各自创业成家，过上了有尊严的幸福生活，他们每次打电话给崔健夫妇，总是千恩万谢、感激不尽。

如今，崔健的爱心学校已经声名远播，慕名来求学的学员来自祖国的五湖四海，涵盖了14个省市自治区。学校成功培养出九届1000多位学生，为近300位残疾生和特困生减免学费30万元。这些学生毕业后，有的去了北京、上海、深圳等大城市，有的回到家乡办起了按摩保健院，逐渐摆脱了贫困。通辽市的盲人按摩师，99%都是该校毕业生，也都是崔健的学生，其中家资超过百万的已不在少数，大多数都进入了小康家庭行列，日子越过越有奔头。令崔健欣慰的是，不少学子懂得回报母校，有的把首月工资分文不少地寄给母校，有的敞开大门接收母校的学弟学妹，有的为母校添置教具，他们都把崔健夫妇当成了终身难忘的恩师。更让他们夫妇开心的是，他们的付出还得到了社会的认可，政府相关单位和其他社会各界爱心人士纷纷资助，使得学校越办越红火。2003年学校被国务院残疾人工作委员会授予"残疾人之家"光荣称号。2008年学校又被通辽市残疾人工作委员会授予"自主创业、扶残助残标兵单位"。北京市的一家传媒公司还专赴通辽为他们拍摄了一部时长一个半小时的电影。这部名叫《雪色》的电影没有选用一个专业演员，所有演员都是他们在校师生，主演就是崔健夫妇本人，是真正的本色演出，这在中国电影史上恐怕也是绝无仅有的吧。我有幸拿到这部电影的光盘先听为快，着实感动不已，其中不少细节都催我泪下。

44 岁的使命

经过在通辽市残疾人劳动服务中心做主任的三年时间的历练，崔健于 2008 年 3 月走上了通辽市残疾人联合会副理事长的领导岗位，时年 44 岁。他顿感肩上责任重大，同时还有一种光荣的使命感。

上任伊始，有好心的朋友就劝导崔健说，如今从政不容易，要会察言观色、迎来送往，你一个盲人如何能行？还不如当你的名医。正如古人说的，不为良相，便为良医。崔健不以为然，他知道自己不是为了做官，而是要尽自己的力量，努力为通辽市 20 万残疾人做点事。于是他便对朋友说起了鹰的故事：据说鹰的寿命与其他鸟类相比可谓最长，它可以活到 70 岁。而要维持如此长的寿命，它就必须在 40 岁时为自己的生命做出一个重要的决定。这个决定的结果是无比痛苦的，但却可以用 150 天左右的时间让它的生命获得新生。首先，它会在飞翔中突然撞向悬崖，把结着老茧的喙狠狠地磕到岩石上。它会用很大的力气，一下子便把老化的喙连皮带肉磕掉了然后满嘴流着血飞回洞穴，忍着剧痛等待新喙长出。新喙长出来后，它就立刻进行第二道工序，用新喙把双爪上的老趾甲一个个拔掉。那同样又是一次血淋淋的更新。不久，新的趾甲长出来，它紧接着进行第三道工序，用新的趾甲把旧的羽毛扯掉，再等一段时间，新的羽毛又长出来了。经过这一系列疼痛的更新，鹰才可以再次在蓝天上飞翔并再收获 30 年的生命岁月。它的这一系列生命更新充满了危险，极有可能使自己被疼死或饿死，但它依旧勇于向自己挑战，勇于让自己在死亡的边缘获得新生。

为此，崔健在日记中这样写道："我不会让大家失望，我会用自己的热情，用自己的行动，用自己的能力干好这份工作，像鹰一样蜕变重生，在新的岗位上再创辉煌。"

在副理事长岗位上，崔健主要分管文宣、维权、教育就业等工作。为了提高自己的政策理论水平和业务水平，他常上各级残疾人联合会和中国盲人协会的网站，一遍遍地学习与残疾人相关的法律法规、惠残政策及有关残疾人事业的业务知识。他时时想着自己的责任和义务，严格恪守"人道、廉洁、服务、奉献"的职业道德，积极主动地协助同事们做好分管的各项工作。

2008 年全国助残日时，他协调当地企业为残疾人联合会捐款 5 万元。2008 年 9 月他与残疾人联合会的全体同志共同努力，成功举办了通辽市首届残疾人运动会。2009 年 4 月他成功组织了通辽市第一届残疾人文艺汇演。2009 年 5 月全国助残日时，他协调通辽市人才就业指导中心，成功举办了通辽市首次残疾人就业招聘会；此次招聘会上有86家企业参加，为残疾人提供了300多个就业岗位，其中95人与用人单位签订了劳动合同。2009年他与当地技工学校及其他培训学校协调，创办了通辽市首届残疾人学历教育培训班，使60多名学历教育残疾生得以免费学习。他还走访摸底基层的残疾人家庭，2009年为100多名考入大学的残疾生及残疾人家庭的大学生发放助学金15万元；此后每年，残疾人家庭子女考上大学，每人都能得到2000元的补贴。他还组织举办了通辽市首届肢体残疾人机动车驾驶员培训班，实现了残疾人的驾车梦。特别是自他分管收缴残疾人就业保障金工作以来，保障金征缴数额逐年大幅度增加，为通辽市的残疾人事业发展奠定了强有力的经济基础。不仅如此，最近两年，他以个人名义为各种残疾人活动拉来的赞助费就超过了60万元。

一桩桩、一件件事迹的简单罗列，分明让人感受到一颗火热的心，一颗甘为残疾人兄弟姐妹付出、不求回报的拳拳爱心。不知从什么时候起，崔健的手机成了残疾人的热线电话，他从来不嫌烦，不论事情大小，只要能办到的，他总是热情帮忙。他说自己是从盲人堆里走出来的，最了解盲人以及各类残疾人的困苦。“群众利益无小事”，这句话用在残疾人事业上最合适，他对此牢记在心。曾经有一对聋人夫妻带着患了口腔肿瘤的儿子找上门来求助，崔健亲自把他们领到原先就职的市人民医院，找到口腔科主任。经过检查发现肿瘤部位包裹了局部神经血管，手术难度大，风险高，医生建议他们直接转到北京去。崔健马上协调市县两级残疾人联合会和工会，筹集到8000元钱交给他们，还主动拥抱了孩子和他的父亲，给他们送上最真诚的祝福，一家人感动得热泪盈眶。就在我采访的过程中，有人打来电话，只听崔健回道："你好——残疾证办了吗——需要一部轮椅好说，明天就来残联领取——不用谢，这些轮椅本来就是为你们准备的。"放下电话，又有人敲门来访，崔健说这都是大家对他和残联的信任，只要在办公室，他都会亲自接访，实在是一时不能解决的问题，他也会做好解释工作，求得对方的谅解。而对一些能办的事情，他总是一分钟也不耽误，说办就办。有时外地残疾人丢了回家路费找来，他核实后，也会让工作人员帮忙买好火车票，再给几百块钱送人上车。他说只要用在残疾人身上，这钱怎么花都是值得的。

48岁的腾飞

想干事、能干事、干成事是通辽市方方面面对崔健共同的评价，也是他一心一意为残疾人做事的真实写照。这不由得令我想起南唐诗人高越《咏鹰》中以鹰自比的诗句："雪爪星眸世所稀，摩天专待振毛衣。虞人莫谩张罗网，未肯平原浅草飞。"

由于工作出色，崔健得到广大残疾人的拥戴，2012年2月，在通辽市残疾人代表大会上，48岁的崔健众望所归，高票当选为通辽市残疾人联合会首任盲人理事长，站上了一个更高的平台，开始了新的腾飞。这在全国地市级残疾人联合会也是第一次由盲人当选理事长。不仅如此，20 多年来，他还先后被评为全国第二届残疾人自强模范、内蒙古自治区第八届“十大杰出青年”。2013 年中国残疾人联合会换届选举，他当选为中国残疾人联合会主席团委员，同年还当选中国盲人协会副主席。他还是通辽市首届“五一劳动奖章”和劳动模范获得者、通辽市第二届、第三届政协委员。2012 年 1 月他被授予首届通辽市“科尔沁英才”称号。

在通辽市 20 万残疾人心中，崔健就是他们引以为豪的翱翔在高天的草原雄鹰，是他们值得信赖的希望所在。然而面对这么多的桂冠与炫目的光环，面对广大残疾人以及各级组织的信任与重托，崔健没有迷失，没有陶醉在鲜花和掌声里沾沾自喜。他清醒地意识到，自己肩上的担子更重了，责任更大了，要领着残疾人走上共同富裕的道路，为全面建成小康社会添砖加瓦，还有许多艰辛和预想不到的困难，还需要加倍努力和奋斗。他说自己不是什么超人，而是一棵小草，要努力使出全身的力量去染绿一点儿大地，去营造残疾人的春天。他是这样说的，也是这样做的。这两年，除了日常性工作外，他竭尽所能、花大气力抓了三项工作，成效显著，详情如下：

首先，各类残疾人抢救性康复工作迫在眉睫，崔健对此项工作紧抓不放。贫困白内障患者做到发现一例手术治疗一例，费用全免，使得那些跌入黑暗深渊的白内障患者重见光明，重拾生活的信心与勇气。对适合植入电子耳蜗的耳聋患者，每人将近20万的手术费实报实销。对脑瘫和孤独症患儿也都分别给予康复治疗与训练。他说这些康复工作做好了，挽救一个患者就能稳定一个家，让他们感受到生活的阳光与希望，感受到社会大家庭的温暖。

其次，让更多的残疾人脱贫致富需要政策扶持。崔健积极建言献策，促成通辽市多项惠残政策的出台。不论城乡，残疾人创业，只要手续完备，他都会协调政府相关部门，给予3万到10万不等的贴息贷款。仅这一项，每年的扶助资金就高达三四百万，使不少残疾人创业者受惠，因此走上富裕之路。在农村，他鼓励残疾人大力发展养殖业和种植业，走公司加农户的新型发展模式，每户残疾人养一头奶牛，能得到残联、公司等单位的6000元补助。盲人阎建光就是受惠者之一，他不仅自己养牛发家，还带动周边50户残疾人家庭一起养牛，成了远近文明的致富带头人。由于通辽市残疾人联合会这方面的工作表现出色，2013年中国残疾人联合会在通辽市举办了全国农村残疾人脱贫致富现场经验交流会。崔健在会上做了典型发言，对全国农村残疾人脱贫致富起到了积极的引导与示范作用。

再者，随着残疾人事业的发展、残疾人生活水平的提高，崔健敏锐地觉察到，残疾人参政议政的愿望也越来越迫切。他担任理事长后，明确要求所属九个旗、县、市、区的残疾人联合会至少要推荐一名残疾人进入同级“人大”或政协，让残疾人的声音和诉求有一个正当的上传途径，让残疾人真正觉得有发言权，有尊严。有个县残疾人联合会反映，他们的县委组织部长对此不理解，认为残疾人没能力参政议政，也没必要。崔健便找到该县的县委书记，现身说法，说自己当选通辽市政协委员以来，每年的政协会议都会提出不少惠及残疾人的提案，也都受到媒体的广泛关注。他的说服最终得到了该县委书记的认可与支持，使得他这一设想全部得到落实，这是残联工作的一种创新，使通辽市残疾人联合会的工作走在了全国前列。

几次采访，崔健总是强调自己只是个幸运儿，遇上了改革开放和残疾人事业大发展的时期，如果没有国力的强盛，没有残联，自己浑身是铁又能打出几颗钉来。正所谓“皮之不存，毛将焉附”。我则在他的谦词里陷入沉思，倘若有越来越多像崔健这样有能力、有魄力、德才兼备的残疾人走上残联领导岗位，有职有权，一心一意为残疾人谋福利，那该是各地残疾人多么大的福音啊！为此，我祝愿崔健这只草原雄鹰，飞出草原，飞向更加广阔的天空，造福更多的残疾人朋友！

2014 年 4 月 10 日修订于池州

注：本文荣获仁力传媒公司第二届“仁力杯”全国残疾人网络征文大赛三等奖，部分发表于《盲人月刊》。

象牙塔里的盲人女教授

这里所说的象牙塔，是江西省宜春学院。在它旗下的美容医学院的多媒体教室的讲台上，姚敏教授正在讲课，她的讲授条理清晰、表达准确，常常以渊博的学识、丰富的临床经验和典型病案抓住学生们的心神，博得他们的一致赞赏。但台下不知内情的新生做梦也想不到，他们的女教授居然是个盲人，更不知道眼前的授课者有着多么不平凡的人生经历——在站上这个讲台前，她是第五人民医院的主任医师，也是中国盲人按摩学会的副会长，还是省级劳动模范、全国“三八红旗手”、全国卫生系统先进个人，至今仍担任着省市盲人协会的领导工作。

绝不做废人

一周岁的姚敏被母亲抱去照相馆，母亲想为她留下人生周岁时的第一张纪念照。没想到一走进照相馆昏暗的照相室，小姚敏便瞪着惊恐的眼睛不停地东张西望，眼睛毫无目的，又好像不能聚光。身为妇产科医生的母亲敏感地意识到了什么，心中顿生一种不祥的预感。照完相，她顾不上回家，直接把女儿抱到了省医院眼科，检查结果证实了她的担忧：小姚敏有先天弱视和远视，外加玻璃体混浊，将来视力能保住多少，医生也无能为力，全仰仗天意了。至于用药，也只能吃点鱼肝油什么的，起一点安慰作用而已。此后，小姚敏的早期记忆就与鱼肝油结下了不解之缘，一日三次比她吃饭还要重要。十几年吃下来，闹得她后来一闻到鱼肝油那股腥味儿心里就直作呕，常常连饭也吃不下了。读到初一时，鱼肝油再也没法留住她日渐弱下去的视力，她坐在第一排也没法辨认黑板上的方块字和数学公式了。

那时正是“文革”前期，姚敏的父母分别在宜春市市委和宜春卫生学校上班，后来双双被下放到偏远的乡村。受“文革”影响，原本教学质量就不高的乡村中学的教学秩序更是难以维持，别说眼睛看不清的孩子，就是那些眼睛好的孩子也学不到多少知识。姚敏的母亲便把她留在家里，这样一来至少可以不用担心她外出的安全问题。不久，姚敏的父母被重新安排工作，又双双调回了宜春市。安顿好后，父母的工作开始繁忙起来。懂事的姚敏见母亲上班工作又忙又累，下班还要洗衣做饭、打理家务，常常累得腰都直不起来，便学着做起家务来。当她第一次把亲手做好的饭菜摆上餐桌时，全家人都感到吃惊和意外的欣喜。可是，父母边吃边夸奖她时，她却一点儿也高兴不起来，随便扒了几口饭，便离开了餐桌。母亲明白，她心里有怨气呀。她上面有一个姐姐，下面有两个妹妹，唯独她一个人的眼睛出了毛病，她是害怕一辈子走不出家门，一辈子做家庭妇女啊。父母决定带她去上海的大医院再检查一下。身为医生的母亲虽然清楚地知道眼病的结局，但最后还想作一次努力，即使不能挽回她的视力，日后也不会后悔。在上海市第六人民医院，他们得到了明确的诊断结果：致盲的罪魁祸首，除了南昌医院检出的眼病外，主要的因素还是视网膜色素变性。医生说他们那里同样的病人有 4000 多例，结局都一样，失明只是迟早的事。据最新资料显示，全国现有的盲人中，因此病致盲者高达 40 万人。返回的途中，父母专门绕道带她游玩了南京长江大桥和杭州西湖，一方面想让她散散心，同时也想让她用最后的一点儿微弱视力留下对祖国风光的美好记忆。在南京长江大桥上，她牢牢记住了母亲的话："人要像长江一样胸怀宽广、勇往直前。人生的路就像建设长江大桥一样，要付出艰苦努力，排除万难，这样才能抵达胜利的彼岸。"更让她念念不忘的是离开上海前母亲带她去的上海盲校。虽然上海盲校不收外地盲生，但她从此知道了，即使完全失明，仍然是可以读盲校学本领的，这是她上海之行的最大收获。她恳求母亲一定要让她走出家门，出去拜师学艺。她要做一个对社会有用的人，绝不做废人！那坚定而庄重的口气，一点儿也不像个十三四岁的小女孩。

求学路漫漫

回到宜春，经多方打听，姚敏的母亲得知有位老同学姜丽珠在南昌市按摩医院工作，是按摩医院的一名骨干医师，便领着姚敏投到老同学门下，让姚敏既拜了师傅又认了干妈，在那里一待就是三年。期间按摩医院凡是办针灸推拿短训班，姚敏每次都像新学员那样认真听课做笔记，刻苦练习手法和指法并在自己身上扎针体验针感。其余时间，姚敏便跟着姜老师看门诊、上临床，同时学盲文，用盲文记下治疗心得与成功经验。她们师生一个尽心教、倾囊相授，一个刻苦努力、学而不厌。姚敏很快便能独当一面，成了姜老师的得力助手。但苦于没有编制，姚敏再有本事也进不了这家最适合她的按摩医院。她想起出院不久的宜春某民政局长，她是因严重的腰椎间盘突出被人抬进该院的。在姜老师的指导下，经过三个月的推拿治疗，姚敏亲手治愈了这一例重症患者。康复出院的女局长是个有心人。她感受到眼前的这名新手推拿功夫已经很不简单，临走前留下一句话，让姚敏日后有什么事尽管找她。姚敏悄悄给这位局长打了个求职电话，没想到第二天，正是端午节，局长亲自坐着小车接她来了。在局长家过了端午节后，她被安排在民政局下属的按摩诊所工作，月工资 29.5 元。刚满 18 岁的她，开始了自食其力又能服务社会的全新而快乐的生活。

十多年后，南昌按摩医院开办正规的针灸推拿专业中专班。已经调任宜春市温汤疗养院工作并在那里寻到了另一半结婚生子、过着幸福的家庭生活的姚敏，心里很想脱岗去求学，可又舍不下丈夫和牙牙学语的儿子。幸运的是，她的想法得到了父母和在疗养院当药剂师的丈夫还有院领导的大力支持，她第二次离家求学的心愿实现了。又一个三年，她把对儿子的思念、对丈夫的感激、对领导的感谢深深埋在心底，如饥似渴地学习，用疲劳战术抵御不时冒出的回家的诱惑。有所失必有所得，她这三年的收获是系统地学完了针灸推拿中等专业的全部二十多门课程，为她日后的发展奠定了坚实的理论基础。学成归来，姚敏和丈夫同时被调往宜春市委大院公费医疗门诊部，她任针灸推拿师，她的丈夫仍然在药房任药剂师。门诊部后来升格为宜春市第五人民医院。

1988 年春，姚敏在出席全国第一届“残疾人联合会”代表大会时得知长春大学特教学院面向全国残疾人招生，设立了针灸推拿专业大专班，盲人从此能够有机会上大学了，她当即高兴地报名参加了招生考试。但这一回，她却遇到了来自两方面的阻力。当录取通知书喜鹊一般飞到家门口的时候，她的丈夫和新单位的领导都不赞成。丈夫说儿子上小学了，正需要妈妈的呵护、悉心指导和生活上更多的关心。单位领导说，她若执意离职上学，就要扣发全部工资。一向说话做事果断、从不前怕狼后怕虎的姚敏，心里却顿时犹豫起来，她问自己是不是太自私了，是不是该放弃这很久以来一直梦寐以求的大学梦呢？那些天，她因拿不定主意而吃不香也睡不安，没几天便消瘦了一圈。

深爱她的丈夫被她学无止境的求知欲所感动。想当初自己不顾母亲坚决反对他娶一个盲姑娘，不顾父亲不让他们回家办婚事的阻挠毅然在单位与她成婚，爱的不就是她的这种好学上进和一心一意为病人、兢兢业业认真负责的工作精神吗？他记得自己刚分配到疗养院时，有个来疗养的老头儿不知因什么喜事多喝了几杯，突然昏厥了过去。姚敏一摸老人的呼吸脉搏都微弱了，赶紧为老人做口对口的人工呼吸，同时进行胸外心脏按摩，一直坚持到救护车赶到，总算帮老人捡回了一条命。在赢得病人及其家属的衷心感谢与疗养院职工和其他病人交口称赞的同时，姚敏也赢得了自己的心。想到这些，她的丈夫便亲自把她送到学校；帮她办理好报名手续，安顿好寝室，这才依依不舍地离去。姚敏因而成为了长春大学特教学院，也是中国大陆第一届针灸推拿专业的盲人大学生，是班上唯一当了妈妈的大学生。回到家里的丈夫开始用刚学会不久的错漏百出的盲文每周给心爱的妻子写信，述说他的思念，交代她安心学习，不用为家里分心。远在千里之外的他乡，捧读明眼丈夫用盲文写下的特殊家书，姚敏总是感动得热泪直流。可渐渐地，家书越来越少，最后连一封信也不见了。姚敏心里顿生疑团，打电话回单位，丈夫的答话总是支支吾吾、有气无力的，到后来，电话打过去根本就找不到丈夫来接。每每这时，她便拿出随身携带的一家三口的合影贴在脸上摩挲着，仿佛能感受到他们父子的体温，心里却忍不住要轻声问丈夫："你怎么了？出了什么事情吗？"她哪里知道，此时的丈夫已经病入膏肓，险些因误诊而丢了性命。原来，当她的丈夫高烧不退、腹痛难忍时，找不到病因的医生只好打开他的腹腔做手术探查，发现他的肠系膜以及周边的淋巴结全部烂掉了，目测便说是淋巴癌症晚期，并一连发出了三张病危通知书，要家属准备后事。姚敏的母亲要求医院死马当作活马医，最后做一次全科检查，才发现医生把肠系膜结核误诊为了癌症，于是赶紧用上抗结核药，她的丈夫这才起死回生，捡回了一条命。这一切，他们都瞒住了姚敏。等姚敏暑假心急火燎赶回家时，丈夫已经骨瘦如柴，像一具骷髅躺在床上，连坐起来迎接妻子归来的力气也没了。姚敏扑向床边，深情地把丈夫从头摸到脚，就像摸到了一副骨头架，抱着丈夫泣不成声。她知道，这一年自己拿不到工资，丈夫在家既当爸又当妈，还要精打细算，一分钱掰成两半儿用，苦了自己，却总是尽量满足她上学的所有费用。所幸国家相关的五个部委联合发布新规定，姚敏和其他离岗读大学的残疾人一样拿到了被扣发一年的全部工资，解除了生活上的窘况。整个暑假，她尽力承担起力所能及的全部家务，还买来大量营养品，精心为丈夫滋补身体。丈夫康复后她才怀着一颗放不下的心去继续完成她的学业。

走进“象牙塔”

2005年，宜春学院下属的体育学院和新组建的美容医学院分头找姚敏接洽，要引进她这个临床经验丰富、享誉全市的主任级针灸推拿医师。在此之前，姚敏作临床时常常从早到晚一刻不停地接诊，可慕名而来的病人还是排着长队，怎么也看不完。一次有个呃嗝病人，连续15个日夜不停地打嗝，坐卧不宁，十分闹心，看遍了市内各大医院都不能解决问题，最后慕名找到姚敏。经过必要的检查，她诊断为颈椎增生压迫膈神经引起膈肌痉挛。姚敏当即为病人做旋拉牵引，同时，用银针扎了病人的内关、神门和阳陵泉三个穴位，不到10分钟，打嗝便止住了；第二天复诊加强治疗一次，便完全治愈了。看起来很简单的毛病，不能正确诊断，治疗便无从谈起。想到这些，姚敏觉得自己浑身是铁又能打几颗钉，不如到学校去，把自己的学识和经验传授给更多的学生，培养更多高素质针灸推拿专业人才，从而让更多的患者得到良好的治疗。为此，她选择了美容医学院，恋恋不舍地离开了工作了20多年的第五人民医院。但要想站上讲台，当一个合格的大学老师，她还要闯过两个关卡。

第一关，要经过考试拿到高等学校教师资格证。对于考试，姚敏向来不怕。读中专，读大专，考试对她来说好似家常便饭。后来她又参加了北京联合大学针灸推拿专业三年的本科函授自学课程并顺利通过毕业考试，拿到了本科毕业证和医学学士学位。另一种考试是职称资格考试，她从初级职称到主任医师，一步不落，一路通行。别说是盲人，她前后两个单位的明眼人同事也没有不佩服、不称赞的。但这一次的高等学校教师资格考试要考教育学、教育心理学等全新知识，这对于年近五十、记忆力不如从前的她来说，不能不说是一种挑战。姚敏说她别无选择，也没什么捷径，只能像以前每次面对考试一样，下苦功夫学，努力背诵和反复记忆。每到这时，她的丈夫就成了她的同学和辅导老师，那些专业书、复习资料，丈夫一边读她一边录音，然后反反复复听录音、做笔记。成功总是眷顾有准备和付出百倍努力的人，她又一次拿到了教师资格证书，证明了自己的能力，也证明了很多明眼人能做到的事情，盲人经过奋斗，一样能够做到。

第二关是学院组织的试讲。教室里的听众既有一部分特邀的学生，也有许多旁听的新、老教师，还有专家考评组的评委。那是 2006 年桃花盛开、充满希望的美丽季节，只见姚敏身穿洁白的工作服，头发高高盘起，戴一副宽边平光眼镜，精神抖擞地站上讲台，给人以从容大方、气质高雅之感。当她按预定教案从病因病机、表现症状、分型到治疗手法把“颈椎病的防治”讲完，说完最后一句话时，下课铃正好响起，同时，教室里也响起了热烈的掌声。专家组给予她充分肯定，并说姚敏讲课的全过程中，一点也看不出她是个盲人。这时底下的多半人才知道讲台上的老师竟是宜春学院引进的唯一一名盲人教授！惊讶之余，他们对姚敏更多的是敬佩。而在全国4000多所普通高校里，引进一名从小失明的盲人来当教授，不说绝无仅有，也一定是凤毛麟角、少之又少的。

其实，在站上这个讲台的前一年春天，姚敏曾应邀赴美讲学。那一次，她作为中国残疾人联合会组织的赴美访问讲学团中唯一的一位全盲专家，前往美国威斯康星州立大学和威斯康星医学院访问讲学。在那里，她分别做了中医推拿治疗颈椎病、中医推拿手法和中医针灸推拿治疗腰腿痛三个专题的讲座。有趣的是，在威斯康星医学院讲课时，美国学生有坐凳子上的，有坐桌子上的，还有席地而坐甚至干脆趴在地毯上的，与国内的校园风气大不一样。但他们每个人都非常认真地听讲课、记笔记、提问题，需要人体演示手法和穴位时，许多人都争着上来躺在姚敏面前的演示台上，让姚敏很是感动。而姚敏他们的这次赴美讲座，也在当地引起了不小的学中医热潮，许多中医诊所纷纷请他们去莅临指导，请他们帮助解决平日积累下来的一些疑难病例，对他们格外热情与推崇。

不论当医生还是当老师，姚敏的认真都是出了名的。上任何一节课，她都不会打无准备之战，总是认真备课，写教案、制作多媒体课件（请助教协助制作教学幻灯片，然后用U盘带进多媒体教室）。她一边讲解，一边请助教或班上的学习委员操作电脑演示；她讲到哪里，教室的大屏幕上便出现相关的图片。大家边听边看，学习兴致很高，连外系的学生也愿意来选修她的课。特别是讲授按摩美容、推拿减肥、针灸保健、改善亚健康状况等内容时，教室里更是座无虚席，来晚的学生便抢不到座位了。这在当今的大学校园里是非常难得的景观。而她的学生们则说，姚教授人到中年依然身材苗条、面部光滑润泽，无需任何化妆品，看上去比实际年龄小十多岁，她往讲台上一站就是对她讲课内容的最好注脚，令人不得不心悦诚服。上针灸手法技能课时，她总是手把手地教学生练习扎针。往往新手因为害怕而不敢动手，她便在自己身上扎给学生看，又让学生往她身上扎；考量学生对扎针技术掌握得如何，她也是靠亲身体验。久而久之，她的手臂和大腿被扎成了密密麻麻的马蜂窝。许多学生见了都抑制不住地流下眼泪，不忍心再往她身上扎针，也纷纷表示不学好这门课就对不住他们尊敬的好老师。课外，她跟那些比自己已经成家立业又考上微电子学博士的儿子还要年轻的学生们相处得十分融洽。连续两年的元旦，她都组织学生和明苑推拿中心的十多名盲人一起去公园游玩，开联欢晚会，增进了双方的了解和友情。2008 年“5・12”汶川大地震后，她提议市残联在市府广场开展为灾区募捐活动，又组织学生和那些盲人手拉手去广场捐款。三年来，她以自己的身教重于言教的示范行动与高质量的教学成就赢得了师生们的广泛赞誉，被学校授予“关爱学生之星”称号，被评为两届优秀共产党员。她编写主持的教案《实验与课堂同步》、《西医专业掌握针灸推拿技术为解除亚健康培养人才》经专家组评选，在全院近百个参选教改课题中分获 2008 年优秀教案第十一名和 2009 年第十三名，两个教改课题其中一个作为校级课题立项，另一个被省教育厅列为高校省级课题立项，令所有新、老教师刮目相看。

在整个采访过程中，笔者多次问及姚敏那些高规格的荣誉称号并索要相关事迹材料，都被她婉言谢绝了。年过半百的姚敏说，那都是过去的事了，千万别提。她现在只想当一个合格的大学教师，把自己 30 多年积累的医学知识和丰富的临床经验毫无保留地传授给她的学生们，为祖国医学的传承与发扬光大尽一点绵薄之力，为中国盲人形象添一点亮色，增一分光彩。

注：本文发表于 2010 年第 1 期《盲人月刊》。

泰山之子

泰安，因“泰山安，则四海皆安”而得名。把生活在这座古城的山东科大中天电子有限公司董事长、硕士生导师汤建泉誉为“泰山之子”，则是对他失明后坚如磐石、越挫越勇地闯出一条创业之路，登上专业上的“玉皇顶”的人生事迹的充分肯定与褒奖。提起他“十大杰出青年”、“优秀民营企业家”、“全国残疾人自强模范”等诸多荣誉和先后于 2009 年 7 月和今年 5 月分别受到胡锦涛、温家宝、习近平、李克强等两届党和国家领导人亲切接见的荣耀，汤建泉并没有表现得过分激动，他显然没有迷失在过往的荣誉里沾沾自喜，而是语气平和地为我说起了一路走来如攀登“十八盘”般的艰辛与汗水……

三根银针

汤建泉从小就是个品学兼优的好学生，还特别喜欢踢足球与登山，喜欢体会登顶泰山后“会当凌绝顶，一览众山小”的豪迈。考上山东矿业学院（如今的山东科技大学）后，足球队长、体育部长、学生会主席的帽子，一顶顶戴在他的头上，加上他180厘米的身高、帅气俊朗的面容与优异的学习成绩，他很快成为众多女生心目中的“白马王子”，也成为学校的重点培养对象。1992年，22岁的汤建泉毫无悬念地被保送到中国矿业大学攻读矿业工程专业硕士学位，第二年又被导师确定为去日本九州大学攻读博士学位的人选。这时的他，脚下都是坦途，路边全是鲜花与美景。然而偏爱捉弄人的命运之神，或许也嫉妒起他太优秀，阴险地在他即将奔赴日本之前，对他伸出了魔爪。

起先，汤建泉发现左眼球中间出现了白斑，以为是自己熬夜用功过度的缘故，休息几天就会好。不料事与愿违，左眼视力逐日下降，去医院一检查，方知自己患上了号称“眼科癌症”的球后视神经炎——这种病根本没有什么有效的治疗手段。一心只想着学业、想着读博的他觉得即使左眼不行了还有右眼，便不顾父母反对，重新走进了课堂。很快，他发现右眼重蹈覆辙，而且病势发展比左眼还要迅猛。这一下子把他从导师为他设定好的人生坦途上拉了下来，将他送上了希望渺茫的漫漫求医之路。

当中国人民解放军第八十八医院、山东省立医院、全国眼科权威北京同仁医院等眼科专家对汤建泉双眼因视神经炎引起的视神经萎缩导致他右眼只留下微弱的光感、左眼仅剩周边余光 0.01——几乎可忽略不计的视力全都束手无策时，他身为中国科学院院士的父亲和当老师的母亲也只能跟普通平民百姓一样，病急乱投医，把儿子送进了北京一家传说中的个体中医诊所，主要治疗手段就是针灸。

每次治疗，医生都要在汤建泉两只眼球上分别扎入 3 根 8 厘米长的银针，时间长达一小时。每当扎针时，一旁陪护的女友叶蔚都被吓得心惊胆战，背过身去不敢看，不看又不放心，怕医生一闪失酿成不可挽回的后果。

别说当时的叶蔚有多么害怕恐慌，就连我现在听汤建泉亲口提起此事，依然十分惊讶，脱口追问一句："这是真的吗？简直不敢相信！"汤建泉表现得还是那么一贯的沉稳，淡淡地说："开始自己也害怕得要命，脸上却不敢流露出来，自己虽看不见叶蔚那熟悉的眼神里透露出的惊恐与不安，但凭借对女友菩萨心肠的了解，知道她比自己还无助，更需要心理支撑，便总是主动伸出有力的大手，握住叶蔚的手，想把自己的钢强意志通过心手相牵传递给叶蔚。"彼时彼刻，我相信躺在病床上的汤建泉比生龙活虎地行走在校园、奔跑在足球场、攀登在科学高峰的他更让叶蔚感到欣慰和值得依赖。汤建泉凭着坚强的意志如此治疗了三个月，期间一直不让亲友看出他内心的痛苦和脆弱，但当哪怕恢复一点点视力的希望都如肥皂泡般破灭后，汤建泉的心理堤坝终于崩塌，他和叶蔚的角色也颠倒了过来。

六个“戒疤”

一个风华正茂的研究生再也不能在教室读书、做试验了，一个热爱运动的小伙子失去了在足球场上驰骋的快乐，五彩斑斓的美好世界突然间变成了模糊的灰色，前途无量的他突然就成了盲人，残酷的现实让汤建泉几乎失去了生活下去的勇气。绝望的他开始封闭自己，想与整个世界隔绝。痛苦、消沉和自卑将他包围，把他一下子从天堂打入了地狱。他茶不思、饭不想，唯一证明他还活着的事情就是躲在自己的卧室一支接一支地抽烟，然后用烟蒂死死按在自己的手腕上，却一点也感受不到火烧皮肉的灼痛——因为他的心已经麻木到了失去知觉。一个、两个直到留下了六个圆圆的疮疤，它们像和尚受戒时头上的六个戒疤一样排列在手腕上，触目惊心，至今仍清晰可见。

叶蔚和他的父母对此心急如焚，成天小心翼翼地防范着，不知如此自虐的他还会干出点什么傻事。三个人都被这种提心吊胆的防范搞得焦头烂额。当局者迷，旁观者清，还是汤建泉的导师何满潮先生最了解自己的学生。他指出，对于事业心强的人来说，只能用事业去排除他们的心理障碍。他力排众议，让汤建泉重新回到学校，支持他克服困难，完成毕业论文。他知道，只有这样，才能让绝望中的汤建泉重新找回失去的自我，重扬生活的风帆，去实现自己的人生价值。

不出何先生所料，汤建泉一旦投入学习和实验工作，立刻就像变了一个人，变回了从前的自己，叶蔚和他的父母这才暗暗地松了口气。

做相似材料的模拟试验需要用水泥和沙子对煤矿井下的开采条件进行地面模拟，课题组的同学不让他干和水泥之类的重活，而他却不肯因双眼视物模糊放松对自己的要求，每个试验环节都积极参与。因为看不见，有一次，他的下眼睑重重撞到固定沙灰的铁架子上，鲜血直流，去医院缝了七针。医生说如果再往上几毫米，他的左眼将被撞坏，彻底失去最后一点余光。

1995 年初，实验结束后，汤建泉进入论文的写作阶段。他先在心中理好写作思路，再口述给助手孙小明整理打印，然后由叶蔚将之录成磁带，他再听磁带作修改。最后，他在导师指导下三易其稿，10 万字的论文在 5 月初全部完成。

5 月底，在由煤炭系统资深专家魏同教授主持的毕业论文答辩会上，面对评委们的提问，汤建泉胸有成竹、侃侃而谈，所作的答辩博得与会专家的一致赞赏。一向治学严谨的魏教授抑制不住内心的喜悦，说：“这是我听到过的最好的硕士论文答辩，完全能同博士毕业论文的答辩相媲美。”

40 斤的电表

拿到硕士学位证和毕业证，汤建泉留校在院士办公室工作，他知道这是学校对他的照顾，心里十分感激。然而，由于视障问题，他的工作只是天天接电话，别的什么也干不了，这让他再一次感受到一个残疾人的无奈和自卑。

经深思熟虑，在妻子叶蔚的坚定支持下，汤建泉毅然走出办公室，于1997年10月和同事一起创办了山东科大中天电子有限公司，生产销售自主研发的多用户集中式电能表，开始了艰难的创业之路。

特殊的身体状况决定了汤建泉既不能搞技术又不能做财务，更不方便面对市场。然而他想挑战最前端，要干就干销售！为了节省费用，他不让公司安排陪护，自己一人摸索着，扛着40多斤重的电表，走街串巷去推销。

一次，汤建泉去到了滨州沾化县一个建筑工地，坑坑洼洼的工地又脏又乱，他不小心摔进一个土坑里，顿时感觉一下子从“白马王子”变成了灰头土脸的“土鳖”，深感丢人，一阵酸楚涌上心头。但想到此行的任务，想到半途而废只能再次品尝失败的苦果，他拍拍土，重新整理好摔破的西服，强忍转身离去的念头，硬着头皮敲开了包工头的门。然而他却被包工头直接粗暴地撵了出来。他当时内心特别委屈，摔伤的身体也似乎格外疼痛，恨不能用肩上的电表砸烂身前那扇让他难堪的木板门。

由于对台阶无法判断，出去推销摔得鼻青脸肿几乎成了家常便饭，但每次摔倒前，他都不顾自己的身体，总是把肩上的电表尽量保护好。那是他的希望所在啊！过马路也是出行的一大难题，他好几次险些被车撞。后来他走得多了，有了过马路的经验，总是凭借一点残余的光感，尽量跟着前面的行人走斑马线。有一次前面的女生见后面紧跟着一个大块头，肩上又扛着一个“大疙瘩”，还以为他是个不怀好意的“马路杀手”，惊恐地加快了脚步。人家走得快，不明就里的他也跟得快，引得路人纷纷侧目怒视，他却浑然不知。最让他难堪的一次是在乡下误进了女厕所，被当作流氓骂出来，差点挨了围拢来的愤怒村民的一顿暴打。面对这一切，汤建泉选择了默默承受，他认定“坚持，坚持，坚持就是胜利！”

但是，很多人对他这样一个连脚下的路都看不清的盲者去推销产品很是不屑，甚至对他的产品质量也产生了怀疑，怀疑残疾人推销的产品是不是也是残次品……就这样，三个月过去了，他的坚持一无所获。

在他情绪低落的时候，妻子突然告诉他一个令他重燃斗志的消息：她怀孕了。汤建泉惊喜交集，他暗下决心，决不能让妻子和即将出生的孩子再受委屈。

叶蔚四岁时失去父亲，是母亲一手拉扯大了她和姐姐。为了女儿的幸福，母亲曾棒打鸳鸯，坚决反对叶蔚嫁给失明的汤建泉，为此两人闹到在同一屋檐下不说一句话，靠饭桌上留纸条交换意见。叶蔚看到母亲在纸条上明明白白地发出最后通牒：“我和汤建泉，你只能选一个。”她毫不犹豫地回道：“你少了我，还有姐姐，汤建泉最困难的时候只有我能安慰他那颗受伤的心，我怎么忍心离开他？何况我是那么爱他，也相信他会走出低谷，走出属于他的路来，请你相信我的选择。”母亲看罢，气愤地把叶蔚的物品从窗口扔下楼去，叶蔚却矢志不移，义无反顾地做了汤建泉的新娘。想到这些，汤建泉又扛起电表上路了。

1998 年 6 月，儿子的出生让汤建泉的工作动力和劲头更足了。凭着一颗诚实的心、一份永不放弃的执着，加上他们产品的优质优价，汤建泉终于与江苏大屯煤电公司签下了第一份大合同，用行动证明了自己是一个有用的人！

开业当年，他就出色地完成了任务，取得销售收入 100 多万元的业绩。

然而，还未取得真正的成功时，他又跌入了人生的另一个低谷。

1999 年，汤建泉因工作出色得到全体员工的信任被推举为公司总经理，公司发展开始步入正轨。可连续三年，公司先后流失三位副总，这对于自尊心特别强的他是一次沉重的打击。他开始变得沉默寡言、脾气暴躁。自从手腕上留下 6 个烟蒂烫出的“戒疤”后，再也没抽过一根烟的他回家后总是独自在阳台上一支接一支地抽烟。可抽烟对于狂躁不安的心来说也只能是火上浇油。看到他这样痛苦，很多人劝他别干了，怎么活还不都是活着。不干，怎能甘心？他就像一艘迷途的航船，在人生的十字路口打起转转，不知路在何方，看不见远方的灯塔。

就在这时，由省残联推荐，他赴英国皇家道顿学院参加了为期三个月的残疾人研修班的学习，获得学院颁发的《企业管理研修证书》。期间，他不但学到了西方企业管理的先进理念与方法，还遇到一位很好的心理医生。在了解了汤建泉的思想状况后，心理医生一针见血地说："你的所有苦恼都源于你的不自信。不要老去想别人怎么看，也不要在意别人怎么说，而要想如何发挥自己的聪明才智，把想做的事情做好，证明给自己看。"

医生一席话，点醒梦中人。汤建泉开始重新审视自己的人生，反思如何发展企业。回国之后，他摒弃一切包袱，按照他深思熟虑后设定的理念和宗旨，带领他的员工又投入了心仪的事业。心结打开了，心智之门也顺理成章地开启。眼睛无法阅读，了解新的信息资讯少，汤建泉就注意听取别人谈话的信息，与客户谈判时随时应用；与客户洽谈业务，他就努力从对方说话的语气、动作产生的声音等来判断对方的心理，及时调整自己的谈话。现在，他不仅能和人通畅无阻地交流，还能在短时间内揣摩出每个人的性格喜好，并能随机应变，及时调控谈判气氛，以至于许多新客户和他打了很长时间的交道都不知道他是盲人，等获悉实情后都非常佩服他超强的领悟力和好记性。说起好记性，他不无得意地告诉我，他大脑里储存了上千个电话号码，与人联络起来十分便利。

"每一天都有进步，每一天都有成功，只有拥有足够的自信，才可以走得更稳、更远，将自己的价值实现得更好。"这是汤建泉走出迷惘后的感慨。

接近一半的残疾员工

作为一名盲人企业家，他深知残疾人生存的困难，就业更是难上加难。在公司发展之初，他就力排众议，积极吸纳各类残疾员工就业，现在公司180名员工中，接近一半员工有各种各样的身体缺陷，他的公司成了名副其实的残疾人之家。为此，他又大胆提出“以人为本，聚智增效，健帮残，残带残，自强不息，残健同行，共同携手创业”的企业发展理念。他语重心长地告诉大家，残疾人虽然有这样那样的不便，但只要给他们一个发挥潜能和特长的平台，他们一样能够胜任工作，实现自己的价值。

比如公司的残疾人协会主席是一位腿脚不便的女大学生，汤建泉就把她安排在办公室，把需要走动的事项交给别人，再把别人的案头工作交换给她，让她通过电脑、电话完成工作，她就干得得心应手、非常出色，从而找到了自信，绽放的青春笑脸是对她重拾自信的最好诠释，也让她变得更加美丽。

对于聋哑员工，汤建泉就将他们安排在动手能力较强、环境较安全的岗位，工作出色的照样委以重任。有位车间主任就是个聋哑人，正是由于他听不到声音，不受外界打扰，因而比健全人更能专心致志地工作。健全人需要两个多小时装配起来的产品，他仅需一个小时就可以完成。当健全员工还在讨论某个产品问题时，他已经悄无声息地将产品问题改善，技术之精湛、解决效率之高有时甚至超越了专业技术人员的水平。

汤建泉还一直尝试着采取各种各样的方法去帮助公司里的残疾员工，让他们充分享受到大家庭的温暖。公司于2009年成立了泰安市第一家企业残疾人协会，配有残疾人专职委员，以残疾人协会为平台帮助解决残疾人的困难；2011年与泰安高新区残疾人联合会联合组建了设施齐全、功能完善的高档次盲人阅览室。公司在公共区域设置了盲道、扶手、盲人电梯等齐全的无障碍设施，为残疾员工提供免费的住宿、上网、洗浴、班车、午餐、双休等福利。公司还注重对残疾人技能的培训，使每个残疾人员工都能自信地胜任、干好本职工作，与健全员工站在同一起跑线上，从而做到残疾人与健全人同工同酬。不仅如此，公司每月还按照岗位和能力发放额外的残疾人补助，每年评选出自强模范，在部门设置助残基金，鼓励各部门接收残疾人。

汤建泉说："作为残疾人我更能体会到残疾同胞特别需要别人的认同、非常渴望通过自己的努力得到与健全人同等的待遇。所以我会充分照顾到公司残疾员工的生活和心理需求，尽最大努力为他们做实事。"

为了丰富残疾员工的业余文化生活，创造一个快乐和谐的残疾人之家的氛围，公司经常开展"自强不息，残健同行，感受身边残疾人不便"的文体活动，让健全人换位去感受身边残疾人的不便，通过娱乐形式去真正理解残疾人。每年他还会有计划地组织员工旅游并采取“1＋1”的帮扶形式，即一个健全人照顾一个残疾人，进行残健同行的旅游，以增进残健员工间的友谊与和谐，增进企业的凝聚力。

在这员工和谐、团结一心的氛围里，汤建泉可以集中精力谋划企业的发展。十几年间，他勤奋努力地工作，光个人发明申请的专利就有11项，还带动了一批同类企业，使泰安市这座小城逐渐成为全国最大的高科技产品节能用电管理系统及煤矿安全高效开采决策支持系统的产销基地。汤建泉也因此被誉为基地的灵魂并被誉为“泰山之子”。

如今，泰安市高新创业区开阔平坦的土地上，一栋大楼高高矗立。一进门，你会眼前豁然一亮。一楼和二楼的大窗户前摆放着几座铜鼎，在阳光的衬托下显得坚实有力。宽敞明亮的大厅，地面上铺设着盲道，清晰分明地指向各处，方便残疾人使用的电梯、洗手间、走廊、楼梯口等无障碍设施一应俱全。更特别的是，很多房间门口都贴有绿色心形标志，上面写着“残疾人专用”。汤建泉告诉我，凡是贴有这个标志的房间都说明有残疾人员工在这里工作或者使用，不但方便公司里的残疾人出行和办事，对普通人也是一种提醒。这便是汤建泉一手打造、被国务院残疾人工作委员会授予“残疾人之家”荣誉称号的山东科大中天电子有限公司。

泰山风景以壮丽著称，它那陡峭而峻拔的山崖，处处显示出其雄伟的气魄；它那凝重而苍翠的松柏，棵棵装点出其庄严的氛围；它那日出东海的奇观、晚霞夕照的美景、波澜壮阔的云海、瑰丽多姿的佛光，充满着变幻与神奇的风貌；它那烂漫争春的山花、飘逸灵动的瀑布、红黄似火的秋味，无不显现着自然美的异彩……

每每看到这些描写泰山的文字，我总是情不自禁地联想到汤建泉。他那跌倒100次、也要第101次站起前行的执着；他那扛着社会责任感、领着残疾人员工一起朝前走的坚定；他那学无止境、敢为天下先的攀登与创新精神；他那博大深沉、以奉献为乐的胸怀；他那任人赋诗作画、传扬四海而不骄不躁、稳如泰山的品质，不正是巍巍泰山的真实写照吗？他无愧于“泰山之子”的光荣！

我深知，这些溢美之词，汤建泉根本无暇顾及，也不屑于回顾。为了公司的发展与提升，他还要不断地“充电”。为此，他于2011年考取了在职博士，2012年又兼任了山东科技大学的硕士生导师，他就在这样的教与学中进一步完善与提升自己。你完全有理由相信，汤建泉的精彩仍在继续，相信无限风光在泰山之巅，更在攀登者的足下！

幸福密码

仅以此文献给文友李珍刘力群结婚二十周年，并祝福你们相伴永远，幸福绵长！

——题记

再遇李珍，是去年 11 月 6 日晚饭后，在宜昌夷陵饭店三楼的走廊上。她和我，都是来出席第二届全国盲人文学嘉年华活动的。

走廊上灯光幽暗，李珍身上玫瑰红的“冲锋衣”像一团火一样耀眼夺目，照亮她一脸幸福的微笑。用腹有诗书气自华来形容五十开外、身体略微发福的她是再恰当不过的。握手寒暄后，原打算趁开会之机采访她的，但她急着跟出版社同事挨个房间给参会人员发一个调查表，就把采访她的时间延后了。后来，这次采访是通过网络——我的 YY 语音采访专用房间才得以实现的。

人们常说，对于幸福的理解，每个人都有不同的观点；对于幸福的追求，每个人也都有不同的途径。有的人对幸福苦苦追寻了一生，却一丝也感觉不到；而有的人过着平平淡淡的生活，却时刻品尝着幸福的滋味。难道幸福真的有密码吗？如果真有的话，幸福密码又是什么呢？

李珍——一个先天失明、对色彩无从感知的盲人，因何她能将事业与读书、爱情与婚姻甚至连业余唱歌与写作等爱好都打理得井井有条，不仅事业有成，生活也同样过得精彩？这是我好奇并要了解与采访她的动因。如果你跟我一样好奇，就请跟随我的拙笔走进她的生活、她的心灵世界，去探寻她的幸福密码到底是什么吧。

一

1984 年的 11 月 26 日，21 岁、充满青春朝气的李珍走进了中国盲文出版社，成为一名盲文校对编译员，开始了她一生为之奋斗的精彩事业。

有人说，她运气好，碰上了出版社招人的良机。也有人说，她165厘米的高挑身材配上一张漂亮的脸蛋，再加上她秀发披肩，自然为她加分不少。还有人说，她肯定背后有人，提前疏通了关系。其实，李珍的父亲是一家工厂的普通技师，母亲为了照顾先天失明的小女儿一度辞去工作，等李珍稍大些，才在住家附近的街道工厂找到一个打工的岗位。李珍从北京市盲人学校初中毕业后，父母没法帮女儿找到一个赖以生存的工作，就力劝她留校学按摩，指望她将来以此谋生，能够养活自己。

说李珍长得漂亮一点不假，但当年的主考官——时任出版社印刷厂厂长、现任中国盲人协会主席的李伟洪跟几位考生一样，也是眼前一抹黑，漂亮与否对他不起任何作用。李主席告诉我，当年他去北京盲校招人，学校推荐了七名品学兼优的毕业生，综合考卷成绩排名中，李珍名列前茅，有分数可查。招聘测试是摸读盲文版的《荷塘月色》一文，李珍是摸读又快又好、接近完美的一个。对此，李珍自己总是谦虚地说："我的确很幸运，有了好机会，又遇上了一个公正的好考官。"

那时的印刷工艺很简陋，模版是用铁皮制作的。先由制版人员用制版机将盲文打在铁板上，再经过三次明眼人和盲人的共同校对才可以印刷。一校时不是直接校对纸样，而是校对铁板上的盲文，盲人摸到点位有错误，就用笔在下面做个记号，与之合作的明眼人写正误表，然后制版人员拿去修改，再送回一校检查是否改对；如有遗漏再拿回去改，反复修改之后才能打成纸样送给二校。天气暖和时做校对工作还好说，冬天就惨了，没几分钟李珍的手指就冻麻木了，手指拉破出血也是常有的事。哈气、搓手、用热茶缸暖手，一阵忙乱，很是耽误事，校对进度很慢，大家心里再急也没用。聪明的李珍和她的同事们找来一个跟模板大小相仿的铁皮盒子，里面放上水，用“热得快”插在水中加温，再把模版架在上面校对，手指再也不会冻僵了，校对进度自然加快了许多。只是摸的时间长了，李珍葱白般的玉指全都变成了黑黢黢的烧火棍；稍不留神在脸上挠一下痒痒，漂亮脸蛋就变成了“大花猫”，她自己却浑然不知。下班走出工作间，别人看了笑弯了腰，李珍自己还莫名其妙，经人提醒才恍然大悟。

后来盲文制作工艺发生了质的飞跃，进入了自动化时代，机械制版变成了电脑录入，盲人可以在电脑上直接校对并修改盲文，再也不用摸铁板了。经过几个环节的校对之后再制成版进行印刷，既可以节约原材料又提高了工作效率。

二

工作熟练、得心应手之后，李珍觉得，凭借自己的初中文化校对、编译古典文学作品等书籍很有难度，要想出色地完成工作，这点文化底子远远不够，必须多学习，拓宽知识面，提高自己的文化素质。打听到北京市所有残疾人都能参加高等教育自学考试，她高兴坏了，当即拉着家人陪她去报名并选定了汉语言文学专业。她一路哼着邓丽君的《甜蜜蜜》，雀跃着回到家里，不料难题像尾巴一样也跟着她进了家门。

在盲文出版社工作的李珍自然清楚，出版社从来没出过盲文版的高等教育自学考试教材和辅导书。这就意味着她将要花费比常人更多的艰辛去自学，去参加考试。

李珍是个“君迷”，每当孤独寂寞、心情不爽、郁闷乃至如今天这样急得抓耳挠腮、坐立不宁时她总是打开录音机播放邓丽君的歌曲，在邓丽君舒缓甜美的歌声里平复心境。今天也不例外，可当她摸到一盒磁带、还没插入录音机时，却猛然计上心来，心里顿时一亮。吃晚饭时，李珍对父母和两个姐姐说：“你们要帮帮我，从今晚起，轮流为我录制自考教材，谁也不许偷懒。”

后来，随着报考科目的增多，李珍又把为她录音的亲友团扩大到同事、同学和朋友。大家见她好学上进，还有那种不达目的誓不罢休的架势，都甘当绿叶，乐意助她达成心愿。

对此，2011 年 11 月 14 日《北京考试报》的记者徐晗在《在黑夜里寻找阳光》一文中曾作过如下报道：

“几年下来，李珍共请别人录制了 300 多盘磁带。然而仅靠听，很难对知识有深刻印象。于是，她自己亲手将笔记扎在一张张盲文纸上。1800 多个夜晚，李珍几乎都是在扎盲文的“嗒嗒”声中度过的，直到胳膊酸了，腿疼了，头抬不起来了……几年下来，她所扎成的教材摞起来竟有两米多高。

“有人认为，写盲文笔记的过程就像正常人写字一样，可以加深记忆，可李珍对此摇了摇头。由于书写形式特殊，记笔记时，能留在印象中的只有单个的字词，根本无法记住完整的句子。因而，每记完一段笔记，她都要重新用手指摸着笔记复习一遍，每天晚上近12点才复习完当天的功课。普通考生复习教材基本只用视觉，没有视觉的李珍，只能用听觉和触觉来完成复习。”

读到这里，你一定跟我一样好奇：一个盲人是怎样答卷通过考试的呢？李珍是这样为我们解惑的：“他们在规定时间为我专设了一间小考场，两个监考老师，一个为我读卷，一个用录音机录下我的答案，然后拿回去给阅卷老师评分。”

不难理解，这样的考试不仅是对知识点的考核，也是对考生综合素质的检验。李珍必须熟悉所有的知识点，还要思维敏捷，判断迅速准确，回答清楚明白，一次完成。就这样，经过寒来暑往五年时间的艰辛努力，李珍顺利完成全部科目的考试，且每门都是一次通过，70分以下的只有一门。1993年，她还考出了单科87分的好成绩，是北京市当年的最高分。终于，她在而立之年实打实地拿到了汉语言文学的大专文凭。

为成功，她付出了多少耕耘的汗水，熬煎了多少个不眠之夜，唯有李珍和她的家人知道，外人是难以想象的。就拿

“汉字学”这一科来说，先天失明的她根本没学过汉字，不知道古老的方块字长成啥模样。原本大专阶段不用通过“汉字学”的课程，但为了多掌握点知识，李珍在拿到大专文凭后继续多学了几门单科。除了把理论知识背熟之外，她还逼着自己通过特殊的工具反复地“描”汉字，用肢体记忆愣是记下了两百多个汉字的字形，这是李珍感到最困难的一次考试复习。因此她希望各地盲校给小学生讲授一点汉字的基本知识，这样有利于盲生对祖国古老文化的了解与传承。

随着知识与能力的提升，李珍很快成长为部门骨干，2003 年通过高级职称考试，被出版社聘为技术副编审，2011 年还被中国残疾人联合会授予“十一五”优秀人才称号。

三

多年来李珍一直从事盲文通读及责任审校工作，这是校对的最后把关环节，直接关系到出版物的质量。她在这个重要的岗位上能保质保量地完成任务，因此得到了领导的高度信任，社里经常把非常重要的工作交给她。《建设有中国特色的汉语盲文》是我国已故的盲文创造者、改革者黄乃先生的一部力作，这是出版社第一部用汉语双拼盲文缩写出版的书，难度很大，编审人员不仅要熟记大量缩写符号、熟悉相关缩写规则，还应掌握“哑音定字法”。李珍告诉我，她负责这本书的通读及处理作者审校后需要修改的部分的工作。

在通读的过程中，她不断向当时仍健在的黄老请教，并根据自己在使用双拼盲文过程中的体会向黄老提出了自己的见解。经过一番努力，她与同事终于圆满地完成了任务。

在盲文编辑排版软件正式应用之前，社里把校对软件词库的重要任务同样交给了她。这是一个拥有十万个词条的大型综合词库，不仅要求校对者谙熟盲文的分词连写，同时也要具备广博的知识。她与合作者认真地校对每一条词语，经常对多音字在词汇中的应用反复推敲，并查阅大量的工具书以求准确，终于出色地完成了任务。

出版社曾先后举办三届读书征文活动，近三年又连续举办了三次全国盲人盲文技能大赛，李珍每次都出任评委。新盲文研究课题等一些专业研究课题的评审活动中，她也都是专家评审组成员，忙得不亦乐乎，节假日和晚上也经常加班加点地工作。直到现在，她每天还必须完成两万字的通读任务，如果白天被以上各种事务耽搁，晚上少睡点儿觉她也要补上。“为盲人出书就是为自己出书”是她一直以来坚定不移的信念。

有人说，工作着是美丽的。李珍却对我说，工作着不仅是美丽的，更是幸福的。

四

1994 年 8 月 20 日，踏着西天最后一抹晚霞，李珍走进了北京人民广播电台，接受了《京城人家》的专访，并与热线电话那头的听众朋友进行了直接交流。她自学成才的励志故事通过电波传遍了千家万户，也传进了一个特别有心的人的耳朵，进而缔结了一桩美满姻缘，而这是李珍当时始料未及的。

那个有心人叫刘力群。1979 年 8 月 20 日这一天，在一家工厂做电焊工的他，工作中被高空落下的一块一吨多重的钢板砸断了双腿，从此与轮椅为伴。原本就十分内向的他越发地沉默寡言了。对于不幸者，疗伤的最好药方是学习和进取，让上帝为他们打开另一扇窗。李珍是这样，刘力群也是这样。

那段灰暗的日子里，有两本书给了刘力群振作起来的力量，一本是《钢铁是怎样炼成的》，一本是《马丁·伊登》。刘力群说《钢铁是怎样炼成的》是父母买给自己的，而《马丁·伊登》则是住院期间一位女医生推荐给他阅读的。两本书中的主人公在面对人生挫折时所展现的不服输、顽强拼搏的精神深深地感染了他。“我喜欢马丁·伊登那句‘捷足先登，强者必胜’的名言。虽然我不赞同他的一些做法，但是他所展现的积极向上的一面却赋予了我力量。”为此，他后来写下《我的朋友马丁·伊登》，并发表在 1996 年 7 月 2 日《工人日报》的《文化周刊》上。

从此，刘力群开始了日日与书为伴的生活，海明威、马克·吐温、杰克·伦敦等名家的作品渐渐陈列于他的书架上，他从书里塑造的这些人物身上不断汲取前行的力量。同时，刘力群还通过高等教育自学考试拿到了中文专业大专文凭，并开始学习写作。“阅读让我走出人生阴霾，重新站了起来，给予我继续奋斗和坚持的动力。”刘力群如是说。

经过长期的刻苦阅读和自学写作，刘力群很快成长为自由撰稿人，曾先后发表两百多篇文章，在散文、诗歌、影视评论等多方面均有所涉猎，部分作品还先后获奖。他还被北京人民广播电台聘为业余监听员。

这天傍晚，刘力群一边跟一位“残友”举杯对酌，庆贺自己大难不死的纪念日，一边共同监听北京台的广播节目。这时，他们听到了李珍的故事和她带点京味的普通话。于是，两双眼睛不由自主地碰撞了一下，显然他们都被震撼了。刘力群性格内向，眼中的火苗不易察觉地闪了一下也就消失于无形，继续喝他的苦酒，默默无语。对面的“残友”则提议，李珍那么爱学习，不如我们一起为她读读书，贡献一点余热。

五

“记得刘力群第一次给我打电话时，我感觉他的嗓音不是那么洪亮，好像说话的时候嘴唇都不张开，有点严肃。习惯了‘以声音取人’的我，甚至觉得他的声音不是那么好听。”这是李珍对刘力群的第一印象，倘若打分，估计就不及格了。

关于此后两人的交往，李珍在《盲人月刊》发表的《以书为媒共走天涯路》一文中是这样记载的：

“我白天要上班，每天晚上8点，电话铃声会准时响起，他都要通过电话为我读上2个小时的书。为了让我多读一些经典，他还特意买了一台音响，专门给我录磁带书，然后每隔一段时间我就去他那里取。

“半年过去了，我了解了他过去的许多事，包括他的奋斗经历和情感历程。他虽然说话慢条斯理，性格内向，但温和中透着刚毅。伤残没有击垮他，他一直在进取，读了那么多书，发表了那么多文章，这令我肃然起敬。”

习惯写日记的刘力群有一天读完书后忽然告诉李珍，不知为什么，最近日记里总是出现她的名字。听了这话，李珍不由得心“嗵嗵”直跳。她不禁想起自己最近的心态也变了，刘力群像是兄长？像是老师？抑或是……她已然觉得每天都离不开那个给她带来知识、带来快乐的声音了。

那年夏天的一个晚上，雷电交加，下起了瓢泼大雨，这时离约定为李珍读书的时间已经过了好久了。就在她十分失望的时候，电话铃竟然响起，一个喘着粗气的声音从话筒里传来。她这才知道刘力群所住单位宿舍的电话线被雨淹了，打不通电话，他就冒雨骑上残疾人摩托车，跑了二十多公里赶到他父母家，进门后就赶紧拨通电话给她读书。虽然外面下着大雨，但屋里十分闷热，刘力群轻描淡写地告诉李珍：他穿着背心，满头大汗，一只手拿着电话，另一只手拿着书在读，而他年迈的母亲站在他身后，手里拿着一个大蒲扇，一下接一下地扇着……听了这些，李珍不由得眼眶湿润了。这个画面至今还定格在李珍的脑海里。

李珍还清晰地记得，刘力群给自己读的第一篇散文是毕淑敏的《寻觅优秀的女人》。后来李珍总觉得，他为自己选读这样的散文是早就“存心不良”，是冷静面孔掩盖下的“老谋深算”。无言以对的刘力群，当时见她喜欢，就又买了一本余秋雨的《文化苦旅》，很快又全部给她读完。知她还是意犹未尽，便又录成“磁带书”，仅此一本就录了16盘。从此，像《毕淑敏作品选》、《庄子》（全本）、《中外经典散文选》等书籍都通过那个温和亲切的声音缓缓飘进李珍的耳中，刻印在她的心里。后来盘点发现，刘力群先后为李珍录制的磁带书高达上千盒，这是他们一笔弥足珍贵的精神财富。

读书多了，结合着读书，刘力群还给李珍讲一些写作的方法。得到启发的李珍把中学时代学小提琴的经历写成一篇散文让他看。没想到，在他的肯定下，又经过他一番精心修改，最终李珍的这篇处女作发表在了《北京晚报》上，这令李珍欣喜若狂。从此一发而不可收，她的作品先后发表在《中国电视报》、《北京日报》、《北京青年报》、《北京晚报》、《北京工人报》、《现代教育报》、《盲人月刊》等报刊上。《感受实话实说》一文还在中央电视台征文活动中荣获三等奖。《自学考试圆了我们的大学梦》获“北京市高等教育自学考试二十周年征文”一等奖。《信息无障碍助盲人美梦成真》

获“我的中国梦”全国网络征文优秀奖，作品由中国青年出版社结集出版。

随着创作的丰收，两个人的爱情也到了收获的季节。1996年的金秋时节，刘力群和李珍走进了婚姻的殿堂。新郎说：“我是你的眼，愿一生一世带你遨游浩瀚的书海！”新娘说：“我是你的腿，愿推着轮椅，陪你走向天涯海角，走到地老天荒！”

六

时光匆匆，李珍和刘力群携手走到了2012年的8月20日，他们当之无愧地被评为了北京市“书香家庭”，走进了北京电视台《书香北京》的节目现场。

让他们夫妇料想不到的是他们在节目中与节目嘉宾、著名作家毕淑敏因此结下了一段书缘，留下一段文坛佳话。

知情人都知道，毕淑敏极少现身电视节目，她在央视《百家讲坛》讲《破解幸福密码》，也是再三推辞不过，被并不相识的节目编导再三再四恳切邀请而感动，才勉力为之的。这次听说李珍与刘力群是因书结缘且特别喜欢读她的书，才爽快应约而来。屏幕上，毕淑敏与李珍见面相拥，两个人一个因激动、一个因感动都泪光闪闪。毕淑敏还拿出自己带来的相机，让工作人员为她和李珍留下一张珍贵的合影。后来再见到李珍，她告诉李珍，那张合影就放在她自己的书桌上，埋头写作时累了，一抬头就能看见她们的合照，就有了写下去的力量。

仅仅时隔九天，毕淑敏的文集出版，她特别找车接李珍和刘力群夫妇到她的新书发布会现场，亲手在一套包括20多本书的文集上写下：李珍刘力群伉俪惠正——毕淑敏2012.8.29，并赠送给了他们。

同年，中国盲人协会与《盲人月刊》联袂举办“记一次难忘的文化活动”征文比赛，李珍写下的《走进“书香北京”——与著名作家心灵对话》一文，以其真实自然、朴实无华的文风感动了评委和无数读者，也让她一举夺得一等奖，加入了中国盲人文学联谊会。

次年，桃花烂漫的暮春时节，李珍和刘力群夫妇又双双被评为第二十三届全国图书交易博览会“十大读书人物”，走上了央视《2013·十大读书人物》——世界读书日特别节目。评委会宣读的颁奖词是：2013·十大读书人物——李珍、刘力群夫妇——那是黑色长夜里的一道光亮，给这对相爱的人带来了光明。图书，是他们的眼，是他们的腿，是他们前世今生的缘，是他们深情相拥的爱。上天给了他们缺憾，他们却靠阅读完满着自己。

2014年，李珍和刘力群又荣获了首届全国“书香之家”的殊荣。首届全国书香之家推荐活动是国家新闻出版广电总局在全国范围内开展的一项很有意义的活动，旨在提高全民阅读参与性、互动性、积极性，发挥先进典型的示范作用，努力建设书香中国。2014年4月23日的“世界读书日”，央视《新闻联播》以“你给读书留时间了吗”为题，向全国观众讲述了他们的读书故事。

提起上央视《新闻联播》，李珍跟我说了这样一个花絮。那天的摄像是个年轻小伙，也是个毕淑敏迷，知道李珍喜欢读毕淑敏的书，就说自己新近买了一本毕淑敏的散文集《与这个世界温暖相拥》，刚读完就被别人借去看了，打算等别人送回来就拿给李珍看看。过了两周，李珍都把这事儿忘了，却惊喜地收到了那本书。打电话去致谢时还提出了疑问：那本书崭新崭新的，好像没翻过的样子，似乎没被人传阅过。摄像小伙如实相告，那本书传阅出去，不知过了几手，再也找不回来了，他便专程去书店重新买来一本赠送给李珍。这件事让李珍感动了好久。

七

读万卷书对李珍和刘力群来说并非遥不可及，但行万里路对他们夫妇而言就不是一般的困难了。刘力群伤残后便从未出过远门，李珍除了偶尔外出开会也极少离开京城。出去走走、纵情山水、饱览祖国大好风光就成了他们夫妇共同的梦想。李珍曾经说过：“我们俩一双眼，一双腿，要走遍祖国的山和水。”

2013年的金秋十月，在他们又一个结婚纪念日到来之际，他们终于不顾双方家人的反对和担忧，下决心要出门旅游了。“上有天堂下有苏杭”的俗语恐怕早已烙印在国人心里，尤其对久居北方的人来说，江南水乡的诱惑是无法抵御的，他们自然也不例外。他们首站选择杭州，心想，那样的国际休闲大都市，无障碍设施理当也跟国际接轨吧。

北京至杭州的高铁，两端上下都有志愿者或工作人员一路协助，那种被呵护的感觉让他们心里热乎乎的，觉得出来对了。出了杭州车站，往马路对面不远处一瞧，他们就看到了在网上预订的宾馆招牌。进去一看，果然如之前网上了解的一样，大门台阶旁边有供轮椅进出的坡道，上楼有电梯，卫生间的门很宽，轮椅能自由进出，这令他们十分满意。

在总台登记时，柜台服务员一直朝他们上看下看，左瞧右瞧，圆圆的苹果脸上的一双大眼睛就没离开过他们夫妻。刘力群对这样好奇的眼神早已习以为常，也不介意。谁料“苹果脸”看了半天，忍不住问道：“看你们太眼熟，是第几次入住我们宾馆了？”

李珍抢先回答道：“别说这宾馆，就是杭州我们也是第一次来，姑娘是住店旅客见得太多了吧。”

“不对不对，哦！对了对了！”姑娘一拍脑门道，“看我这笨脑瓜，你们一定上过《向幸福出发》节目，刚才看阿姨推着轮椅进门，就跟你们上央视演播台时一模一样。我还记得阿姨当时一身紫色旗袍，长发飘飘，衬得脸和手臂格外白净，显得格外年轻有气质。”

的确，一个偶然的机会，一年前的 3 月 23 日，李珍就是这样推着轮椅走上了李咏、王冠主持的《向幸福出发》的舞台。在录制过程中，编导和主持人一直在提醒一脸严肃的刘力群来这里是秀幸福的，就像照相师傅一样不停示意他“笑一笑”，可他脸上的肌肉仿佛失去了笑的功能，就是笑不出来。直到最后“有爱你就唱出来”的环节，听到李珍饱含深情地唱起邓丽君的《我只在乎你》，他脸上才有了微微的笑模样。

此时，置身服务台前的李珍没想到时隔一年半还有远在千里之外的陌生人能记起那档节目、能认出他们，于是，他们相互间顿觉亲切起来，真有点故友重逢的意味了。

八

当时正是出游的最佳时节。李珍、刘力群早早打点完毕，想着如果上不了公交车，就直接推着轮椅去欣赏西湖美景，感受一下断桥那个“千年等一回”的浪漫之地的魅力。

来到公交站台，他们发现公交车只有一级踏板，对李珍来说推轮椅上车就是小菜一碟了。她只要先双手压低把手，让前车轮翘起压上踏板，然后抬起把手，后轮就能顺利跟进上车了。如果超过两级，轮椅就必须有人抬起来才能上下。可是那天见到有轮椅要上车，车上车下的人纷纷帮忙，别说一级踏板，再多几级也没问题，根本不用李珍担心，这让李珍深切感受到了杭州人的热情。

轮椅在刘力群的指引下终于平安靠近断桥，李珍停下脚步，考问道：“你说这里为啥叫断桥，多不吉利啊？”刘力群略作思考，像以往给李珍读书一样，不紧不慢地答道："断桥其名由来，众说纷纭，一说孤山之路到此而断，故名；一说段家桥简称段桥，谐音为断桥；一说古石桥上建有亭，冬日雪霁，桥阳面冰雪消融，桥阴面仍然玉砌银铺，从葛岭远眺，桥与堤有断之感，得名'断桥残雪'。也有人说，南宋王朝偏安一隅，多情的画家取残山剩水之意，于是拟出了桥名和景名，后一种说法似更为可取。"

正说间，天空有雁阵飞过，传来大雁整齐的鸣叫声，李珍便信口吟出"问世间情是何物，直教生死相许"。刘力群不等妻子发问，接口指出：这是《摸鱼儿·雁丘词》的前两句，词作者元好问有小序说"太和五年乙丑岁，赴试并州，道逢捕雁者云：'今旦获一雁，杀之矣。其脱网者悲鸣不能去，竟自投于地而死。'予因买得之，葬之汾水之上，累石而识，号曰雁丘。时同行者多为赋诗，予亦有《雁丘词》旧所作无宫商，今改定之。"这就是说，大雁殉情的事强烈地震撼了他，所以在词的开篇，他便陡发奇问，破空而来。作者本要咏雁，却从"世间"落笔，以人拟雁，赋予雁情以超越自然的意义，想象极为新奇。也为下文写雁的殉情预作张本；古人认为，情至极处，"生者可以死，死者可以生"。"生死相许"是何等极致的深情！听到这里，李珍早已泪水涟涟。

是啊！断桥、轮椅、殉情的大雁、浪漫的爱情传说一一涌上李珍心头，怎叫她不百感交集？或许在路人眼中，他们是一对可怜人，是不幸与痛苦的代名词，然而在他们心里，茫茫人海中能跟一个钟情的人儿相知相守、生死相依，这是何等的幸福！喜欢唱歌的李珍，还是用歌来表达她此时此刻的心声："我能想到最浪漫的事，就是和你一起慢慢变老，一路上收藏点点滴滴的欢笑，留到以后坐着摇椅慢慢聊。我能想到最浪漫的事，就是和你一起慢慢变老，直到我们老得哪儿也去不了，你还依然把我当成手心里的宝。"

唱毕，李珍把轮椅推上了一艘游轮，她要让为自己读书破万卷的丈夫把西湖美景看个够。他们的剪影在西湖的柔波里荡漾，甜蜜幸福的涟漪一圈一圈扩散开来，投射到了更多善于发现美的心灵里。

九

第二站抵达苏州，李珍他们的运气就糟透了，气得她甚至想掉头直接登车回北京了。

那天出站后，李珍推着轮椅沿路寻找宾馆酒店，一家一家宾馆门前，轮椅总是止步于高高的台阶下，就是找不到坡道进入，他们只能望门兴叹。也有服务员热情相邀，说住店没问题，你们出入招呼一下，我们来帮忙抬轮椅。李珍没来由就想起那句"不自由毋宁死"的话，觉得进出都要找人，这旅行还有什么兴致呢？

他们继续边走边找，一个小时、两个小时过去了，天色渐渐昏暗下去，街灯已经陆续亮起，他们依然投宿无门。要知道李珍一辈子也没连续走过这么久的路，她已经累得不行，心也快要崩溃了。忽然间，透过公路上车来车往的嘈杂声，一阵宛如天籁之音的歌声飘进李珍的耳朵：“如果没有遇见你，我将会是在哪里？日子过得怎么样，人生是否要珍惜？也许认识某一人，过着平凡的日子。不知道会不会，也有爱情甜如蜜？”啊！这是李珍的偶像邓丽君的歌曲。刘力群循着歌声望去，告诉李珍，这是一位50来岁的中年男子手拿一个MP3小音箱正在便道上边走边听歌曲。这歌曲就像一剂兴奋剂，让李珍立马来了精神。她想起在央视《向幸福出发》的舞台，自己曾亲口唱了这首歌送给她心爱的人。除了自己的丈夫，她的心中还有一个值得她在乎的人，那就是邓丽君小姐。接着，她的脑海里闪现出在央视国际频道与“邓三哥”邂逅的往事——

那是2010年的感恩节，央视国际频道的《天涯共此时》栏目要录制一期纪念邓丽君逝世十五周年的节目。李珍作为资深“君迷”应邀去参加节目的录制，其他观众也都是各地的“君迷”。李珍以为就只在下面鼓鼓掌，也没刻意化妆，套上一件红色羊毛衫就去了。

在邓丽君柔情舒缓的歌声里，被“君迷”们亲切地称为“邓三哥”的邓丽君的三哥来到了台上，现场顿时沸腾了，掌声叫声连成了一片。互动环节中大家更是争先恐后举手要求参与，李珍有幸被主持人桑晨第二个点中。“邓三哥”见李珍行动不便，就主动下台去接她上台，站定后又轻轻拥抱了她，让她激动得说话都不像平常那样利索了。

“1983年，我还在北京盲校学按摩，偶然在澳洲电台听到邓丽君小姐一曲唱罢后电台告诉听众准备了500张签名照，可以去信索要，免费赠送。我也请人帮忙写了信，发出不久，就听到澳洲电台播报的幸运者中居然有我的名字，我真是又惊又喜，设想着收到照片后就天天放在上衣兜里，羡慕死那些同样喜欢邓丽君的小姐妹们，当时就连学唱邓丽君的歌曲也格外来劲。可惜那张签名照像断了线的风筝似的，不知飘落何方，让我感到非常非常的遗憾。”

听李珍急急切切地说完，“邓三哥”取出一套DVD和VCD合辑，还有一套纪念邮票册赠送给李珍，并告诉她，合辑里都是邓丽君小姐的歌曲，邮票册中每一张邮票都是邓丽君小姐的照片。27年前的遗憾终于在这一刻得到了最圆满的补偿，李珍抱着那些赠品，流下了幸福的泪水。

2011年的1月11日，节目播出时，李珍和刘力群在家里的电视机前，一个看，一个听。听到李珍说话快得就像打机关枪，“哒哒哒”连发，简直风雨不透，主持人想插话都插不进时，两个人都笑了……

想着往事，不知不觉，他们一口气走了三个小时，古老的苏州城已经是万家灯火。也许是邓丽君小姐在保佑着她这位忠实的“君迷”，“柳暗花明又一村”的奇迹出现了，他们终于找到一家轮椅能够直接推进去的小旅馆，且一楼正好有适合入住的标准间。两个人都如蒙大赦，却连笑的力气也没有了。他们的苏州遭遇说明无障碍设施还亟待改进，人性化管理服务也亟需提高。

在苏州，他们先后游览了狮子林、沧浪亭，拜谒了文庙，最后把轮椅推进了与北京颐和园、承德避暑山庄、苏州留园一起被誉为“中国四大名园”的拙政园。刘力群一边仔细端详，一边给李珍介绍说：“全园以水为中心，山水萦绕，厅榭精美，花木繁茂，具有浓郁的江南水乡特色。花园分为东、中、西三部分，东花园开阔疏朗，中花园是全园精华所在，西花园建筑精美，各具特色。园南为住宅区，体现了典型的江南地区汉族民居多进的格局。园南还建有苏州园林博物馆，是国内唯一的园林专题博物馆。”

李珍知道，这里曾是越剧电影《红楼梦》的外景地，便想起当初参与编译校对盲文版《红楼梦》的往事。一套四卷本的《红楼梦》翻译成盲文版就变成了 16 卷，耗费了全社上下许多人的心血。但盲人朋友能读到这样不朽的传世名著，作为参与者，李珍觉得付出再多的心血也是值得的。

回到京城小家，正赶上社区报送参加“幸福家庭”的评选活动，社区工作人员让李珍、刘力群用 20 个字概括他们的生活。当时李珍张口就道出：以书结缘，为爱结合，彼此欣赏，优势互补，理解包容。后来她又补充了四个字：共创幸福！并骄傲地说：“对我们来说，幸福就是和理想的人过现实的生活，就是柴米油盐与诗情画意的统一。我们做到了！”

李珍、刘力群夫妇还先后获得“八角街道幸福家庭”、“最美家庭”、“石景山幸福家庭”、“北京市百家幸福家庭”、“第九届全国五好文明家庭”等称号，是一个名副其实的幸福家庭！

十

“2015 年 9 月 3 日上午，阳光明媚，晴空万里。从位于 12 层的家中的落地窗向外眺望，一座座现代化建筑鳞次栉比，好一派繁华的都市景象尽收眼底。我虽然看不见，但老公那种喜悦的心情我是可以感受到的。我们围坐在电视机前，观看着‘纪念抗日战争胜利 70 周年大阅兵’的直播。当屏幕上出现飞行表演时，电视里传来飞机的阵阵轰鸣声，不一会儿轰鸣声也从客厅的窗外传进了我的耳朵。老公告诉我，从家中往外看，可以看到远处飞机拉着彩带飘舞的情形，有几架飞机还从我家楼顶飞过。

“能有幸看到这样精彩的画面得益于我们下决心换房的结果。”

这是应《盲人月刊》之约，李珍在《搬家那些事》开篇写下的心情文字。两个人的兴奋之情已经跃然纸上，这里必将成为他们幸福生活的新起点。

然而，看不见摸不着却人人心向往之的幸福，它究竟是什么呢？我们不妨看看两位著名作家的解读。

周国平说：一个人若能做自己喜欢做的事，并且靠这养活自己，又能和自己喜欢的人在一起，并且使他们也感到快乐，即可称幸福。

毕淑敏则在《百家讲坛·破解幸福密码》中说："幸福是'一种持续时间较长的对生活的满足和感到生活有巨大乐趣并自然而然地希望持续久远的愉快心情'……幸福首先是一种情绪，也就是我们常说的，幸福是一种感觉。其次，幸福不是如电光石火般的短暂，而是要持续相当长的时间，甚至一生……幸福感不是某种外在的标签或是技术手段可以达到的状态，而是一种精神世界的内在把握和感知。"

写到这里，你是否觉得李珍和刘力群的幸福密码已经呼之欲出、不言而喻了呢？既如此，就让我用李珍自己的短诗来为本文画上一个圆满的句号吧。

如果，我看见

如果多彩的世界飞舞在我的眼前，
我的目光会毫不犹豫地投向你那陌生而熟悉的脸。
茫茫人海中我们曾以书结缘，
悠悠岁月里我们常有歌相伴。

朝夕相处，你用行动实践着爱的诺言，
患难与共，我用温情续写着爱的诗篇。
陋室里洋溢着诗情画意与柴米油盐的共鸣，
蓝天下摇曳着我们形影不离的和谐画面。

我们把今生的相守当作命运的恩典，
我们把来世的约定看成遥远的期盼。
四目相对时，多年的恩爱化作了千言万语，
两心碰撞中，我们听到了幸福的期限是永远！

附录：

李珍部分视频链接

2012年3月23日，中央电视台《向幸福出发》节目视频

http：//www.tudou.com/programs/view/LybmuIq9mlY/

2012年8月20日，北京电视台《书香北京》节目视频

http：//www.tudou.com/programs/view/_OtMqrayETS/

2013年4月23日，中央电视台《2013十大读书人物》——世界读书日特别节目

http：//www.tudou.com/programs/view/dT65pJcNK20/

书香北京2013年国际残疾人日特别节目：打开书香传递爱的阳光

http：//www.tudou.com/programs/view/TN4G3aSRIY0/

2014年4月23日，中央电视台《新闻联播》节目视频

http：//tv.cntv.cn/video/VSET100034782842/7dda1b0d73c14240b1e479508bb0098f

2011年1月11日中央电视台国际频道《天涯共此时》节目视频

http：//www.56.com/u42/v_NTc3NzM3MDM.html

2016年元月写于池州

天道酬勤

古人有“不为良相便为良医”的说法，读书人进而居庙堂之高，治国安民，医国之四维，疗民之生计；退而悬壶济世，医百姓之沉疴，慰黎民之疾苦。良相与良医，在本质上是相同的，望闻问切四法，适之于医，也适用于相。良医与良相，一脉相承，难分伯仲！

——题记

在安徽凤台县城关有家“博爱中医诊所”远近驰名，不仅本县城乡居民登门求医已成习惯，邻近市县也有不少患者慕名前来就诊。令人惊叹不已的是，这个诊所的中医杨春豹是一名根本没法望诊的中年盲人，负责抓药的药剂师则是他的妻子单丽。他们夫唱妇随、和谐美满、事业有成的背后，有着怎样鲜为人知的幕后故事，怎样百倍付出的奋斗历程？凭借我与杨大夫多年的网络交往以及近日的语音专访，就此为你一一道来。

拼死不当讨饭艺人

杨春豹是家中长子，父母都是乡村小学教师，他的降生是多么的宝贝、他的童年是多么幸福可想而知。然而命运弄人，在举国欢庆粉碎“四人帮”的 1976 年，五岁的杨春豹却跌入了不见天日的冰窟。一场高烧过后，杨春豹的眼前失去了色彩斑斓的世界，父母的笑脸看不见了，门前的老槐树看不见了，不远处山坡上看惯的野花也看不见了……

他哭，他害怕，他歇斯底里地嘶喊着不要玩这样的捉迷藏。他要妈妈拿剪刀剪开眼前厚厚遮掩的黑布，要爸爸用有力的拳头捅破夜空……长大后，特别是自己当上大夫后，他才明白，自己小时候那一场高烧的罪魁祸首是双眼视神经炎，至今医学界对此依然束手无策，它已经夺去无数无辜者眼前的光明。

磕磕绊绊、跌跌撞撞中，小春豹一天天长大，长成了一个英俊少年。而他的父母没感到一丝一毫的欣慰，反而越发地忧心如焚。为了他日后能自食其力，父母痛下决心，把说琴书的盲老艺人请到家里，让小春豹拜师学艺。一心想上学、想读书的他虽心有不甘，但慑于父母的高压，也只能成天怀抱二胡练琴，迎风喊破嗓子练声，跟着师傅流浪般出东村、进西村，吃开口饭、百家饭。一老一少的卖艺生活，活脱脱就是史铁生小说《命若琴弦》的翻版。爱上写作后的杨春豹在《盲人月刊》上读到这部连载小说时，百感交集，泪水打湿了书页。

当时的小春豹，就跟小说中的“小瞎子”一样，饥一顿、饱一顿，风餐露宿地吃苦受累他并不畏惧，让他受不了的是没有做人的尊严。那些村庄里的顽童用“小瞎子”、“臭瞎子”等称呼讥讽嘲笑他不说，就连那些野狗也仗势欺人，总是冲着他“汪汪”狂吠，冷不丁就会扑上来撕咬。就这样，他们师徒非但敢怒不敢言，还得对围拢来的听书人讨好卖乖，祈求他们施舍几个铜板或残羹剩饭，名曰卖艺，实则跟讨饭无异。

再次回到家中，小春豹再也不愿出门，不愿踏上那条无望的卖艺路。师傅劝他，母亲骂他，父亲干脆对他拳脚相加，三股力扭在一起，目的都是要他重新踏上讨饭般的卖艺路。小春豹真的像一头豹子一样爆发了，他拿起一根长长的琴弦，对他们歇斯底里地吼道：“你们再逼我，我就在门外的老槐树上吊死给你们看!”师傅见状，知道九头牛也拉不回倔强的徒弟了，便悄悄转身离去，再也没有登门。面对突然因愤怒而显得有些陌生的儿子，父亲高高举起的拳头无力地垂下了，母亲张成“O”形的嘴巴久久合不拢，一副张惶失措的模样。

天生的中医药情结

留在家里的杨春豹跟许多盲孩子一样，没事就摆弄心爱的收音机。

那是个春天的早晨，阳光明媚，听着老槐树上鸟儿的啁啾声，他打开收音机，惊喜地听到阜阳盲校的招生信息，这才知道盲人也可以上学、可以读书，心里仿佛瞬间注满了阳光，一下子亮堂起来。那是希望的曙光啊！日日愁眉不展的父母毕竟都是当老师的，哪能不答应儿子上学的恳求呢？那一天对于18岁的杨春豹来说是一个特殊的节日，一个改变命运的纪念日！他仿佛听到门口的老槐树在春风里笑了，山坡上的野花笑了，自己的心里也笑开了花。

小学要学六年，已经长大成人、身高超过170厘米的杨春豹等不及，他只用几个月的时间打牢盲文基础后便抱回小学阶段的全部教材在家自学。一年后去盲校参加毕业考试，他顺利拿到了小学毕业证，又经老师推荐，考上了全国一流的一所盲校——南京盲校初中部。

那三年，有的同学不用心学习，怕苦怕累。他就告诉同学，与他当初唱琴书卖艺的苦日子相比，这里简直就是人间天堂。他因此懂得珍惜，也没理由不刻苦、不努力。常常别人进入梦乡了，他还在用功，还在思考。困意来了，他就拧一把大腿，让自己清醒过来，很有点头悬梁、锥刺股的意味。很快他的成绩从刚入学的中游升到名列前茅。尤其是他的作文，每每被老师当作范文来朗读，这为他日后爱上写作奠定了坚实的基础。

初中毕业后，他顺理成章地考入本校推拿针灸中专班，开始学习日后用来谋生立命的推拿技艺。说来也怪，杨春豹的父母是教师，再往上几辈都是农民，他们家八辈子也与医学无缘，轮到他，却对中医、中草药和方剂产生了浓厚的兴趣，仿佛天生就有中医情结。别的同学上课都把练习手法、掌握经络穴位放在第一位，他却从早到晚、日复一日地一头钻进校图书馆，废寝忘食地摸读那些比砖头更加厚重的专业书籍。学到脉诊，他就像着了魔，每每在餐桌摸到同学的手腕，便会不由自主地伸出三根手指，嘴里恳求道："来，让我给你号号脉，说的不准这顿饭我请客。"渐渐地，同学们发现，他的脉诊脉象说得有模有样，八九不离十。也有同学好心地劝他："你这套本事学得再好有用吗？有谁能相信一个瞎子能开方治病呢？还不如学好推拿，毕业后去南方挣钱讨个老婆成家。"

杨春豹谢过同学的美意，却依然故我，把主要精力和课余时间都用在了中医理论的学习上。暑假回家，给父亲揉揉颈肩，给母亲的老腰腿痛做推拿，事前都忘不了给他们号脉，对症施治，事后还要开几副中药巩固巩固。就这样，父亲多年的颈椎病、母亲的腰腿痛被自己残疾的儿子治愈了。父亲紧锁的双眉展开了，母亲浅浅的皱纹抚平了。消息传出，乡里乡亲有个头痛脑热、筋骨酸痛，纷纷前来求医问药。天热家里闷得慌，杨春豹干脆搬几张凳子椅子、一张小饭桌，安置在门前的老槐树下，一本正经地当起了乡村小郎中。那个假期，他们家的青菜萝卜、花生桃子吃也吃不完。若杨春豹推辞不要，治好了病的乡亲或假意朝他发火，定要掏腰包付钱，或不声不响地放下从自家田里、树上摘来的东西就走。

“博爱诊所”传美名

中专毕业后，杨春豹只身在广州一家民营医院打工三载，积累了丰富的临床经验，于1999年回到凤台城关，租房开办了自己的“博爱中医诊所”。他自己号脉开方，已经退休的母亲相帮着抓药，开始了与其他盲人推拿师不同的创业之路。

中医四诊，望闻问切，首当其冲是望诊。杨春豹虽因缺陷无法望诊，但这些年在脉诊上下的功夫让他胸有成竹，自信地等候患者上门。

起初，诊所一天到晚门可罗雀、无人问津，他却泰然处之，稳稳当当地守在诊所摸读专业书，那是他从中国盲文出版社邮购回来的大学中医专科教材。他坚信，只要胸中有锦绣，不怕做不出大文章。

那天，一个中年男人被人搀扶着走进了诊所，什么话也不说，就把手伸向桌上的脉枕。杨春豹丢下书，也一句话不说就伸出了三根指头，准确地按在了来人手腕的寸关尺部位。少顷，杨春豹指出，患者脉象洪大，壮热所致，属于阳明实热证，高烧至少半月有余。患者和陪同的家人连连称奇，说大夫讲得丝毫不差。他们原本只是路过进来试试看，不行就准备转到市里的大医院；既然这里的大夫说得准，就决定先讨个药方抓几副药吃吃看。三天后，患者独自轻松前来复诊，说高烧已经全退，还想吃几副药巩固一下。从此，“博爱诊所”有个瞎子中医搭脉很神奇的新鲜事儿便口口相传，在城乡传扬开来，上门求诊的病人渐渐多了起来。

有个一周岁的幼儿持续高烧不退，在省城儿童医院查不出病因，各种方法医治半月仍不退烧，医院无奈地劝其转院，后经人点拨，慕名来找杨大夫，也是三副药便退烧了，家长简直都不敢相信。

我也是推拿专业中专毕业，加之岳父和妻子都是祖传中医，耳濡目染，对中医方药也算略知一二，便不揣冒昧，问他给这幼儿患者用了什么汤剂，答曰“白虎汤”加减。我得知他敢对小儿用这等虎狼之药，着实被吓了一跳，不由得想起张仲景“若非亲家母，一包白虎汤”的故事来。

张仲景是东汉时候的一位名医。他不仅治学态度严谨，而且医德高尚，一生为民医病，深受老百姓爱戴。人们尊称他为“医圣”。一天，他的高堂老母突发高烧，吃了几副药也不见效，急得张仲景一边在母亲病榻前走来走去，一边口中念念有词：“若非亲家母，一包白虎汤。”在门外的学生听了，悄悄按照老师讲的“白虎汤”配方熬药并替换了老师原先开的药方，老太太服下第二天就退烧了。张仲景深觉奇怪，自己没敢换药，怕老母承受不起，怎么就好了呢？学生这才把偷梁换柱换了“白虎汤”的原委如实禀告了老师。杨春豹读遍古医书，对此不会不知道。他敢于谨慎用药，大胆施治，分寸又拿捏得当，正说明他的医道精深，这实在令我钦佩。他是既然揽下瓷器活，手中便一定有那金刚钻。

妙手回春赢得美人归

短短两年，诊所不菲的收入加上先前在广州打工的积蓄让杨春豹有能力得以在原农机二厂的位置买下一套 80 多平米的商品房，把诊所迁到了自己两室一厅的新居。尽管是在二楼上，每天慕名找来的患者还是络绎不绝。

乔迁之喜的鞭炮声尚未停歇，老母亲便对儿子旧话重提：“这家里啥也不缺，单缺一个女主人。”说罢就张罗着四处托媒，还给未来的儿媳妇定了三条标准：第一要健全人；第二要初中以上文化；第三要长得漂亮。

几次提亲，媒婆都把杨大夫夸得天花乱坠，可无论说他医术多么高超也没用，但凡说到眼睛看不见，女方脾气好的不来相亲也就算了，碰上火爆性子的还会把媒婆臭骂一顿，仿佛受了多大委屈似的。

你还别说，那个长着吊梢眉的媒婆究竟没白吃这碗饭，到底还是按照三条标准领来一个漂亮的姑娘，见面就问另外还有房子吗？她可不想成天在这闻药。有小轿车吗？她家离这有点远，回娘家挤公交车太没面子。诊所一天能赚多少，家里还有多少存款呢？口气大大咧咧地倒也直爽，是那种属于脸皮比城墙厚的主儿。杨春豹听完差点没呕吐，想想又被气乐了，便寻开心道："房子有啊，我老家还有三间草房，屋前还有棵老槐树，挺值钱的；车子也有的，我老爸还有辆上班骑过的老永久牌自行车，退休后没舍得扔，除了铃铛不响全身都响，留着当古董呢；存款么，还有 88 块 8 毛 8，多吉利的数字，将来你我成亲肯定大发。"相亲结果不言自明，让我没想到的是，这个打小倔强的杨春豹，居然还有幽默的一面。

对此，老母亲不免暗自焦急。杨春豹却依旧泰然处之，劝慰母亲道："命里有时终归有，命里无时莫强求。"时隔不久，这话果然应验，老母亲心里的一块石头终于落了地。

那是 2002 年的第一场雪，就像刀郎歌里唱的那样，比以往来得更晚一些。一个长发飘飘、皮肤如雪一样白净的姑娘推门走进了杨春豹的家庭诊所，落座后便自我介绍起来。

原来姑娘名叫单丽，25 岁，本县被单厂女工。三年前患类风湿关节炎，四处求医无效，大医院的专家也看了不少，近期症状反而明显加重，尤其是每到阴雨天，四肢关节疼痛难忍，便慕名来请杨大夫看看。

杨春豹为其把了脉，脉沉细弱，略带弦象，分明是肝肾亏虚之脉，便给她开了六副药，让她回去煎服，吃完再来复诊。没想到，仅仅复诊两次，总共才服药30天，杨春豹不仅治愈了单丽的类风湿关节炎，还赢得了姑娘的芳心。

此后，单丽一有空就来诊所，相帮着下厨、抓药，给杨春豹读书读报。知道成天坐在家里的人心里都憋得慌，诊所晚上打烊后，单丽总要陪着杨春豹去不远处的河堤上走走，给他说说天上的星光、河里的渔火、岸上的花花草草，让杨春豹仿佛回到了梦一般的童年，看到了当初家乡美丽的夜景。

当得知盲人凭借读屏软件可以上网时，单丽便帮杨春豹买来电脑，手把手地教会了杨春豹上网冲浪，读书交友等。在给他申请QQ时，单丽见诊所墙上挂着患者送来的“妙手回春”锦旗和匾额，便在他的网名处敲下了“妙手回春”四个字。转过年的五月一日，单丽做了杨春豹幸福的新娘，成为诊所的女主人。这就叫“美丽姑娘爱上盲大夫，妙手回春赢得美人归”。

婚后，被单厂倒闭，单丽下岗回家，接替老婆婆当上了家庭诊所的药剂师；两年后产下一女，一家人和和美美、幸福美满。

锦绣文章见才华

行文至此，本该可以打住收手。但想到杨春豹的写作才华，不添上一笔，无论对人还是对文，都觉得不够圆满。良医良相之寓也不够真切。

有着良好的语文基础，经历了人生太多的苦难，又收获了成功的事业、甜蜜的爱情，杨春豹有太多的话、太多的感慨如喷泉般从笔端汹涌而出，落在盲文纸上。他让单丽“爬格子”誊写出来，无需修改就是一篇篇天然去雕饰的质朴散文、跌宕有致的短篇小说。诊脉是医人身体之病，行文可医人心之痼疾，仁心仁术，在术为医，在心为文，这也许是他心中的夙愿吧！

2011 年，为庆祝建党 90 周年，中国盲人协会、《盲人月刊》编辑部和中央广播电台《残疾人之友》栏目联合举办“阳光照亮盲人的心灵”征文活动，杨春豹的征文《谁言寸草心，报得三春晖》一举夺得一等奖，他犹如从江淮大地杀出的一匹黑马，在全国盲人写作圈崭露头角。

去年底，我得知仁力传媒爱心公益论坛面对全国残疾人举办首届网络征文大赛，便通知杨春豹去注册参赛，并提醒他把那篇六千多字的《天生我材必有用》贴上去，之后就单等获奖的消息好了。因为那篇文章给我留下了太深刻的印象，也是我和他结识的“媒人”。

大概八九年前，刚刚学会上网的杨春豹在一个网站论坛读到我的一些文章，意外发现有篇文章后面有我的家庭住址和家宅电话，便把他这篇处女作用挂号信寄来给我，又打来电话让我指导一二。我是含着热泪听妻子读完他这篇力作的，也由此与他相知相交至今。无独有偶，征文贴上论坛后，评委牟主编、网站站长青青姐跟我当初一样也是含着热泪读完这篇征文的，并不约而同地将其圈定为一等奖。

春天总是特别眷顾杨春豹，给他带来好运。他因而写下一篇《故乡的春天》，抒发自己对故乡的深情与对故土的眷恋，这篇文章先后发表在《淮南日报》和《盲人月刊》上。凭借多篇全国性征文获奖作品，今年春天他被接纳为中国盲人文学联谊会会员，使他站上了一个新平台。

这不，又一个春天，2014 年的早春二月，“仁力杯”征文主办方要在省城合肥举办颁奖仪式，我和杨春豹分别接到电话邀请，要我们一起去领奖，这使我们有了一次见面的机缘。说起这次领奖，还有一个有趣的小花絮，我一直未跟人提起。

去领奖前，杨春豹找我语音对话，说网上随便贴篇征文就能轻而易举地拿 2000 元奖金，有点天上掉馅饼的感觉。加之电话通知的人也没说清楚在合肥哪家酒店报到，他便疑心有诈，犹豫着不想前往，甚至想让我去代为领奖。后经我和青青姐再三劝说，他才在颁奖当天早上找了辆小车，由两三个人护卫着来到颁奖现场——合肥市残疾人联合会五楼的会议大厅。大概等如数拿到奖金、获奖证书和一个一等奖才有的大奖杯，他那颗一直悬着的心才会放归原处吧。

下午得空，妻子顺便陪我去合肥天鹅湖广场游览，发现那里传销活动猖獗，警察正在重拳出击，事后，警察的行动还上了中央电视台的新闻频道。我这才明白，杨春豹之所以不敢轻易赴肥领奖，是多了个心眼，害怕自己被传销团伙圈去挨宰，落下笑柄。他为人之谨慎，由此可见一斑。难怪他行医十几年，从来没一点儿闪失。

我在网络盲人圈摸爬滚打已达10年，又采写了众多各个行当的盲人精英，我对全国盲人中的成功人士，多半还是了解的。绝大多数行医的，70后的盲人的专业基本上都是针灸推拿。像杨春豹这样靠处方用药悬壶济世，开中医诊所，并凭借真本事赢得患者交口称赞、名声在外且多才多艺的中医师，不说绝无仅有，也是凤毛麟角、寥寥无几的。他能一路走来、给更加年轻一代的盲人树立一个标杆，固然与他倔强执着的性格以及他的睿智和天分是分不开的，但更应该看到他的勤奋好学、他的不断进取、他持之以恒的坚韧与毅力。耕耘不一定有收获，但收获绝对离不开辛勤耕耘。毋庸讳言，杨春豹给我的人生启示就是这样四个字："天道酬勤!"

阳光天使

不是每个天使都带着可见的美丽的翅膀，现实生活当中，天使的翅膀往往是隐形的，关键要看你有没有一双善于发现的慧眼与一颗感恩的心。

——题记

应是四年前的早春二月吧，盲人作家老吴发来消息，极力推荐曾被我拒之门外的“在水一方”加入盲人文艺爱好者群，并发来她的三篇文章。我一边拜读，一边不由自主地想起《诗经·秦风》里的《蒹葭》篇，恍惚间耳边还飘来《在水一方》的歌声，带着这份期许，我愉快地接受了老吴的举荐，在群里向她发出了迟到的欢迎词，从而有幸结识了一位在生活中、在网络上不遗余力播种爱心的“阳光天使”。

一、意外的邂逅

“在水一方”入群后，按照惯例，我给她这个入群的新人发出语音私聊请求。寒暄熟悉后，她迟疑了一下，还是把心底的不快宣泄了出来：“我很受伤，第一次想入群就被莫名其妙地拒绝了，不是吴老师特别说明加入盲人文艺爱好者群需有人介绍，我才不想理你呢。”

听话听音，她虽满口埋怨，但声音却是柔和的，甚至有点柔柔弱弱的感觉，一点也没有盛气凌人的架势，也听不出她大致的年龄段。后来许多人初次听她主持节目都跟我一样，把她的年龄至少低估了十几岁；等知道了她的真实年龄，都会惊呼：“她的声音欺骗了我!”或许，只有天使的声音才会抹去岁月的痕迹吧。

“你有关盲人如何培养教育子女的三篇大作，我认真拜读了，也知道你是中学语文老师，本名万兴华，想不想听听我对你文章的意见和建议?”我绕开她的埋怨，来了个曲线救国，我的话果然引起了她的兴致。在一番细致点评后，我建议她把其中较有见地和价值的《关于盲人子女教育问题的几点建议》一文直接投给《盲人月刊》。没想到她投稿三年后，在我和她都忘了这档事的时候，《盲人月刊》沙里淘金，于去年第 6 期发表了这篇文章，还是我第一时间看到给她报喜的。当然，这并非她在《盲人月刊》发表的处女作。早在我结识她不久，她的散文佳作《“慧”画牡丹　“心”赏美丽》就发表在了《盲人月刊》2012 年的第 8 期上了。

群里写作的、朗诵的、唱歌的、玩乐器的、演讲的网友越聚越多，甚至有人夸张地说，中国盲人圈的精英人才被我们这个“盲人文艺爱好者群”一网打尽了。根据大家的意愿，我和群管“画眉”，也就是成都盲人女作家彭锦商议在语音聊天室创办盲人文艺大讲堂，定期做一些文学类节目，为群友搭建一个交流互动的语音平台，我们想到的第一个主持人就是语文老师万兴华。出面邀请她之前，我心里还犯嘀咕，怕刚踏入盲人圈的她会借故推脱，没想到她竟然爽快地答应了，让我们信心倍增，《大讲堂》也得以顺利开张。后来我才知道，面对网友请求，只要能力所及，不论相熟的还是陌生的人，从来不会说“不”是她的一个性格特点。我想，尽自己所能帮助所有需要帮助的人一定也是天使的性格特点。

二、金牌主持人

7 月 11 日晚 8 点整，一个好听的声音在语音室响起：“朋友们好，我是方方，欢迎大家走进盲人文艺大讲堂。从今天起，我们大讲堂每周都将做一期文学类节目，欢迎大家参与。今晚第一期节目，我们一起来欣赏通讯《永恒的召唤——雷锋精神世纪交响曲》，共同探讨通讯的写作。”

“方方是谁啊？声音这么好听，像个小姑娘。”

“是啊，谁是方方呢？口齿清晰，解析有条不紊，跟上语文课一样，讲得太好了。”

有人一边在语音室听方方的节目，一边忍不住在群里发感叹。读到这些群聊消息，我暗自欣喜。方方正是我请来的节目主持人“在水一方”。上节目前，依照我的提议，她把四个字的网名改成了两个叠字方方，叫起来顺口，又特别好记，还让人联想到武汉那个著名女作家。许多成名的艺人成功的秘诀，除了胸中有丘壑外，或许也跟他们有一个好记上口的艺名不无关系。比如中央电视台著名主持人王小丫、著名歌手韦唯等等，她们的艺名很多都是出道前精心打造、成名后又被“娱记”津津乐道的。

那晚节目的后半段，方方请大家自由排麦，发言交流，大家兴致很高，纷纷抢麦，有的点评这篇通讯的优劣，有的谈自己写作通讯的经验，有的发表听节目的感受，都支持方方将这个节目继续办下去。后来，根据大家的意见，我们把这类节目统一归入《美文赏析》栏目，重点赏析盲人作家和写手的作品，包括诗歌、散文和小小说。这成为大讲堂的一个品牌栏目，一直坚持到现在，深受大家的喜爱。从“在水一方”的岸边款款走来，站到网络的讲台上娓娓道来，方方用自己的方式为我们的盲人文艺爱好者播种文学和希望，大家都尊称她为“方方老师”。

想到盲人文学爱好者总体文化修养不高，古典文学基础尤其薄弱，我建议方方增设一个《古诗文讲座》栏目。这对她这个语文老师不算太难，但毕竟要花费许多时间和精力，她稍稍迟疑了一下，还是满口应承。

“我觉得你犹豫了一下，有什么想法直接说。”我之所以有此一问，是想对她多一点了解。

“讲座没问题，古诗文也是我特别喜欢的，只是在想应该讲哪些东西。”她语气毫不含糊，充满自信，这是她另一个性格特点。

中学语文教材上的《岳阳楼记》、《醉翁亭记》等篇目，有着十几年教龄的方方已经烂熟于心，讲起来肯定得心应手，不在话下。但她觉得这些课文比较简单，大家也都熟悉，讲座的意义不大，便给自己加压，专门找一些难度比较大的古文，譬如《逍遥游》、《兰亭集序》、《前赤壁赋》、《后赤壁赋》等，一边先自学，一边拉我陪练，听她试讲。她那种一丝不苟的认真劲儿，让我很是受教。许多当过老师的网友听了，都夸她的讲座完全就是优秀教师的示范课，不得不由衷地佩服。这些讲座的录音剪辑也被许多人珍藏。

为了提高节目的参与度，每年春节后大讲堂的第一期节目，她都会跟我一起策划一期《大家共赏古诗词》节目，让古诗词爱好者带着自己最喜爱的一首古诗词走上节目，自己朗诵和解读，说说为什么喜爱它，有何相关故事等。节目引起广大古诗词爱好者的关注与支持。节目的录音剪辑还被其他语音室拿去播放，并上传到中国盲人协会网、沂蒙爱心网等几家在盲人圈知名的网站，影响颇大。

录音剪辑不仅是技术活，还是考验耐心的细致活，特别耗费时间，剪辑两小时的节目却常常要花费双倍的时间。每次做完节目，方方不想麻烦别人，就自己边学边干，很快成了剪辑高手。就在前几天，有位太原的盲人在网上听到方方讲《逍遥游》的录音，千方百计找到她，一方面表示感谢，另一方面希望她继续讲下去。方方对古诗文认真细致的讲解录音不仅在盲人圈得到很高的赞誉，也得到现实与网络中很多明眼人的认可。方方告诉我，有这么多朋友的关注，她付出再多的辛苦也是值得的。

2015 年，中国盲人协会举办首届全国盲人网络演讲大赛，承办单位是中国盲人文学联谊会，由我这个副会长具体负责组织实施。两场半决赛和一场总决赛的女主持，方方自然是最佳人选。尽管方方很忙，她还是愉快地接受了我的邀请。与她搭档的男主持虽是明眼人——一名在校大学生，但毕竟是新手，主持经验不足。私下沟通时，方方把自己的主持经验毫无保留地传授对方，结果现场两人配合默契，确保了大赛的正常进行，最终取得圆满成功，我也顺利地交了差。大赛结束后，中国盲人协会的领导、专家评委和现场听众纷纷称赞大赛组织严密，选手演讲精彩，主持也是亮点。尤其是方方精心为总决赛打造的片花，把参赛者每个人 30 秒的自我介绍进行精心剪辑，合在一起作为赛前热场片反复播放，又逐一分开在每位选手演讲前播放，恰到好处地介绍了选手，让人赞不绝口，难以忘怀。

《大讲堂》节目至今已经坚持了 4 年，有的主持人来了，又因为种种原因离开了，唯有方方，从第一期节目到现在一直坚守在主持人岗位。许多人只看到她走红盲人网络圈、看到她名气越来越大，却很少有人能看到她背后付出的时间、心血和艰辛的努力，且这一切都是没有一分钱报酬的，是完全的义务劳动，就连必要的装备也要自掏腰包。有时下班迟了，晚饭顾不上吃，她饿着肚子也要先上节目，只是现场谁也听不见她肚子早已咕噜噜叫地发出抗议了。有段时间，她的右手腕总是无端地疼痛，打字和做录音剪辑都非常艰难，但她还是坚持做好了每一期节目的剪辑工作。只要坐在话筒前主持节目，大家听到她的声音都是那么阳光，那么富有亲和力，那么入耳入心。

如今，无论在生活中还是网络上，志愿者越来越多，这是社会文明进步的一个侧影。但在人们的意识里，大家总觉得志愿活动就是健全人帮助我们残疾人，没想到我们残疾人同样可以做公益，同样可以帮助别人。比如方方，又何尝不是一名热心公益的网络志愿者呢？

三、种下小太阳

几年的愉快合作让我和方方增进了了解和友谊，彼此建立了互信，成为了知根知底的好朋友。人们常说天使往往存在于想象中，其实不然，接下来就让我把网络上的方方还原成生活中的万兴华，带大家看看天使的成长经历。

兴华与生俱来就是视网膜色素变性患者，从小视力就很差，白天还可以，一到天黑她那双表面看来美丽的大眼睛就几乎什么也看不见了，只能乖乖地待在家里，不敢越雷池一步。那时候，小小的她经常做的一个梦就是在心里、在黑暗的天地间种下一颗小太阳，让阳光普照，让她随时随地能看见眼前的一切，让她跟别的小朋友一样，在夏夜里扑流萤、在月光下捉迷藏。

六岁那年，兴华用小手牵着妈妈的大手去上学，教室就是老师家一个破旧的窑洞，光线特别暗，坐在第一排的兴华使劲眨巴眼也看不清黑板上的字。她又难过又焦急，一上午没敢抬头，好容易才熬到了放学。妈妈在门口迎接了她，拉住她的手关切地问她："上学可好？"这个幼小的女孩竟然用着急上厕所回避了妈妈的询问。

趁妈妈在厨房忙，兴华悄悄溜进屋子里，镜子里的小女孩哭了，晶莹的泪珠就挂在脸上。

日子就这样在她看不清黑板的教室里重复着，她每天都提心吊胆，生怕老师叫到她。可那令她无比尴尬的一年级期中考试还是到来了。考试要交换考场，一年级的学生要去二年级的教室里考试。那个教室虽然比较明亮，可她被安排坐在中间，所以在黑板上抄写题目进行考试对她来说还是难以应付。她低头坐在那里，一动也不敢动，直到监考老师发现了她的大白卷还没写一个字，她才鼓起勇气告诉老师她看不见。老师立即让她坐在讲台上去考。就这样，她在讲台上度过了这辈子最尴尬的一次考试，也是她最有收获的一次人生大考。因为她终于勇敢说出来她看不清的事实，开始面对自己的视障问题。

在她儿时的记忆里，经常有这样一幅画面：天上一轮皎洁的明月，姐姐和她，还有同院子里的其他堂姐妹兄弟们聚拢在月光下。爸爸出题，一尺花布五毛三，扯六尺半花布要多少钱？大家绞尽脑汁开始口算，看谁算得又对又快。在这种情况下，通常是兴华拿头奖，于是大家都夸她脑子灵、人聪明。每每这时，她的心里比吃了蜜还甜，真有点自诩“小神童”的飘飘然了。

老天或许还是公平的，在给兴华先天视障的同时，也给了她一颗聪慧的心，给了她超强的记忆力。凭借这一点，连老师都难以置信地发现，这个看不清黑板的学生各科成绩不仅没有拉后腿，反而是名列前茅。在她的学校，从校长到各年级的老师和学生，几乎所有人都知道这个视力差却成绩好的聪明女孩。后来她顺利考上县重点中学，继而考入山西师范大学教育系，成为当地老师和家长教育孩子的榜样。

1991 年，兴华大学毕业，尽管那时还是包分配，但有的室友还是不无忧虑地问兴华：“看你成天乐呵呵的不知愁滋味，就不怕接收学校知道你有视障，把你退回来吗？”

兴华斜靠在单人床上，掏出衣兜里随身携带的小圆镜，对着里面笑眯眯的自己说：“看你那双眼睛又大又圆，还水汪汪的，配上一眨一眨的双眼皮，跟会说话似的，要多好看就有多好看，哪能一眼看出你有视障啊，别怕别怕！”惹得室友们忍俊不禁，笑得前仰后合。她的自信由此可见一斑。

四、贴心班主任

兴华果然“混”得很顺利，她“混”入了长治市第十九中学，还“混”成一个全校师生以及家长都很佩服的优秀班主任。

“我现在还清晰地记得我刚毕业时讲公开课《陋室铭》的情景。我像一个超级催眠大师，把听课的教师和学生一起带进了一个‘苔痕上阶绿，草色入帘青’的幽深小院，悄悄聆听室中主人和他的客人们谈经论道，妙趣横生，时而有悠悠古琴声飘来，所有人都沉浸在静谧的气氛中，似乎穿越了时空……”

回想刚刚站上三尺讲台讲公开课的情景，兴华依然陶醉其中。她不仅下功夫把课讲好，还格外关心与爱护比较特别的学生，从来不因学生的“特殊”而厚此薄彼。

那是 2003 年 9 月 1 日，兴华第一次担任班主任，她穿上自己最喜欢的裙子，长发飘飘，站在教室门口迎接每一个来报到的新生并热情洋溢地告诉大家：“同学们，我就是 258 班的班主任，从今天起，我要陪伴大家一起度过三年的美好时光，努力让同学们的豆蔻年华里撒满鲜花和欢笑。但我要真诚地告诉大家，我的眼睛不好，看不清后面的同学，不过这并不影响我做一个好班主任，并不影响我做一个好老师。我的眼睛不好，可是同学们的眼睛好，我相信大家可以帮助我，我要自豪地说，我有你们 52 双明亮的眼睛！”

同学们报以热烈的掌声，对老师的坦诚给予了充分的肯定。后排的小飞同学情不自禁下主动摇摇晃晃地站起来发言，但叽叽咕咕说了半天，谁也听不清他在说什么。兴华以为他过于紧张，便亲切地鼓励他别着急，慢慢说。后来从小飞写给老师的信里她才知道，原来小飞是一个患有先天性脑瘫的孩子，上小学时曾经因为回答问题遭到同学们的嘲笑就再也不敢站起来。他写道：“老师，你知道吗？我已经好几年不敢站起来回答问题了。是你敢于说出自己的眼睛不好鼓励了我，我要让大家一开始就知道我的缺点，这样他们就不会背地里议论我。谢谢你，老师，在这个班里我感觉好幸福。”

读完信，兴华给小飞回了一张纸条：“小飞加油，我们一起面对。”受老师的影响，班上没有一个同学歧视小飞。小飞的回报就是加倍努力学习，他中考和高考发挥都比较好，最终考上了理想的大学。

贾君是班上的头号捣蛋鬼，当我通过微信语音采访他、说起十几年前的班主任万老师时，已经是一家小型电子公司老板的他依然激动不已，滔滔不绝地讲了整整一个小时，我几乎插不进嘴。

原来贾君是个从小被父母遗弃的孩子，后来被一个好心的老奶奶收养。上到初中时，处于青春叛逆期的他经常逃课躲进网吧，最长的一次是连续一年学校不见他人影。等到他厌烦了网吧、想回来读书找到学校政教处时，却被告知早已被开除了学籍。他赖着不走，就在这时，兴华闻讯赶来，接口就表示："还是回我们班吧。"几近失望的贾君，眼泪唰一下就下来了。心肠柔软的兴华也流着泪对贾君说："我天天派同学找你，天天去问你奶奶，看你回家了没！你就跟我回班上去吧。"

贾君低着头跟着老师走回教室，只听老师对全班同学说："大家鼓掌，欢迎贾君同学回来。"贾君第一次脸红了，眼泪又止不住地流。他想，自己这么差劲，老师还欢迎他，又安排他跟班上成绩最好的同学同桌，自己再不用功读书就太对不住老师了。后来，他还听同学说，万老师还曾让自己的丈夫陪着她去一个又一个网吧找他，还告诉所有同学不要放弃他，任何时候贾君回来了都要欢迎他，不要歧视他。这些都让他感觉心里热乎乎的，仿佛见到了亲人。而最让贾君感动、彻底下定决心好好读书的是那个至今难忘的生日。

贾君从小到大就没人为他庆祝过生日，他甚至连自己的生日是哪天也不清楚。那是新学期开学不久的正月二十六，放学回家的贾君见家里没开灯、黑黢黢的，觉得好生奇怪。他刚开门走进客厅，电灯突然亮了，同学们从各个房间冒了出来，簇拥着万老师。只见万老师双手捧着一个大大的生日蛋糕，亲手点燃了 14 根蜡烛，领头唱起了《生日快乐歌》。贾君一下子反应不过来，呆在了当场，眼泪再一次不知不觉爬满了脸颊。

送走老师和同学，贾君发现小书桌上还有一盒橡皮泥、一部现代汉语词典、一封万老师写给他的亲笔信——足足五张信纸，全都是鼓励和鞭策。他曾在日记里写过，自己很喜欢五颜六色的橡皮泥，只因家里穷，一直没钱买。万老师竟然如此细心，让他拥有了这样的生日礼物。直到现在，那盒色彩绚丽的橡皮泥他还完好地保存着，而词典早就翻旧了。“到现在我才明白老师送我橡皮泥的深层含义，是要我拿捏好自己的人生。”贾君在电话里如是说。

打那以后，贾君就跟换了个人一样，从“最捣蛋”变成了“最用功”。后来谁也没想到，这个旷课一年多、班上成绩最差的“捣蛋鬼”，中考成绩居然高出高中录取分数线50多分。

讲到这里，贾君告诉我，他旁边还有个当年的同班同学小王——算是班上的二号捣蛋鬼，还有他自己的女朋友，三个人正一起用手机免提接受采访呢。小王跟我打招呼问好后，贾君接着爆料说，当时小王喜欢上了班上一个女孩，悄悄找到万老师，表示只要安排他跟那个女孩同桌，他保证好好学习，不拉班上后腿。中学生早恋最让班主任们头痛，也是影响学习的重要因素。可万老师非但没有批评指责小王，还在班上宣布，所有同学可以自由选择同桌，但不遵守课堂纪律、成绩下滑的同桌将被分开、重新安排。同学们一听都激动得欢呼“万老师万岁!”结果座位自由组合后，学生们各科成绩都有了明显的提高。

送走这一届学生，一个视障班主任带出一个最佳班级的新鲜事也通过考上各个高中的毕业生和他们的家长传遍了长治市，也引起了媒体的关注。长治市教育电视台闻讯来学校采访了兴华，让她介绍当好班主任的经验，并邀请已经上了高中的贾君一起上电视现身说法，感动了无数学生和家长。等到兴华再接手下一届班主任时，她惊异地发现，这一届本校教职员工的孩子，无一例外都在她的班上。现在提起这些，她还是很自豪地说："我就是口碑好，大家认可我，这是对我的最高奖赏。"可渐渐地，学生作业本上的字迹在她眼前越来越模糊，最后彻底消失于无形。初中六册语文教材上的课文，她早已烂熟于心，讲课完全没问题，但批改作业就成了大问题。聪明的她想到大学里都有助教，便让成绩好的学生轮流给自己当助教，既锻炼了学生，刺激了大家争当小助教的学习热情，又解决了批改作业的难题，教学质量始终如一，一样深受学生和家长的认可。

五、心灵按摩师

2009 年盛夏，校园道路两侧柳树上的知了唱着欢快的歌跟兴华一起送走了又一届毕业生，也迎来了兴华人生的一个转折点。

新学年开学前，兴华认真思考了一个问题：小飞小学课堂发言受到的挫折、贾君倍受歧视后的叛逆一定给他们年少的心灵造成了伤害；还有前两年在北京师生夏令营认识的小琴同学，一个原本文文静静的花季女孩就因突遭家庭变故，心结难解，导致精神失常，美丽的校园再也见不到她的青春倩影。经过深思熟虑，兴华主动来到校长办公室，对一直信任和支持她继续担任班主任的校长说："从教以来，尤其是担任班主任后，我发现不少学生有不同程度的心理问题，影响着他们的学习和成长。我建议学校设立心理辅导室，我愿意改行来担任心理辅导老师，相信我会在这个新岗位上发挥更大的作用。"

"好啊！"校长高兴地说，"孩子们需要知识的阳光，也需要心灵的阳光。万老师，你就来担任心理辅导室第一任阳光天使吧。"校长还把心理辅导室命名为"心灵驿站"，让兴华无比感激。

新学年伊始，兴华便在校园广播室里热情洋溢地介绍了"心灵驿站"的创立和使命，没想到很快就有一些同学陆续找来。有的跟她倾诉学习的压力，有的跟她谈父母离异的苦涩，还有的同学把由于懵懂无知犯下的青春期错误袒露给她，希望她来指点迷津，以卸掉心灵的负荷。她一次次被这些充满信任的生命故事所触动，总是耐心地倾听和真诚地陪伴，尽最大努力张开爱的双臂呵护着那些正处于泥泞中的青春的心灵。

当一个高三男孩和兴华谈到他偶有幻听，问她这是不是精神分裂时，她一下子语塞了。从此，她强烈地感受到专业知识的重要，又千方百计、费尽周折才找到了视障者的求知之路，利用读屏软件在网络里痴狂地读心理学方面的专业书籍，如海绵一样拼命吮吸新的知识，以弥补自身的不足。

在报考心理咨询师这条路上，兴华曾百般受阻，但终于在 2013 年顺利报考。她立即抓住这难得的好机会，投入所有的精力来学习。那段宝贵的学习时光，用废寝忘食来形容也毫不夸张。最后她终于通过严格的考试，如愿取得国家二级心理咨询师资格证，加入了长治市青少年心理健康教育者联谊会，开始了她职业咨询师的生涯。

2014 年春节过后，兴华信心满满地走进“心灵驿站”，把热情真挚、善解人意的通知发到每一个同学手中，上面注明她的手机号和 QQ 号，这也成为学生和她联系的热线。

发出通知的第二天，她正在午休时就听到手机响了，有个声音有点沙哑的男孩预约下午要来“心灵驿站”找她。

半年多来，男孩几乎每天都被一种想发狂甚至想打妈妈的狂躁情绪所困扰，夜深人静的时候，他经常要背着父母靠抽烟来压制和缓解内心的狂躁。在整个咨询过程中，兴华陪伴他慢慢地行走在他的生命旅途，一起追寻着曾经的往事，一起细心地摸索着这种坏情绪的根源。最后他们终于找到了症结所在，犹如在暗夜里找到了北斗星。两个人的心里都一阵狂喜。男孩宣泄了积压在心头已久的委屈和愤怒，脸上终于露出了阳光的笑容。就这样，看着一个个孩子带着困惑、烦恼和忧伤而来又带着微笑离开，兴华心里倍感欣慰。她真真切切地感到自己每天都在播种阳光，制造微笑。

兴华和她的“心灵驿站”越来越受全校师生的欢迎。许多学生把不愿对家长、老师、“闺蜜”、“死党”说的青春困惑、解不开的心结，都信任地告诉她。在初一、高一新生入学、面对未知的一切忐忑不安时，在初三、高三学生面对中考和高考的压力而烦躁时，相关年级的班主任都会来邀请她去开主题班会、上心理辅导课，以疏解同学们共性的心理问题。

就在我采写兴华的时候，传来了 4 月 7 日她刚刚为高三毕业班上的考前心理辅导课“隐形的翅膀”的录音，在有八个班 400 多名学生的大教室里，除了兴华播放的舒缓的轻音乐声和她的娓娓讲述外，一片静谧安宁，气氛仿佛春天的清晨，刚刚绽开的花蕊、鲜嫩的绿叶正婴儿般吮吸着一颗颗晶莹的露珠。在课后收集到的反馈纸条上，同学们纷纷这样写道：

“老师，听完这节课，我顿时轻松了许多，学习压力感觉少了很多，感觉很久没有像现在这样轻松了。非常感谢老师，感觉这节课很有意义。”

“经过本次心理辅导，心灵得到了释放，曾经埋在心底深处的一些情感得到了排解，感谢老师！”

“老师，您讲得很不错，触动了我们的内心深处，在如今这个快节奏的社会里，很难有机会去平静一下内心。没有机会去放松心情，整天淹没在课本中，十分难受，感谢老师给我们这次难得的体验心灵放松的机会！”

“老师上了一节非常富有想象力的课，非常喜欢幻想的画面，很放松，也很久没有听到过老师这么动听悦耳的声音了！”

六、多才“领头雁”

学习、工作、心理辅导、网络公益，每天都要忙到深夜、忙到疲惫不堪的兴华灵感来了，也能信手写出一篇篇美文，不失她语文老师的本色。2014年，她的《播种之梦》喜获全国盲人征文一等奖，次年她的《叫声“爸爸”有多难》又荣获首届全国盲人散文大赛三等奖。同年，她加入了长治市作家协会，并于11月6日出席了在宜昌举办的第二届全国盲人文学嘉年华活动，与我在活动中第二次握手。

第一次见到兴华是在2013年的11月23日，当时中国盲人文学联谊会在首都中国盲文图书馆成立，我们作为首批会员出席了成立大会。见面后，陪同的妻子告诉我，兴华的一双眼睛长得很好看，眼角眉梢总是挂着天使般的微笑，在披肩长发的衬托下，整张脸都生动起来，给人以天然的亲近感。

在宜昌，与会的女文友中，有四五个人持有国家心理咨询师资格证，她们聚在一起，三句话不离本行，纷纷谈论起盲人心理咨询工作，希望能建立一个全国性的相关组织，方便大家一起学习探讨。

中国盲人协会主席李伟洪接到兴华的电话，了解了她们的想法和建议，当即表示支持并委托兴华牵头，先建立全国盲人心理咨询师 QQ 群和微信群，在 YY 平台指定专门的活动房间，把活动搞起来。原本以为打个电话把伙伴们的想法反映上去就万事大吉的兴华没想到却被“套上了套，成了拉辕的马”。有心想推卸，怕拉不动载满期待与信任的车，又怕愧对伙伴们的信任与领导的厚望，她只好犹犹豫豫地应承下来，开始了筹备工作。懂她的人便会知晓，这又是她不会说“不”的性格使然，并非她喜欢出头，想当领头的雁。

通知经过网络等各种途径发出后，全国各地的盲人心理咨询师纷纷响应，主动填表申请加入中国盲人心理咨询师 QQ 群和微信群，还有不少没拿到国家心理咨询师资格证的心理学爱好者也想入群学习。兴华不忍看到这部分人失望，又成立了盲人心理学爱好者群，让他们可以旁听 YY 的《心知成长》与中国盲人心理咨询师学习交流平台的讲座并鼓励他们参与沙龙活动，吸引了一大批后备军。

随后，她在大家自愿的基础上组建了三个读书小组，指定了小组召集人，规定各小组每周一次定期开展读书交流活动，取长补短，共同提高。每月她还安排一名咨询师做一次分享讲座，或重点讲专业学习心得，或介绍各自的从业经验。

今年元月 22 日，第一期分享讲座前，李伟洪应邀来现场讲话，对兴华的筹备和组织工作与开展的各项相关有益活动给予高度评价，表示中国盲人协会要跟大家一起努力，携手推进盲人心理咨询师职业化进程，这让大家感到欢欣鼓舞，有了奔头。不仅如此，他还根据兴华和大家的请求，去拜访了北京大学医学部教授、临床心理学博士、博士生导师洪炜先生，约请洪教授在6月份给盲人心理咨询师做一次为期八天的集中面授。洪教授特别擅长运用精神分析治疗处理各种心理问题，担任多个国家级行业委员会委员或主任和副主任委员，是顶尖级专家。消息传来，大家兴奋异常，纷纷报名申请赴北京参加面授。因为受到吃住等问题所限，第一期面授只能安排17人，这就难坏了兴华。经过上下磋商，名单从较早持证、从事心理咨询工作、有一定从业经历的盲人心理咨询师中选定，相对比较公平。

为了让更多人得到学习机会，兴华又千方百计通过网络找名师，终于在一个2000人的QQ群里找到了有丰富的个案和团体咨询经验、对贝克认知疗法有深入研究的明眼人、国家二级心理咨询师崔悦鹭，请她来免费做了八次有关“心理咨询行业发展现状与心理咨询师成长之路”的专题讲座，受到大家的广泛好评。

从来没有做过组织领导工作的兴华现在网上见面时说的最多的一个字就是“累”，一句话就是“时间不够用啊”。但她是累并快乐着，因为大家都能受益，都能分享阳光，再苦再累她觉得也是值得的。她的一个理念也被越来越多的伙伴们接受，那就是：“一个人不会走得很远，一群人一起走就一定能走得很远很远！”

亲爱的朋友，你发现了吗？善与美才是天使隐形的翅膀。万兴华有着一颗至善至美的心，一路走来，一路播撒爱与知识的阳光，让越来越多的心灵感受到温暖，变得亮堂起来。正因如此，她才被大家誉为“阳光天使”，得到越来越多人的由衷点赞！

2016年4月19日定稿

月亮的孩子

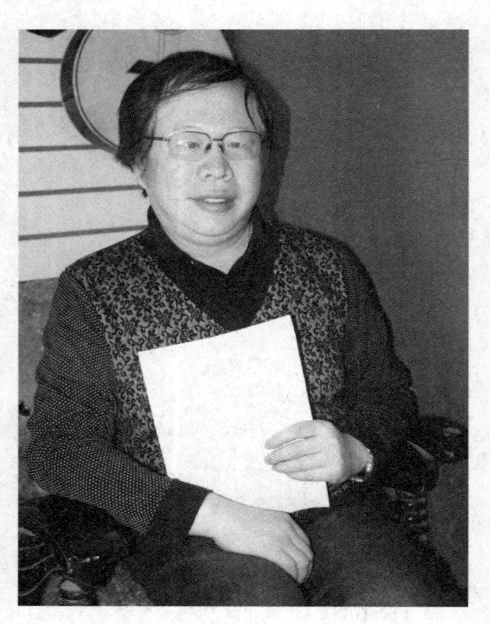

如果非要给白化病人一个形象化的称谓，相对于白人、白猫、白毛、洋人、外国佬等等，“月亮的孩子”则是我比较能接受的一个浪漫而又人性化的称谓。新疆宝来律师事务所主任、四级视障者郭勇就是这样一个“月亮的孩子”，一个令我敬佩的全国残疾人自强创业之星。

一

郭勇并非新疆人。1972 年 5 月 22 日，伴着一声响亮的啼哭，他在河南省许昌市降生，助产士温和地说了声：“带把的，是个男孩。”郭勇的父母，尤其是有些重男轻女的母亲欣喜地笑了。然而，新生儿头顶那几根稀疏的白色胎毛与通体雪白的肌肤让产科医生有了一丝隐忧与不安。进一步检查后，小郭勇被确诊为先天性白化病患儿。母亲是个家庭妇女，没多少见识，对这种隐性遗传病的危害性知之甚少。而在银行工作的父亲则深知白化病对一个人的一生来说是多么深重的灾难。

长到五六岁的时候，小郭勇从小朋友们看他如看怪物的惊异眼神里发现，头发白、眉毛白、浑身上下皆白的自己跟别的小朋友们是多么的不协调、不合群。而最可怕的是一逢晴天，他在户外稍稍逗留一小会儿，裸露的皮肤就会被太阳灼伤，导致红肿、起泡，疼痛难忍，还会引发皮炎，瘙痒难耐。原本可怜的一点儿视力变得越发模糊一片不说，眼睛还被刺激得泪水涟涟。他不解地问父亲，为什么自己跟姐姐，跟小朋友们不一样？父亲无言以对，母亲也只能叹气流泪。

造化弄人，父母亲总觉得是自己做错了什么，觉得愧对儿子。为了减少小郭勇的户外活动，又不至于在室内太憋闷，父亲给他买了积木，又买了许许多多的小人书，还买来一个会说话的“小话匣子”。在那个什么都匮乏的年代，拥有这样“三件宝”，那些原先不愿跟他一起玩的小朋友，一个个都被吸引过来了。每逢大一点的孩子抢了小一点的孩子的小人书，小郭勇总会毫不客气地帮小的孩子讨回公道；每次搭积木比赛，他就当仁不让地做裁判；每回“小喇叭”开始广播了，他就维持秩序，让大家放下积木和小人书一起收听。听完好听的故事，他还会绘声绘色地复述一遍，俨然成了小朋友们眼中的首领。有心理学研究表明，童年的经历对一个人的一生有着潜移默化、不易察觉的大影响。我不知道，郭勇后来当律师、创办律师事务所维护社会公正，是不是与他年少时的这些经历有关，这关系又有多大，但我知道，他一直特别喜欢收音机，下决心专修法律也是从广播里得来的信息。他当律师后辩才出众，从小不自觉地讲故事练就的口才也绝对功不可没。

二

郭勇小学毕业那年，由于父亲调往洛阳工作，举家随之迁往洛阳定居。整个中学时代，郭勇便是在洛阳的普通中学就读的。

从第一天走进课堂起，坐在前排也看不清黑板上任何一个字的郭勇，书包里除了课本和文具外，比同学们多了一个不离手的放大镜。用放大镜看书、看黑板，字就有点变形，有点哈哈镜的感觉，起初还让小郭勇感到好奇新鲜，但稍稍看时间长一点，眼睛就会干涩难受，然后又会哗哗地淌眼泪，对眼睛也是一种无法避免的伤害。

高中毕业后，放大镜没能帮助他走进大学。他起初并未太介意，觉得自己虽然有点与众不同，视力差了点，但四肢和大脑发育正常，找份要求不高的工作挣口饭吃、养活自己应该不成问题吧。谁料求职一圈下来，他处处碰壁，就连给人家看门，人家都嫌他太招摇，嫌他那点视力不够用。“那时候，我一头碰死在大门上的心思都有了。”至今说起，郭勇的语气里还是愤愤难平。

天无绝人之路。就在郭勇郁闷彷徨的时候，广播里传出中华全国律师函授中心的招生信息，他顿觉眼前一亮。当时中国正由计划经济体制向市场经济体制过渡，而市场经济正常秩序的建立必将更依赖于法律和法律工作者。清楚地认识到这点后，他当即下决心选定了自己一生要从事的职业——当一名维护社会公正的合格律师。

三

抱回一大堆法学教材和刑法、刑事诉讼法等等法律书籍，郭勇就像鸵鸟般一头扎进了书里。他知道笨鸟先飞的道理，尽管知道自己脑子还算好使，算不上笨鸟，但因为眼前一刻也离不开的放大镜，他看书的进度犹如蜗牛爬行，这就不仅要先飞，还要不停地飞。他常常一屁股坐在书桌前就不挪窝，母亲喊他吃饭一两遍也不见他起身，只好把饭菜端上书桌，看着他吃完才把空碗碟端走。晚上熬夜苦读，他经常头一歪就睡着了，为此他不知打碎了多少个放大镜。

那年盛夏，广播里说中国最北的漠河也出现了历史上少有的40℃以上的高温，何况中部城市洛阳。一天到晚轰轰响的电风扇吹来的风也是火风，仿佛一点火星就能点燃。他对付的办法是装一桶冷水，双脚浸泡在里面，再用一条大大的浴巾浸湿了披在肩背上降温。母亲看见儿子这么发狠苦读，又是欣慰，又是心疼，总是在他最干渴难耐、最五心烦躁的时候给他端上一碗冰镇绿豆汤。

“就是那一碗一碗的冰镇绿豆汤，让我在一次次最火热难熬、最想打退堂鼓的时候重新振作起来，战胜了连续近一个月的高温酷暑，也战胜了自己。”郭勇说这段话的时候是那么的动情，可见他多么感恩自己的母亲。

历经三年半的艰难苦学，郭勇以优异的成绩通过了各科考试，拿到了法学大专毕业证，所有的汗水与艰辛付出都在这张毕业证上得到了证明与回报。初战告捷，他决心再接再厉，参加国家律师执业资格考试；因为只有拿到这个资格证，才能真正步入律师行业，才能实现自己当律师的梦想。

为此，郭勇找到洛阳市司法局购买了一套司法部全国律师执业资格考试指导中心编撰的考试辅导书，这也是司法部指定的考试辅导书。他原本认为，司法局出售的辅导书应该是最正规，也最便宜的。谁料买来后到楼下私人书店一看，他发现与他手中一模一样的考试辅导书，标价比他买的要便宜四块钱。他一家人主要靠父亲的薪水艰难度日。母亲那时在一家医院看电梯，每月只有60元的工资。自己读书和函授学习的费用，都是母亲从牙缝里挤出来的。那买书多支出的四块钱，别人或许毫不介意，而他却清楚地知道，这是他母亲两天的辛苦钱，也是家里两天的菜金呢。一转身，他又爬上四楼，找到刚才买书的办公室，不知轻重地指责他们为什么书价比私人书店还要高，并坚决要求退书退款。接待他的一个中年女士轻蔑地瞟了他一眼，讥笑他道：“就你这样，即使考上了也不给你发证。”

买书买回一肚子气，郭勇却不信那个邪，非要凭本事拿到资格证，给所有瞧不起残疾人的势利眼们看看。老天还是相对公正的，只要你努力耕耘，只要你付出汗水，丰收的果实就会向你招手。考试结果出来后，郭勇以全洛阳市第一名的成绩顺利通过，毫无悬念地拿到了属于自己的律师执业资格证。

四

一证在手，郭勇信心满满地去参加司法局为他们举办的招聘见面会，却没有一家律师事务所愿意接收他这个考证状元。眼看着那些成绩不如他的考生喜滋滋地签约，他心里实在不是滋味，那种苦涩，那种酸楚，那种无助，回家连对父母也不敢说起，他怕父母更加寒心啊！

既然“白毛”让人看不顺眼，既然环境不接纳自己，就只能改变自己，主动去适应环境。想到这里，郭勇第一次去美发店，把眉毛头发全染得乌黑发亮，好多熟人见了都没认出他来。他的苦心、他的诚意终于打动了一家区办的天马律师事务所主任，答应让他先在所里当助理，但没有编制，没有任何工资福利，全要靠他自己接案子打官司赚钱，充其量也就是个见习律师。

当助理半年，虽没赚到什么钱，依然养不活自己，但他还是觉得收获颇丰。他跟着老律师见习，积累了经验，学到了一些打官司的窍门，加深了对法学理论的理解和研究，还写下了一篇《国家破产制度亟待改善》的专业论文，在论文中提出企业的开办者和股东如有虚假出资或抽逃资金的行为，应当在企业破产时在其虚假或抽逃出资范围内承担清偿破产债权的责任。论文在《洛阳日报》发表后，经多家权威专业报刊转载，引起有关部门的高度重视，论文中提到的法律漏洞在三年之后最高人民法院出台的司法解释中得以弥补。

只是守株待兔，几乎没有几只兔子主动撞进郭勇的怀里。要想挣钱养活自己，他必须主动出击。他分析，医院的骨科病人多半是因车祸和工伤造成，社会矛盾比较集中，法律纠纷也少不了，便一家医院一家医院地跑骨科，发小广告，提供免费法律咨询、有偿法律服务，医生、护士和病人口口相传，提高了他的知名度，也收到良好的效益。有一天他转到一家正骨医院时，发现里面全部都是骨伤科病人，他灵机一动，做出了一个让人惊讶的大胆举动。

那年国庆假期，郭勇在正骨医院对面，悄悄租下一个门面，来了个先斩后奏，把所里两张办公桌、两张椅子和两节铁皮柜子偷偷拉来，再把自己家的长沙发也拉来布置好，又挂上早已预订好的“天马律师事务所”的牌子，炸响一挂鞭炮就开起了分店。假期一过，正宗的天马律师事务所的律师陆续上班，各个进门都吃惊不小，瞪大了眼睛你看看我，我看看你，以为招贼了。主任掏出“大哥大”就要报警。有人见郭勇没到，就提议先问问郭勇吧。结果这一问，主任鼻子都气歪了，嘴里恨恨地骂：“兔崽子，看我怎么灭了你！”

面对怒气冲冲前来问罪的主任等人，郭勇的倔劲也上来了。他只身挡在门口，气势汹汹地吼道："今天谁敢摘了我的牌子，我就一头碰死在他面前。"虽是中等身材，但他那不要命的架势与狠劲却也显得威风凛凛，让主任一行望而却步。尽管我对郭勇这种鲁莽举动不敢恭维，但他那种敢闯敢干、好汉做事好汉当的性情，不难从中一窥而知。

果然是置之死地而后生。郭勇拼死保住了自己的一亩三分地，也保住了自己的饭碗，业务渐渐好了起来。这也是他日后在新疆创办律师事务所的预演和尝试吧。

五

2003 年，听一位新疆的律师朋友说他们那里有发展空间，郭勇便动开了心思，不顾父母的反对，毅然决然地只身闯到了人生地不熟的新疆，开始了他新的创业历程。

人生地不熟也有好处，谁也不知道他是白化病人，是"月亮的孩子"，是个只能看清视力表最上面那个大大字母的视障者。求职前，他照例仔仔细细把眉毛头发染黑。尽管他很清楚，反复染发对皮肤和身体不利——多国的研究都显示，经常染发的人，乳腺癌、皮肤癌、白血病、膀胱癌的发病率都会增加，但为了求职，为了实现自己的梦想与人生价值，他也只能如此不惜命了。采访中，他自嘲地对我说："我们残疾人的命就是贱呀！"

凭着手中的职业资格证，凭着在洛阳天马律师事务所的工作经历和扎实的法律基本功，郭勇很快在新疆找到了安身立命的律师事务所，不过还得从助理做起。为了节省开支，他只能租住在廉价的地下室。潮湿憋闷不说，最不方便的是没有卫生间。唯一的小窗是面对马路开的，过车和刮风时，房间里就天天沙尘暴。这是他去新疆后，最难忘也最不堪回首的一段生活经历。夜晚躺在冰冷的地下室，没有亲人，没有朋友，孤独感一下子袭上了心头。他不禁反躬自问，这步棋走错了吗？该不该败走麦城，灰溜溜逃回远方那个温暖的家？可郭勇到底不愧是那个从不服输的郭勇。天亮后，他又勇敢地走上了乌鲁木齐市的街头，一手拿着交通地图，一手拿着放大镜，边走边标注路线，去寻找一个又一个法院，去发他自己设计的小广告。非但如此，他还是第一个在看守所对面墙上挂律师服务广告牌的新疆律师，估计至今也没第二人呢。而他挂广告牌那面墙的主人是个精明的民办幼儿园老板，见有利可图，就敲开了竹杠，非要郭勇付费，不然就摘牌。结果硬生生敲走郭勇 1000 块钱，这是他那间地下室整整两年的租金。

郭勇的付出和努力渐渐有了回报。

乌鲁木齐新市区高某盗窃罪一案，嫌犯家属就是去看守所探视时找到广告牌上的郭勇并委托他担任辩护律师的。通过细心地查阅案卷和仔细地询问被告人，郭勇发现高某所盗窃的路灯电缆在其实施盗窃行为之前已经遭到破坏，而公诉机关却以破坏电力设备罪指控高某，明显属于使用法律不当。在法庭审理中，郭勇将相关事实与证据提交法庭，指出高某所盗窃的仅属一般财物，不是破坏电力设备罪要求的正在使用中的电缆，该辩护意见得到了人民法院的采纳，以盗窃罪给高某定罪量刑，从而大幅减轻了对高某的处罚，使其合法权益得到了维护。而类似这样的刑事案件，多半律师都不屑一顾。郭勇则来者不拒，几年来代理这类刑事辩护300多件，是乌鲁木齐打刑事官司最多的律师，深得当事人的欢迎。

此后，郭勇的手机开始成了热线电话，找他咨询的、打官司的人越来越多。手头有了点盈余后，他以500块一个月的价钱租下了一套两室一厅的房子。没想到这套房子给他带来了好运，让他的生活与事业真正出现了转机。

房子在乌鲁木齐市《晚报》报社的马路对面，聪明的郭勇把较大的主卧室一分为二隔开，连同客厅一起转租出去，收回的租金比他自己付出的还要多40块。房东见他人好、按期主动交房租，连续六年也不提价，让郭勇第一次感受到新疆人真的是“亚克西”。

机会总是给有准备的人，这话一点也不假。晚报社有新人租住在了郭勇的房子，聊起晚报周末法制版需要兼职法律顾问。郭勇当即让人家领去见法制版主任，接下了这个活。从此，晚报法律咨询、以案说法等文章和栏目后面，总会出现“某律师事务所郭勇律师指出”、“郭勇律师说”等等字样。报社见郭勇虽年纪轻轻但法律方面确有真才实学，便干脆每周安排他一天值班，直接电话答复读者的法律咨询。随着晚报走进千家万户，郭勇律师的知名指数也直线上升，为他在新疆进一步创业奠定了坚实的基础。

六

经过半年的紧张准备并报请新疆维吾尔自治区司法厅批准，2011 年 6 月 28 日，郭勇在乌鲁木齐成立了属于自己的宝来律师事务所，这也是新疆第一家由残疾人创办的律师事务所。

事务所注册资金 10 万，办公面积 120 多平米，是租用的一套商住两用房，聘请助理律师两名，其中一人兼任郭勇的小车司机。挂牌开张那天，好几家媒体记者闻讯赶来做了现场报道，再次让他名声大噪，事务所一开张就不愁坐冷板凳了。

作为残疾人，郭勇特别重视为残疾人维权。在卡子湾一个工地上，从事抹灰工的刘新国被高空坠落的灰斗砸中右腿。由于伤势严重，医生根据伤情立即给刘新国做了截肢手术。刘新国的家属找到了郭勇，他立即赶赴医院，帮着家属与随即赶来的包工头协商生活费与医疗费的赔偿问题。包工头由于自身经济条件也不好，一时凑不出来多少钱给刘新国，就想推卸责任。郭勇毫不犹豫地先将自己身上仅有的 1000 元塞进刘新国妻子的手里，决心要为刘新国争取到应得的工伤待遇，解决他们全家今后的生活问题。此后郭勇就在刘新国所在的建筑公司和米东区劳动仲裁委员会之间奔波取证、据理力争，最终依法确认了刘新国与建筑公司之间的劳动关系，并经社保局劳动能力鉴定委员会鉴定为工伤三级。在建筑公司仍然不能为刘新国充分赔偿的情况下，郭勇毅然决定代理诉讼到法庭，最终为刘新国争取到了63万余元的工伤赔偿，给当事人一家三代今后的生活提供了保障。

还有个矿工李某，井下作业时因事故造成双下肢截瘫。矿上虽为其办理了工伤保险，给予了一定的补偿，但与相关规定还相差甚远，于是找到郭勇求助。

经了解，矿上的主要问题是没有给矿工足额投保。原本李某月工资6000元，矿上为了少花钱，只按照他月工资的一半投保，造成李某社保支付的月收入缩水严重。此外，李某需要配置轮椅和助动式截瘫步行矫形器，矿上也不给报销经费。郭勇与矿上交涉无果，便依照工伤保险条例代理劳动仲裁，为李某赢得了所有应该享受的待遇，月收入翻了一番。

当地有个因小儿麻痹落下肢残的小伙儿，专业也不是学法律的，抱着试试看的心理前来求职。郭勇原本不想接收，但想到自己当初求职四处碰壁的苦闷，想到残疾人生存的艰辛，还是留下了这个小伙儿，让他在所里抄抄写写，上下联络，宣传推销，接听电话，打打杂。小伙子开心极了，把整个所里整理得干干净净，有条有理，使得郭勇和助理们不为琐事所累，一门心思做好业务工作。

去年初，获悉中国残疾人联合会启动第四届全国残疾人自强创业之星评选活动，小伙儿力推郭勇去参选，并主动为其整理相关报请材料，与各级残疾人联合会联络，得到各方大力支持。年底评选结果发布，郭勇榜上有名，成为全国八千多万残疾人自强创业的标兵与广大残疾人通过创业实现稳定就业的榜样。

在全面依法治国、深化律师制度改革的今天，年逾不惑的郭勇告诉我："他山之石可以攻玉。要开阔眼界，就必须走出国门，走向世界。"为此，他已经办下两张护照，准备自费去日本、美国、澳大利亚等经济发达国家走走看看，学习借鉴人家法制建设的先进经验，并顺便带辛苦了一辈子的母亲出去旅游观光。由此不难看出，孝心可嘉的郭勇还是那个敢想敢闯、有见地的汉子，还是那个透明耀眼、积极进取的"月亮的孩子"，也是我们视障者的骄傲。

2015 年 4 月 10 日写于池州

注：本文荣获 2015 年生命之歌公益网站"第十届生命之歌有奖征文活动"优秀奖。

用爱撑起一片天

也许是相同的命运让我与小我八岁却先我一年失明的王永澄一见如故，成为远隔千山万水的知己。这也让我这个喜欢研究人的所谓作家，有机会拨开罩在他头上诸如“省劳动模范”、“省优秀共产党员”、“全国残疾人自强模范”、“全国道德模范提名奖”和“五一”劳动奖章获得者等等一个个炫目的光环，走进他这个福建省盲人协会主席、省残疾人劳动就业服务中心副主任、省政协委员的心灵世界，揭示他因何能把一个省的与盲人相关的各项工作抓得风生水起，撑起盲人兄弟姐妹一片天的心灵密码。

心灵密码一：童年情结·书包填满爱

5 月 25 日上午，福州市少儿图书馆多功能厅张灯结彩、座无虚席，落座主席台的省残疾人联合会与教育部门领导、各界爱心人士代表和台下的同学们一样喜气洋洋，共同见证了“福乐爱心书包捐赠仪式”的隆重举行。孩子们的笑脸与胸前飘动的红领巾相映生辉，闪光灯、摄像机一派繁忙，在 10 名受助同学发自肺腑的答谢词中，活动的发起者王永澄，却如电影回放般想起了自己童年的书包情结。

一

1967 年 6 月的一天，永澄出生于三明市宁化县县城，不满四岁时，随父母下放到本县某一正在开垦的农场。在那个“宁要社会主义的草，不要资本主义的苗”的极度荒诞年代，小永澄可谓生不逢时，一出生就饱尝一家人食不果腹的贫穷艰辛。

永澄的母亲虽然没什么文化，却是那种能吃苦、有远见的人。在那学校纷纷罢课闹革命、知识越多越反动的情形下，从永澄降生之日起，她便悄悄一分钱、两分钱地为他积攒日后的学费。待到永澄该上小学时，母亲变戏法般亲手为他缝制了一个漂亮的新书包，又把那些一分两分积攒起来的报名费哗啦一声倒入了新书包，实现了小永澄的读书梦。风雨求学路上，兴高采烈背上新书包的他，也背上了母亲满满的爱与他自己的前程和希望。

懂事的小永澄不仅学业无需父母操心，一有时间还会给家里搭把手，生火做饭，挑水浇园，收割庄稼样样能干。母亲吃苦耐劳的秉性影响了他的一生。谈到他为何日后特别是失明至今能取得那些成就，他说除了血液中流淌着的从母亲那里得来的勤劳和不屈不挠的精神，就是母亲给他亲手缝制的书包给他的鼓舞，让他在极度困苦中坚持读书到高中毕业，二者缺一不可。这或许也是他调动各方面力量开展捐助爱心书包活动，希望用知识改变困难残疾人家庭孩子命运的动因所在吧。古语有云："书犹药也，善读之可以医愚。"英国哲学家培根也曾说过："读史使人明智，读诗使人灵透，数学使人精细，物理使人深沉，伦理使人庄重，逻辑修辞使人善辩。"从中不难明白，书籍是人类进步的阶梯，学习是人类发展的途径，也是个体改变自身和家庭命运的最佳选择。永澄清醒地意识到，在科技进步日新月异的今天尤其如此。

二

说干就干，要干就干好是永澄的性格特点。他在省盲人协会主席办公会议上亮明想法、做出决定后，一方面通过市县两级残疾人联合会筛选有适龄儿童的困难残疾人家庭，并优先考虑贫困山区和困难盲人家庭，另一方面通过各种渠道向社会发出捐助"爱心书包"的倡议。很快，这项活动得到了安利公司等各界爱心人士的响应与大力支持。

来找永澄按摩治疗颈椎病的业余书画家邵先生和他闲聊中得知了这个消息，进一步了解到一个价值500元的“爱心书包”内有盲人用的点读笔、小学到中学各科所需的全部教材与文具、英汉两用词典等，回去后就发出微博信息在网上拍卖他的一幅画，并说如拍卖款不足5000元，缺多少自己补多少，要捐助10个“爱心书包”。没几天，他的这条消息的点击量就超过了80多万人次，并有人一口价5000元拍走了他的画作，让他和永澄都喜出望外。

永澄感慨地对我说：“我们的社会不是缺少爱，而是缺乏了解，缺少爱的桥梁与纽带。各级盲人协会就应该创造性地当好这桥梁与纽带，让爱的降落伞轻松找到着落点。”为此，他在仪式上宣布，以后将在每年“六一”前继续举办“爱心书包”的捐助活动，帮助更多贫困孩子实现上学的梦想。

其实，早在上任之初，他就在民政部门把省盲人协会注册为独立法人并设立账号以方便社会各界的慈善捐助；募集到的爱心款也全部用在了盲人文化教育等项目上。去年翁志刚等考上大学的盲校学子，每人得到助学金3000元，让这些贫困学生感受到了盲人协会这一大家庭的温暖。从今年开始，他们这笔奖学金的捐助对象将扩大到全省所有残疾人家庭中考上大学的孩子，让更多莘莘学子背起爱的书包上路。

心灵密码二：爱的回报·夕阳无限好

也是在一个春节期间，永澄去福州一个全省盲人最多的福利工厂慰问。这个原先的纸袋厂早已停产，下岗的盲人职工有 87 户居住在厂区宿舍，平均年龄 68 岁；他们除了按月拿到养老金外，生老病死基本无人问津，许多盲人连根像样的盲杖也无处申领。厂区宿舍出行的小路也是坑坑洼洼不好走，尤其是雨天，一个个水坑让进出的盲人吃尽了苦头。获悉这一情况，永澄的心顿觉如暴露在这数九寒冬的北风里，又像先前那次算卦路上不慎落水一样，浑身冷得发抖，自己失明之初的酸楚往事一幕幕再现心头。

一

1985 年对永澄来说是他历经大喜大悲、终身难忘的一年。这一年，刚刚参加过成人仪式的他顺利拿到了高中毕业证，又顺利地搬进城里，在畜牧水产局捧上了令无数同学羡慕不已的“铁饭碗”，真正是“春风得意马蹄疾”、准备大刀阔斧大干一场的时候。谁料也就在这一年，厄运扑向了无辜的永澄。在单位一个施工现场，瓦刀撞击冒出的火星飞射进他的眼内，导致双眼灼伤化脓，最终医治不当致使他双目失明，从此跌入黑暗的谷底。绝望的他当时真想纵身跃入一个山谷，结束这飞来横祸造成的苦难。

单位试用期未满的永澄，“铁饭碗”一夜间变成了“玻璃碗”，说碎就碎了。回到农家，在亲人的百般呵护下，永澄渐渐地摆脱了轻生念头的纠缠，却依然不知道路在何方，不知道这无所事事的日子该如何打发，不知道自己的人生还有何意义。就在这种无聊又无望的心境下，他为筹集长期卧病瘫痪在床的老父亲的医药费与弟妹们的学费，不得已拜师学会了算命，就像落海的人抓住了一根救命稻草一样，开始凭借一根竹棍走街串户，浪迹乡村，一干就是六年，尝尽了被歧视、受侮辱的辛酸。

算卦路上，被顽童“臭瞎子，骗钱财”地奚落叫骂，甚至向他扔石子也是常有的事，这一切他只有忍气吞声、不予理睬。而遇上野狗恶犬偷袭、追逐、撕咬时，他就不得不奋起反击以自卫并趁机发泄一下心中的愤懑了。最惨的是那次过河，当时冷风嗖嗖，眼看就要下雪了，匆忙间他一不小心从独木桥上滑落河中。幸好河水不算太深，他浑身落汤鸡一样爬上岸来，虽没被淹死，也快被冻得半死了。此后许多年他都心有余悸，常常无缘由地感觉浑身冷得发抖，似乎能听到自己上下牙撞击的响声。而最终引领他走出那段苦难日子的是爱，是一个好心姑娘的纯洁爱情。

那个眉清目秀的好心姑娘叫周检发，小永澄四岁，是镇上扫马路的清洁工。每次见到永澄远远走来，同情心都令她想上前搀一把，送一程。从永澄坚韧执着的脚步声和坚强的性格里，姑娘独具慧眼，认定眼前这个身高一米七五、英气逼人的算命小伙是个有潜力、能成事的好青年——拿现在的话说就是一支“潜力股”，心中不知不觉生出爱意来。然而他们的相爱理所当然受到女方家人的一致强烈反对，永澄送上的彩礼也被无情地扔出大门外。甚至连永澄自己的父母也觉得这门亲事不靠谱，不理解好端端的姑娘因何要嫁给他们的瞎眼儿子。然而爱情终于战胜了世俗偏见，也改变了永澄此后的人生轨迹，造就了现在的伟丈夫王永澄。

二

想起自己遇爱重生的过往，想到这么多下岗和退休盲人家庭的窘境，永澄觉得自己责无旁贷，有义务行动起来，为改变这一切去努力。为此，他不等不靠，经多方呼吁与精心策划的“有爱就有光明——关爱福乐家园盲人院”活动在他的努力下拉开了序幕。

“福乐家园”是福建省残疾人联合会一个共享的公益平台，永澄便把这个盲人集中的宿舍区定名为“福乐家园盲人院”，以便于传播。很快，省残疾人联合会的理事长来了现场决定立即铺设盲道，在每户盲人家的阳台安装晒衣服的升降机；志愿者们来了，端午节和盲人家庭一起包粽子，中秋节送来爱心月饼；图书馆的管理员来了，定期把各类盲文书籍送上门，盲人需要什么书一个电话随时送上门来；热衷公益活动的企业家来了，慷慨解囊，捐资捐物达两百多万……

没多久，坑坑洼洼的出行路面被整修一新，活动广场铺上了水泥面，旧仓库经整修变成了活动中心，小到口琴、二胡，大到钢琴之类的乐器应有尽有，还配备了两台盲用电脑。媒体记者来了，发现这里的业余生活比一些老干部活动中心还要丰富多彩。重新组建的“夕阳红艺术团”发挥了盲人喜欢唱歌、擅长吹拉弹唱的特点，经常各地演出，所到之处，无一例外地受到各大企业、社区的热烈欢迎。

如今，这个“福乐家园盲人院”面目一新，已经成了一个示范小社区，受到社会各界和媒体越来越多的关注。全国各地残疾人联合会和中国盲人协会的领导先后来考察，一致肯定了永澄他们的做法。而最开心、见了来人就乐得合不拢嘴的就是盲人院里的老人们了。他们在感激社会方方面面爱心人士的同时，也没忘记这一切的改变都是从永澄那次春节慰问开始的。

心灵密码三：超越梦想·“海峡”寄深情

2009 年，在永澄的积极推动下，集盲人按摩技术研究、盲人按摩培训、盲人就业和对外服务于一体的省级示范窗口、公益性机构——福建省海峡盲人按摩指导中心成立了。这是他调入省残联工作以来花费心思与心血最多的一项工作。拿他自己的话说，这里是他工作的根据地、主战场，也是他开创事业、引领盲人同胞们梦想起飞的基地。

一

1996 年 6 月，跨入而立之年的永澄幸运地由一个个体按摩店小老板被录用为公务员，成为三明市残疾人联合会康复中心的工作人员，后因工作出色，于1999年被提拔为中心主任。那几年，他发挥自己的特长，亲自担任教员，先后举办了14期按摩培训班，培训学员171人。1997年，他还承接了首届省盲人按摩培训班的任务，为全省各地培训学员22人。据调查，他的学生毕业工作后，每人每月的收入在1000～3000元不等，生活条件和境遇都得到了不同程度的改善。担任省残疾人劳动就业服务中心副主任后，想到盲人就业的主渠道还是按摩，办一个全省盲人按摩培训学校势在必行，他就迫不及待地将这件事摆上了他的议事日程。但办学校谈何容易？租场地要钱，教员薪金要支付，教具等硬件设施没钞票也不会自动走上门来。这就应了那句俗话，“钱不是万能的，但没有钱是万万不能的”。

有人说永澄是一员福将，往往在他需要钱办大事的时候，总会遇上贵人相助。其实不然，了解他的人都清楚，往往是他那颗一心为盲人着想、为盲人求学就业呕心沥血的拳拳之心感动了“贵人”，这次也不例外。一对经常来找永澄做保健按摩的港商老夫妇，两人都姓陈，都有慈悲心肠，得知他想创办按摩学校缺乏启动资金的情况后，当即慷慨解囊，一次性捐助60万，让永澄的计划落地生根，变成了现实。学校建成后，招生广告打出：所有来学按摩的盲人，学费和食宿费全免，吃住都在宾馆！这在当时无异于一条爆炸性新闻，学员源源不断地从各地赶来。而永澄不管多忙，每届学员开学仪式上都要亲自做动员报告，以亲身经历激励盲人同胞们：只要发奋努力，掌握一技之长，就能改变自身命运，开创美好的生活。

二

1992年，永澄在新婚妻子的支持下，毅然丢掉使用了六年的算卦行头，凭借高中毕业的文化基础，考上了河南省洛阳市盲人按摩学校，五年内先后拿到针灸按摩中专和大专两张文凭。

那几年，尽管妻子把月工资100多元中的大头100元整按月寄给永澄，但在学员中，永澄依然是最贫穷的学生，常常是每顿饭就着咸菜白开水吃两个馒头。然而无论对按摩理论的了解还是对按摩手法的掌握，他都是佼佼者，这为他日后进一步深造，通过远程教育修完北京联合大学针灸推拿专业本科的全部课程，拿到本科毕业证与学位证乃至通过按摩职业医师资格考试从初级到中级再到正高职称一路绿灯奠定了坚实的基础。他成为了全省唯一一名盲人按摩主任医师，先后在省和国家级权威性刊物发表按摩专业论文20篇。2004年在香港，2014年在泰国，他先后两次出席世界盲人联盟亚太区按摩学术交流大会，宣读了他的按摩论文《中医推拿八法治疗脑中风偏瘫的临床观察》并做了手法展示，得到与会国盲人按摩师代表的充分肯定。

永澄从算命小伙到主任医师的经历鼓舞和激励了一届又

一届学员，使得从这里走出的4000多名学员，不仅学到了一技之长，也在黑夜里看到了光明与希望，懂得了幸福生活要靠自己的双手来创造的道理。同时，他们也深深感受和理解了永澄寄予“海峡”的一片真情：那就是通过他和他的伙伴们的共同努力，把“海峡”打造成一艘乘风破浪的航船，载着盲胞们超越梦想，驶向小康生活的彼岸。

三

为了让这艘满载希望的航船不触礁、不颠覆沉没，深谋远虑的永澄对校园场地动开了心思：目前的情况一是场地小，跟不上事业发展的脚步，二是靠租赁不太稳定，变数大，要想办法买一处大些的场地，为后人创下一片基业。

这些年，随着永澄荣获的省级和全国性的荣誉越来越多，他的知名度也越来越高，他与省级领导见面的几率也多了起来。许多领导见到他这个盲人自强典范，都会关切地问问他有什么家庭困难需要解决。他总是说自己夫唱妇随，妻子一直毫无怨言地支持他的工作，孩子已经上了大学，小家没有任何困难。然后便抓住机会，请各位领导来他的“海峡”看看，说这里是他的另一个家，一个全省盲人的大家园，说这个家困难多多，太需要领导们的关注支持。再把早已备好的文字报告，包括扩大场地、选址购买的详细计划一一奉上，一次不行就两次三次。这时，永澄上学、算卦、教学、做报告一路练就的良好口才凸显出来，他热腾腾的爱心打动了一个又一个领导。今年6月，省长办公会议决定批准永澄的报告，财政拨款两千多万为他们买下一层楼，地址在福州西湖对面最繁华的地段，面积1600平米。至此，“海峡”终于有了自己稳定的家，这艘盲胞们的“诺亚方舟”，从此有了躲避风雨的温馨港湾。

心灵密码四：性格使然·敢为天下先

相传，几千年前，江河湖泊里有一种双螯八足、形状凶恶的甲壳虫，不仅偷吃稻谷，还会用螯伤人，故被人们称之为“夹人虫”。后来，大禹到江南治水，派壮士巴解督工，夹人虫的侵扰严重妨碍了工程的进展。巴解想出一法，在城边掘条围沟，围沟里灌进沸水。夹人虫过来，就纷纷跌入沟里被烫死了。烫死的夹人虫浑身通红，发出一股诱人的鲜美香味。巴解好奇地把甲壳掰开来，一闻香味更浓，便大着胆子咬了一口。谁知味道鲜美极了，比什么东西都好吃，于是被人畏的害虫一下成了家喻户晓的美食。大家为了感激敢为天下先的巴解，用解字下面加个虫字，称夹人虫为“蟹”，意思是巴解征服夹人虫，是天下第一食蟹人。这不过是一个传说，并没有出处和史料记载。但永澄为了创业、为了做好盲人协会的工作，常常敢为天下先、做第一个吃螃蟹的人却是千真万确的，这也是他敢想、敢干、敢闯的性格使然。

一

1995年，在三明市残疾人联合会有关部门的支持下，王永澄与同学一起租赁了一间简陋的门面房，创办了三明市第一家盲人中医按摩保健诊所。由于资金缺乏，条件十分有限，晚上睡觉的地方只能钻进去，脱衣服也只能躺着进行。当时，人们对盲人按摩不仅不理解，反而讽刺挖苦。曾经有个人站在永澄刚刚开张的诊所门口张望，永澄他们问他是否想来做按摩，他却回答说就想看看盲人是怎样吃饭的，会不会把饭菜送进鼻孔里，把几个正在吃饭的盲人按摩师都气乐了。可永澄并不气馁，他相信自己的按摩医术不是花拳绣腿，不会令求诊的病人失望，坚强地实践着自己的人生信念。

为了让人们了解盲人按摩、体会按摩保健与治疗的功效，他带着学员和同伴四处去义诊、宣传。老干部疗养所、福利院等地方处处留下了他们的足迹。渐渐地，人们改变了对盲人中医按摩的看法。三明市福利院有一位80岁的老人，因患严重关节炎长期卧床不起，王永澄主动前去为他义诊。经过他不懈地按摩治疗，老人终于能下地行走了。身无分文的老人双膝跪地，用中国最传统、最隆重的礼节表达了自己的感激之情。

虽然身为省残联副处级领导干部，但只要时间允许，永澄仍然会为病人精心按摩治疗，并把这当成广交朋友、联络感情、促成爱心人士关注和资助盲人事业的途径。他语重心长地让我在文中提醒各级盲协领导者，只要是从按摩第一线走上来的干部，千万别小瞧自己的手上功夫，不要轻易离开医疗临床去当甩手掌柜，那样对工作绝对不利。我深知，这是他的切身体会，也是经验之谈。

二

随着按摩业的发展，门面房租赁等方面的纠纷也不可避免地多了起来，维权也越来越不简单。没有法律专业人士的帮助，不懂法的盲人常常会吃了亏还无处说。

他告诉我，三明市来福州开按摩店的一个盲人小张，谈妥一处门面房并签下了租赁合同，预付了9900元押金后高高兴兴地开始装修。谁料投入一万多、装修快要完工的时候，门面房的真正房东——一家糖酒公司的人出现了，说小张上当了，跟他签合同的是二房东，且租期没几天就到期了，要小张停止装修走人。小张去找二房东，人家早就不见了行踪，而以3000元底薪请的几位按摩师却陆续到来，等待开工。眼看损失惨重，投诉无门，小张万般无奈，不得已找到了王永澄。

恰巧此时永澄正在跟福建省农林大学的文法学院接洽，要在省盲协建立一个为盲人维权的法律服务站，在为盲人维权的同时也为法律系学生提供实践基地，是两全其美的双赢。接到小张的投诉后，永澄和法律系师生一起依照《中国残疾人保障法》等法律的相关条款出谋划策，找出该糖酒公司在小张装修多日内无人问津的过失，最终协商解决了纠纷，让小张与糖酒公司续签了合同，把损失减到了最低。今年5月，省盲协和福建省农林大学文法学院联袂打造的“福建省盲人法律救助服务站”正式挂牌，这一行动又走在了各省的前列。

三

2009年，永澄提议创建福建省盲人协会“1015福乐家园”聊天室，自己亲自兼任室主，邀请网络上享有盛名的盲人网络主持人苦瓜等人担任管理员，并在启动仪式上力邀省残联理事长到场为聊天室命名。

我知道，各省盲人协会后来也陆续创建了自己的聊天室，但一个个时间不长便虎头蛇尾，不是关闭，就是冷冷清清无人问津了。唯有“1015福乐家园”从聊天室到网聊，再到YY平台，一直坚守至今，得到广大盲人网友的追捧，这与永澄的重视和聊天室定期举办丰富多彩的活动是分不开的。

许多盲人网友一直津津乐道的是福建省盲协“1015福乐家园”YY频道（频道号：53997399）于2014年3月14日晚与台湾乐满伊甸园频道共同举办的一场主题为“两岸情，一家亲”的大型闽南语歌曲演唱会。那次歌会采取网络和实地联动的方式，除了主会场福乐家园YY频道之外，还在台湾乐满伊甸园YY频道以及台湾伊甸社会福利基金会录音间和厦门市残联多功能厅设了三个分会场。参演的歌手除了来自闽台两地之外，还有两位来自其他省份。特别值得一提的是，在2012年《中国好声音》节目中崭露头角的号称“小邓丽君”的台湾歌手张玉霞女士也应邀加盟。

网络搭平台，音乐架金桥，亲情浓于水，两岸一家亲。歌手和听众超越了空间和视障造成的距离，欢聚一堂，在美妙的歌声和欢乐融洽的气氛中，共同享受着相同的地域文化所营造出的亲如一家的亲切美好氛围——这是我在现场的真实感受。

2010年，永澄又着手组建了“1015福乐家园网络艺术团”，把包括台湾在内的全国各地盲人中的声乐、器乐、朗诵与口技等精英人才吸纳进来，定期在网络和现实生活中举办文艺晚会，极大地丰富了盲人朋友的网络文化生活。在此基础上，从2010年春节起，他们又联合中国盲文出版社、中国盲人协会和部分省份的盲人协会，举办全国盲人网络春节晚会，其火爆程度与网络影响力堪与中央电视台的春节晚会相媲美。这些活动的持续开展极大地增强了福建省盲协的凝聚力，提高了知名度，也为全社会了解盲人与盲协工作打开了一个窗口。越来越多的志愿者把目光投向了盲人群体，并先后组成了“橄榄树助盲”和“阳光牵手”两个志愿者团队，人数达200多人，可以全方位服务盲人，深受盲人欢迎。而这一切不能不说是永澄在工作上勇于开拓创新、与时俱进、追求尽善尽美的结果。

“女娲补天”、“精卫填海”，不过是人们熟知的神话传说，而王永澄却是一个扎根于火热生活与事业的真实传奇，是有血有肉、懂得爱并把爱的回报无限放大的感恩者，是有魄力、能担当、不计个人得失的真正男子汉！解读他的心灵密码，让他的赤子之心、他的奋斗与追求、他的敬业与成就、他的精神境界鲜活地闪耀在阳光下，使得各级盲协的当家人学有榜样、追有目标，就能撑起全国 1700 万盲人兄弟姐妹的天——一片分担风雨、共享阳光的美丽天空。这便是我，一个伤残老兵的期许，也是我奋笔疾书留下此文的初衷。

一个人的森林

“头顶一个天，脚踏一方土，风雨中你昂起头，冰雪压不服。好大一棵树，任你狂风呼，绿叶中留下多少故事，有乐也有苦……”

每当《好大一棵树》的歌声响起，我就会情不自禁地想起你，李晶大姐，就想对你说：“你就是这样一棵大树，一棵历经70年风霜雨雪依然傲立不屈、绿荫盖地的大树。”

你可敬可爱的生命就像一棵树，执着安稳地面对大地黄昏。在我心里，你的丰富，你的博大，又岂止是一棵树所能涵盖的！

一

1945 年 5 月 18 日，李晶出生于天津一个书香世家，父亲搞戏曲评论工作，艺名“六岁红”的母亲是著名的评剧表演艺术家。小时候的李晶从母亲那里继承了美的基因，长长的睫毛一闪一闪，那双灵动的大眼睛仿佛会说话，人见人爱。母亲也无比宠爱这个聪明伶俐的女儿。每次徒弟到家里来求教的时候，小李晶总在一旁玩耍，看似并没用心倾听，可是每一次都是不等徒弟学会，她就已经完全掌握了唱段和表演动作。这使母亲生出强烈的愿望，要培养女儿，让她将来在表演艺术领域内超过自己。很多时候，她喜欢牵着这美丽的小精灵到阳台吊嗓，上舞台学步，下乐池聆听。艺术的阳光，迅速增添着小李晶粼粼眼波里的神韵。然而，天不遂人愿。九岁那年，李晶患眼病，前苏联专家为她做手术，可手术失败导致她双目失明。这让母女俩的梦想双双化为泡影，不得已，母亲只好把她送进了北京市盲人学校。

20 世纪 50 年代末，全国教育系统“群英会”在刚刚建成的北京人民大会堂召开，李晶在盲校脱颖而出，代表首都少先队员登台致欢迎辞。登台时，脚穿塑料底布鞋的她不小心一个趔趄差点跌倒，幸亏被陪伴的老师眼疾手快地一把扶住。与会代表们这才知道站在台上的是一个盲姑娘。只见身穿嫩黄色泡泡纱连衣裙的她亭亭玉立初长成的模样，落落大方，一点也不怯场，让人眼前一亮，声音更是清灵、真挚而热烈："长大了，我们要像你们一样，站成一棵大树、一片森林，为大地、为渴求知识的孩子们撒下一片绿荫，为新中国培育更多的建设人才……"万人大会堂里掌声雷动，李晶的致辞被掌声打断数次，她只得一次次把右手横过头顶，行少先队礼以示感谢。

"好苗子，好可惜。"掌声里，台下慧眼识人的优秀教师们议论纷纷，有脱口称赞的，有摇头叹息的，也有恨老天不开眼的。

回到盲校，李晶更加努力学习，她各科成绩优异，向往着将来也当一名光荣的人民教师。课外时间她总喜欢泡在图书馆，摸读那些引人入胜的盲文版文学书籍，以扩大视野，丰富知识储备，不知不觉，她又在心里种下了一个不为人知的文学梦。她的作文水平由此突飞猛进，作品经常被老师作为范文在课堂上朗读，并获得鼓励和推荐投稿，先后发表在《儿童文学》、《少年文艺》等刊物上。

一次在教室打扫卫生，一个男同学不小心把擦玻璃的脏水哗啦一下子打翻在李晶漂亮的花裙子上，大家都以为特爱干净的她要发火了，老师也怕他们会打起来。她却俏皮地问："是过泼水节吗？新闻纪录片上才说周总理在傣族过泼水节呢，你们就有样学样了啊。"当晚，她居然因此来了小灵感，一下子写出了诗歌《欢乐的泼水节》并很快登上了《中国少年报》，在被同学们誉为"校园小作家"的同时，她的豁达、与人为善的心性也让同学们啧啧称赞。而这些诗文的发表更加激发了她的学习热情，为了加强触觉，提高读写速度，她经常在雪地上练习摸读、扎写，她要把一双手练成读破万卷书的慧眼，达到下笔如有神的境界。

当年的北京盲校与前苏联莫斯科盲校是友好学校，在莫斯科盲校代表团来访时，李晶在老师指导下编织的连衣裙还作为礼物和友谊的象征，赠送给了莫斯科盲校的小朋友。联欢会上，她带领合唱团演唱的歌曲《中苏儿童手拉手》、《喀秋莎》、《红梅花儿开》赢得异国朋友热烈的掌声和全场此起彼伏的喝彩声，掀起晚会一个又一个高潮。这次联欢会让人们记住了不服输的李晶，至今还有许多北京盲校的老校友在网络和生活中聚会时，常常提起李晶这个当年盲校少先队大队长、合唱团团长的出众表现。而那首《红梅花儿开》也一直陪伴了李晶的一生，让她的人生显得格外丰富多彩，散发出魅力女人的无限芬芳，令人称羡不已。

二

从盲校毕业后，十六七岁的李晶长成了标致可人的大姑娘，往海河边一站，婀娜多姿；清风拂来，那少女特有的芬芳，惹得身旁蜂飞蝶舞，更添几分妩媚。然而此时的李晶，却是来跟海河告别、跟天津告别的。因为她已经选定了北上去沈阳盲校学按摩并以之作为日后安身立命的一技之长。她的母亲和其他家人大感意外，都不理解她这突然的决定。

“一个姑娘家家的，成天在别人身上摸来摸去成何体统？你的文学梦，你对教师职业的向往，你的音乐戏曲天分怎么办？”母亲连珠炮似的发问如一枚枚炸弹落在李晶心里，让她有点招架不住，甚至有些怀疑自己的选择究竟对不对。但一想到那次在校昏倒的经历，想到那双神奇的手，她就坚定了自己的选择。

原来李晶虽家境很好、衣着光鲜时尚，但体质却比较娇弱，常常莫名其妙地头晕眼花，有时前一秒做早操还好好的，后一秒一下子就倒向后面同学身上。最严重的那次，她毫无预兆地突然昏倒，几乎处在半休克状态。老师急忙跑到与学校一墙之隔的内务部盲人按摩培训班，找来按摩医生给小李晶实施急救。这或许让人觉得是病急乱投医，却收到了奇迹般的疗效。

按摩医生问明情况，伸出三指号了号脉，便像武术大师那样使出“一指禅”的功夫，在李晶头面部、双上肢和背部点揉了几个穴位，然后轻轻地搓揉一会儿，李晶便如梦初醒一般翻身坐了起来。凡事喜欢刨根问底的她，弄清了原委后，对按摩医生那双神奇的手惊羡不已，就抽空约了几个同学去那个按摩培训班实地考察了一番。她发现那些学员中有不少是战场上下来的伤残军人，李晶对他们的崇敬之情油然而生，从此暗下决心，要跟那些伤残盲军人学习，学好按摩，用自己的双手养活自己，也为患者解除病痛。但当时由于北京的按摩培训班已经停办，她只好下决心北上沈阳学习。母亲也知道，女儿眼前虽黑暗一片，什么也看不见，但心里却敞亮得很，她看准的事，九头牛也拉不回；自己剧院工作太忙，母亲只好让父亲去送女儿。李晶一听，倔劲又上来了，她不要任何人送，只要家里给买一张去沈阳的火车票，把她送上火车就行。作家父亲自然深深地懂得，鸟儿羽毛渐丰，就应该去天空飞翔，去经受风雨的洗礼，便尊重了女儿的选择与心愿，但心里还是有点不放心，这毕竟是女儿第一次独自出远门。父亲为女儿买了一张卧铺票并联系了李晶在沈阳的舅妈和表姐，让她们负责接站，又提笔写了一封报平安的家书，信封写明天津家里的住址，贴好了邮票，千叮咛、万嘱咐，让李晶到达学校后，第一时间寄信回家报平安。不仅如此，在李晶的行囊中，还放着父亲为她精心准备的一沓厚厚的贴上邮票的信封。在那通讯落后的时代，书来信往是父母亲给予她最深沉的爱。为了日后与女儿通信，这个习惯用汉字写作的大作家，在女儿离家前跟女儿学会了盲文。第一次在沈阳盲校收到父亲寄来的盲文家书，李晶摸读的右手抖个不停，眼泪像断了线的珍珠滚落下来，她感受到了深深的父爱啊！

李晶在给父母的回信里讲述自己在沈阳的一切：告诉他们自己也摸到了向往已久的白桦树，细腻的白桦树皮上长满了眼睛。这里气候寒冷，白桦树特别喜欢阳光，生命力极强，听当地人说在大火烧毁的森林里，首先生长出来的就是白桦树。顶着北国的寒风，她愿意和白桦树一起成长。李晶积极乐观的生活态度让远在家乡的父母稍稍宽心。

时隔半个世纪，年届古稀的李晶为纪念远去的父亲，挥泪写下了《老爸跟我学盲文》并投给一家文学刊物。主编当即回复：“我和编辑部的同事都被你的文字和真情感动得流泪，希望以后多多赐稿。”该文后来参加“永远的亲情”盲人作品朗诵会，拨动了现场所有人的心弦，还被一家网络电台选中经配乐朗诵播出，感动了无数的听众。

三

当时的沈阳盲校跟占地面积 55 万多平方米的北京盲校没法比，条件简陋得让李晶难以想象。送她走进盲校的表姐一看学校那几栋破旧的老房子，眉毛就皱成了两个疙瘩，连连对她说：“不行不行，这哪儿是住人的学堂啊！这学咱别上了，我要送你回天津。”

李晶笑了，对表姐说：“看你急的，论享受我家住着三层小洋楼，推开闺房窗户，鸟语花香扑面，哪儿也不用去了。但衣来伸手、饭来张口的日子久了，我就彻彻底底地成了废人一个，那活着还有啥意思？”表姐夫是个年轻军官，他支持李晶的选择，认定这个有追求、不怕苦、不畏难、有上进心的小表妹，将来一定有出息，能成事。

头一晚睡寝室大通铺，半夜里睡得正香的李晶就觉得有人摸她的头，往她的被窝里钻。原来是起夜小解的同学迷迷瞪瞪找不到自己的铺位了，闹得李晶又好气、又好笑，不禁怀念起北京盲校的优越条件来。

在北京盲校，每人有自己独立的一张床，只要出几分钱或毛把钱，衣服被子就有工人给洗。而在这里一切都要自己动手，室友们嫌麻烦，被子都是一睡几个月，等到放假才背回家去“孝敬”父母。李晶向来爱干净，这与她的做人信条一样：干干净净做人，踏踏实实做事。她不嫌麻烦，每月都要拆洗被子。那时候拆洗被子不像现在这样，被套洗干净后套上，拉好拉链就 OK 了。那时的被子洗过晒干后要重新缝好才行，这首先就要会穿针引线。许多室友就是被这一招难倒了。但这却难不倒李晶，她早在北京盲校的手工课上练就了穿针的绝活。后来抚顺解放军某部“雷锋班”来沈阳盲校开展活动，李晶为他们表演穿针绝活，还特地把缝被子的大针换成小号的绣花针，三分钟一口气把线头穿过针眼 27 次，惊得那些“猛张飞”们大眼瞪小眼，简直不相信自己的眼睛。“雷锋班”那个出了名的“小机灵”心生疑窦，悄悄地从别人手中找来一本厚厚的盲文书，从中间打开让李晶摸读，这对李晶更是小菜一碟。想当初，她摸读盲文书不仅得过比赛第一名，还上过中央台的新闻纪录片呢。

那是在北京盲校读小学的时候，中央新闻纪录片摄制组要在颐和园昆明湖拍摄北京盲校的几组活动镜头，想让一个盲生现场摸读盲文版的地理课本。老师、同学异口同声让李晶来出镜，一是她大小场合从来不怯场，且气质相貌俱佳；二是她摸读盲文又快又准，声音清脆悦耳，让人听了还想听。李晶的母亲因六岁登台演戏而从小得了“六岁红”的艺名，许多亲朋好友和熟人看到纪录片中李晶的镜头不禁暗自赞叹：不愧是“六岁红”的女儿，倘若不是眼睛坏了，早该成为母亲的接班人，红遍天津卫了。

“雷锋班”的战士们听李晶摸读的速度比他们每天读书读报还要利索，不得不由衷地佩服。“小机灵”心里那一丝丝不为人知的疑惑，也在眼前姑娘精彩的表现中烟消云散了。

礼拜天一大早，表姐来看李晶，只见她跟男同学一样在吊单杠，用拇指做俯卧撑、练鹰爪功。这是学按摩手法的必修课，每天早晨都要拳不离手地练习，礼拜天也不例外。到了中饭时间，寝室里每个同学碗里都是红薯，既当饭，又当菜。表姐看李晶吃得胃口大开的样子，眼泪禁不住流了下来，赶紧取出带来的两饭盒红烧肉，肉香让所有室友口舌生津，就差流下哈喇子了。李晶知道，学校细粮不足，大家都吃了好几天红薯了，哪个不馋肉呢，便招呼大家一起来分享美味。到了后来，室友们比李晶还惦记着表姐礼拜天来不来。

但表姐的再次到来，却是劝说李晶退学回家，让她别在这里遭罪了。可李晶来到沈阳后就深深地爱上了这片黑土地，面对表姐的劝说，她不慌不忙给表姐背诵起《长白山纪行》中的一段：“妩媚的美人松羞花闭月，枝条酷似妙龄少女的香臂，舒展开去，潇洒脱俗。叶冠犹如美人的秀发，光彩照人，文雅迷人。”她继续有模有样地说，美人松对生存条件的要求不高，它生长的地方几乎没有别的树木生长，原因是土地贫瘠。美人松的外表虽像闺中少女，可它的内里却潜藏着与一切恶劣环境抗争的顽强毅力。讲解完毕，李晶笑嘻嘻地对表姐说：“我的好表姐，学校李书记还要我毕业留校当老师呢。你就当我是这校园里的一棵小松树，看我怎样茁壮成长吧！”

四

李晶毕业那年，“文革”搞乱了学校，她留校当老师的希望化为泡影。她回到天津，母亲仔细端详女儿：昔日的“娇小姐”变得身板健壮，脸色白里透红，双臂浑圆结实，拇指用力一按，至少有两百斤的力量，较起腕劲，父亲和哥哥都不是她的对手。更奇妙的是，父亲常年伏案写作导致的颈椎病，多年久治不愈，经女儿两个疗程的精心按摩治疗，颈椎和后背顽固性的两个痛点，痛感完全消失，连续“爬格子”几小时也不觉头晕眼花了。父亲笑了，母亲也笑了。

趁父母开心，李晶开口了：“爸、妈，我想去南昌市按摩医院上班，那是目前全国规模最大，也是最好的一家按摩医院，急需按摩专科人才。”话音未落，父亲的笑容僵住了，母亲的笑脸拉长了。

为了阻止女儿去南昌，把女儿留在身边，母亲特意在天津给她找了一个从医多年、按摩手法与治病效果一流的中医按摩师，让李晶上门拜师学艺。这一招果然很灵，让李晶先放下了去南昌的心思。她也觉得刚出校门，是应该找个名师学习深造，这也是最好的实习，可以等把本事学到手再去临床，这叫磨刀不误砍柴功。

见李晶是盲人，那位老中医心中不大情愿，却又不好拒绝朋友的情面，只好无可奈何地收下了她，但对她很冷淡，天天叫她在诊室外间练功、背诵脏腑经络歌诀，别说教她手法，连诊室都不让她进。李晶并不气馁，每天让弟弟早早送她到诊所，趁师傅还没到，提前帮他搞好室内卫生，泡好茶水。有几次李晶带上书写盲文的工具躲在外屋，把师傅跟病人的谈话记了下来。师傅发现了，问她那是什么；当得知是李晶记录的盲文笔记，便让李晶把整理好的笔记念给他听。师傅听了，惊讶地说："你这丫头虽然看不见，可真够聪明的，以后进诊室来写吧。"

从那天起，师傅不仅允许李晶听他给病人分析病情、定治疗方案，还尽量挤出时间手把手教李晶技术。师傅很擅长用按摩治疗内科疾病，多年来积累了很多成功的病例，后来都毫无保留地传授给了李晶。李晶一直不忘师恩，每当提起他，她总是感激地说："我日后在治疗消化系统疾病方面有些成绩，完全源于师傅为我打下的扎实基础。"

见李晶成天跟师傅专心致志学本事，刻苦用功、满心欢喜的样子，母亲暗自得意，以为自己的缓兵之计收效显著，不无骄傲地对李晶的父亲说："看你就知道爬格子，不是我设法把女儿留住，你的脖子有这么舒服吗？”

“妈，跟爸说啥呢？这么开心。”

见女儿一步跨进门来发问，父母相视而笑，却笑而不答，仿佛守护一个共同的秘密。

“你们不说，还是我来说吧。师傅说我可以出师，能够放手去医院当医生，施展自己治病救人的抱负了。我在家准备两天，就要去南昌按摩医院报到了。”

“我真不明白，你为什么偏要到那人地两生、举目无亲的地方去呢？你眼睛不好，日后工作、生活有困难，谁来照顾你呢？”

“妈，沈阳盲校那么艰苦，整整三年，也没见女儿掉了一两肉，还不是健健康康地回来了。越是贫穷落后、经济不发达的地方，就越是需要我们这样志在四方的年轻人去奋斗。再说我刚刚失明的时候，你和爸爸不是轮流给我念过小说《钢铁是怎样炼成的》，让我记住保尔叔叔，要跟他那样去生活、去奉献吗？”

母亲无语，眼角有泪水一滴一滴滑落。父亲看看成熟坚定的女儿，不知触动了心里哪根神经，灵感的火花一闪，又伏案飞快地写起来，静悄悄的家里，只听钢笔落在纸上的“沙沙”声。

那次对话之后，母亲练唱的戏词里不知不觉多了一首《灞桥柳》，听着母亲灞桥折柳的悲音，李晶不由得想起李白的《忆秦娥》：“箫声咽，秦娥梦断秦楼月。秦楼月，年年柳色，霸陵伤别。”她尽力克制住自己的离情别绪，为了不让母亲过于伤心，李晶轻描淡写地说先去南昌看看，不行就回来，回来就死心塌地不走了。

五

1970年，当李晶拎着行囊、背着手风琴出现在南昌市按摩医院的时候，早已翘首以待、望眼欲穿的熊友林乐坏了。

原来，经人介绍，熊友林跟李晶书信往来、鸿雁传情已经有段时日了。他失明前读过中学，文笔不俗，在信中他把南昌按摩医院夸成了一朵花，极力撺掇李晶来和他一起打拼，携手共创事业和美好生活。两人虽从未谋面，却已经是你心中有我、我心中有你了。这便是李晶一定要来南昌看看，却因心里没底而没敢把秘密泄露给父母以致父母不能理解她此行的根底。

放下行李和手风琴，李晶立刻觉得被一张热情而无形的网给网住了。只听这个对她说：“熊哥好帅，身高一米八七，按摩技术也是一流的。”那个说：“小熊为人耿直，特别有正义感。曾经留学日本、当作过国民党少校军医的老院长“文革”初期挨斗挨打的时候，他敢站出来保护老院长，实在令人敬佩。”他的那些按摩师小弟兄更是起哄道：“新嫂子，我们早就等着喝喜酒、吃喜糖了，需要我们帮忙做点啥，尽管吩咐，保证让你满意。”

正当李晶羞红了脸、不知所措的时候，院领导过来热情招呼，为她解了围。对李晶沈阳盲校的学历、在天津拜师的经历，他们之前就从熊友林口中得知了；考虑到李晶的工作关系已经落在天津按摩诊所，便当众宣布让李晶先上班，后办调令。

上班后，李晶中午从来不回寝室，简单吃过饭就抓紧时间读书学习。她读的书很杂，涉猎广泛，除了按摩专业书籍，更多的是文学作品。怕人指责她走白专道路，桌上总在明显位置摆上一本毛主席著作，有人敲门，她就赶紧翻开“毛著”打马虎眼，玩的是偷梁换柱的鬼把戏。渐渐地，许多患者都知道这个年轻的女医生好读书，常常偷偷给她带来一些当时的禁书，诸如《青春之歌》、《野火春风斗古城》，还有外国文学名著，有热心的患者还悄悄地读给她听，这为她日后写出一手漂亮的文章注入了丰富的养料。

让李晶记忆犹新、至今难忘的是一位中学老校长。每次来做完按摩，他总会抽时间给李晶读一段文言文的《黄帝内经》，并逐字逐句解释清楚，让她受益终身。

李晶清楚地记得，有次老校长又来做按摩，刚往按摩床上躺好，就听邻床按摩师小伙在说一个麻子吃麻饼的笑话，逗得几个盲人按摩师大笑不止。几个躺在床上的患者却掩住嘴，不敢笑出声来。等老校长起身离去，他们中才有人说，你们这些“光子”——这是南昌人对盲人的叫法，也不知道人家老校长就是个麻子呢。李晶听罢，收住笑，回头照那小伙背上就是一拳，还不忘扔过去一句：“明天老校长不来读《黄帝内经》了，看我让熊哥怎么收拾你。”

其实，李晶心里也知道，他们都是盲人，即使伤害到了老校长，也是无心之过，怪不得人家，所谓不知者无罪吧。幸亏老校长大度，根本没计较，第二天来做按摩，跟没事人一样，照例给李晶他们讲解《黄帝内经》，让李晶特别感动，也让她暗下决心，一定要好好钻研业务，提高医疗水平，以回报患者的信赖与关照。

每当安静下来，想起和母亲在一起的日子，想起母亲的那首《灞桥柳》，李晶就有一种预感，自己可能真的会像柳条一样，在远离家乡的土地上生根发芽。同时，她也深深地感受到，无论她走到哪里，都会把父母的爱带在身上，带着最初的一抹绿色，也带着父母最真诚的祝愿，使她即使在异地他乡也从不孤单。

六

说完了老校长，再来说说老院长。他原本是江西省著名的内科专家，“文革”前生活待遇很高，有自己的小楼房。调他筹办南昌市按摩诊所之初，房子一时没着落，他就腾出自家的一半楼房，先把按摩诊所的牌子挂了起来。他还亲自到盲校挑选了 15 个成绩优秀的中学生来到诊所，每天给这些孩子上病理、解剖、生理等各门课程。经他的多方努力，诊所又升级为按摩医院。一个西医权威却对中医按摩事业倾注了全部心血，十分难能可贵，因此老院长深得全院职工的敬重。

李晶上班以来，老院长一直留心考察她的临床和为人。凭着阅人无数的眼力，他很快得出了结论：李晶这个非正式职工是个人才，经过磨炼，假以时日，必将成为医院的栋梁之材。于是他打定主意，一定要留下李晶，而促使她早点儿与熊友林完婚则是他胸有成竹的妙招。而这妙招不需说，正中小伙子熊友林下怀，他趁势向心爱的姑娘发起了爱情总攻。

军人出身的老院长历来做事雷厉风行，也不管李晶才来不到一月的情况，便一边出面亲自当红娘，一边给她天津家里发电报，让发介绍信过来登记结婚，这把李晶的父母吓了一大跳。

“疯了、疯了，不是女儿疯了，就是电报局搞错了，错得这么荒唐!”母亲一手摇着电报文稿，一边叫嚷着冲进书房。

父亲接过电报看后也很惊讶。他们从来就没听女儿说过有对象了，一点儿思想准备也没有。李晶的婶娘正在她家，听说侄女的对象姓熊，就半开玩笑地对她父母说：“这丫头豺狼虎豹都不肯嫁，偏偏跑到那么远的南方嫁给一个熊猫!她可是个有主心骨的人，你们不用担心，她的选择不会错的。”

为了弄清事情的原委，父亲还是跟医院领导通了长途电话。

院领导理解人家父母不放心女儿的心情，就把他们未来的女婿连同医院好好夸耀了一番，还描绘出医院未来的美好前景，并特别强调这是一对年轻人自己的选择，希望李晶的父母理解和支持。

母亲一听，连忙说道：“我已经找人把女儿的工作关系转到了天津市第六医院，请领导转告李晶，是留是走，由她自己决定吧。”

放下电话，领导把这新情况如实转告了李晶。一边是父母的声声召唤、优越的家庭生活和令人艳羡的工作岗位；一边是自己要托付终身的爱人、院领导的殷殷期待和众多患者的需要，这让李晶左右为难，难下决心。思来想去，她决定留下与熊友林完婚，夫妻携手创造属于自己的幸福生活。这并非人们说的爱情战胜了亲情，而是她觉得回到天津在父母的庇护下生活，即使再幸福，也不如自己白手起家创出美好生活更有成就感。她相信，父母都是高级知识分子，最终会理解和支持她的选择。

到南昌的第 28 天，李晶和熊友林这对有情人在热热闹闹的鞭炮声中终成眷属。拿现在的说法，这叫“闪婚”，后来被媒体炒得热热闹闹的宋丹丹闪婚记录，也是 28 天。

婚后，新娘子才知道，新郎除了个子高，实在是相貌平平，并非时下女孩子追捧的那种“高富帅”。假使不用情人眼里出西施的标准衡量，打分估计只能在及格线以下了。以致他的小兄弟们后来都口无遮拦地取笑他："熊哥你耍了什么高招，把这么一个如花美眷搞定了？不要饱汉子不知饿汉子饥，什么宝典啊、秘方啊，也该透露透露了。"

不怪人家这么取笑，直到婚前李晶才清楚，熊友林非但相貌平平，家境还特别贫寒。他父亲是个工人，母亲常年生病在家。李晶第一次上婆婆家认门，刚进院门，就听一个老妇人喋喋不休地说个没完，一口当地土话，听也听不懂。有人赶紧把那人拉开并对李晶说，这就是你婆婆，见你来高兴得不知说什么好呢。后来李晶才得知，婆婆有轻微精神病，一天到晚跟自己叽叽咕咕说个没完。她生了八个儿女，熊友林上面有一个姐姐，下面有六个弟妹，一大家子都要熊友林帮衬。相形之下，李晶家和熊友林家简直就是天壤之别，他们也就成了那年头常说的知识分子与工农相结合的典范。

尽管如此，善良而又勇于担当的李晶一点儿也没有嫌弃这个穷家。婆婆住院她掏腰包，弟妹开学她交学费，淘气的小弟跟人打架斗殴以致伤筋动骨，她一边好言相劝，一边精心为其按摩治疗，尽到了长媳长嫂的义务和责任。如舒婷《致橡树》诗中的木棉一样，她和丈夫一起站成了两棵树，共同分担寒潮、风雷、霹雳；一起共享雾霭、流岚、虹霓。就这样，李晶在一个全新的环境中与丈夫一起克服了种种不为人知的困难，共同为这个家撑起了一片天。

没过几年，这对好夫妻迎来了事业与爱情的双丰收。技术好、人缘好的丈夫当上了科室主任、南昌市人大代表，妻子先后生下一女一男，一家四口其乐融融，让医院年轻的按摩师们艳羡不已，都说熊友林不知哪辈子修来的福分。

七

李晶敢于担当，不仅对婆婆一家人如此，对工作对患者也是一样。

当时的南昌市按摩医院在省城颇有名气，这点熊友林和老院长都没说错，挂号住院按摩的病人要排队，每个按摩医生的床位都成了一号难求的紧俏货。尤其是李晶，找她的人更是多得让她有点招架不住了。

这天，李晶接诊了一位名叫吴文音的女病人，病人自述是大学干部，劳动改造伤了腰，检查确诊为急性腰扭伤引发腰椎间盘突出症。李晶见人家已经直不起腰，痛苦万分，便立即收她住院，对她说的劳动改造也没介意。

第二天，就有好心的院领导提醒李晶："现在可是'文化大革命'期间，你怎么敢收吴文音住院？她是正在劳动改造的'走资派'，她丈夫李云鹏更是国家的一个政治要犯，还关押在北京监狱呢。那么多工农兵患者你不优先收治，就不怕人家说你'右倾'，政治倾向有问题？"

"解放军还优待俘虏呢！我有什么好怕的？"获悉吴文音的"底细"后，李晶根本没把这当回事，照例认认真真给她治疗，使她的腰一天天直了起来。吴文音也看出眼前年轻的女医生不仅医术高超，善良正直，还敢作敢当，是个巾帼不让须眉的女丈夫，从此跟李晶成了忘年交。再来医院，她就会顺便给李晶捎点生活用品、蔬菜水果之类，还上门帮李晶料理家务，把李晶家当成了自己另一个家。李晶说她第一次吃到的方便面、无籽西瓜等都是吴文音送上门的。

有一年临近中秋节，吴文音来看望李晶一家却显得闷闷不乐，她哀伤寂寥的样子让李晶看了十分不忍。李晶懂得她是“每逢佳节倍思亲”，在思念远方牢狱中的亲人，便关切地问她中秋节能否跟孩子们一起团聚。一问之下才知道她的儿女已经跟他们划清界限，不敢往来了。“只怕老李在狱中没人看望，连块月饼也吃不上了。”吴文音说着，眼泪就下来了。

中秋节过后许久，吴文音突然收到丈夫辗转捎来的一封短笺。展开一看，只见上面写道：“文音我妻：你托李晶医生京城亲戚送来的月饼收到了，珍贵得让我不舍得一下子吃掉，替我谢谢人家！”

吴文音看罢，顾不上抹去夺眶而出的泪水，连忙划根火柴点燃了手中的短笺，怕被那些不速之客搜去，连累了李晶医生。

“文革”结束，李老得以平反昭雪，遵照他本人的意愿，他从入狱前的江西某大学党委书记调任家乡广州市一所大学，任党委书记兼副校长。吴老也从江西理工学院党委书记一职卸任，离开南昌去了广州。两位老人却一直念念不忘李晶的好，逢年过节总会给她的孩子寄来糖果、衣服等礼物，还一再邀请李晶务必去广州做客。

若干年后，当李晶在助手小朱的陪同下走进广州那所大学，两位已经离休多年的老人激动不已，一人拉住李晶一只手久久不愿放开。

专门被父母叫来作陪的女儿，在餐桌上说出了埋藏心底多年的深深忏悔："我们儿女当年是多么不懂事，在父母最需要亲情抚慰的时候与他们决裂，这对几乎陷入绝境的父母来说是多么深重的伤害啊!"餐桌上很静很静，李晶听到了轻微的啜泣声，片刻后，说话声转向了李晶："你一个萍水相逢、八竿子打不着的外人，却做到了儿女该做却以'革命'的名义不屑去做的事，温暖了两颗饱经磨难的心。我要敬你一杯酒，表达我们深深的敬意!"

饭后，李老把李晶领到一棵紫金花树下，对她说："紫金花树象征亲情，寓意兄弟姐妹和睦相处，你当初冒着风险给吴文音治病，给我送月饼，在我和老伴的心里，你就是我们的亲人，我们也交代给孩子们，一定要像亲人一样待你。"

李晶虽然看不到盛开的紫金花，却闻到满树的芳香，香味儿绵绵缕缕、萦绕在心头。

八

一位小个子伟人从南昌新建县手扶拖拉机厂的一条小道上走回北京，领导了全国拨乱反正与改革开放大业，各行各业逐步走上正轨。南昌按摩医院也从政治挂帅转向以病人为中心，走上努力提高全员医疗水平的正道，这极大地提高了医护人员钻研业务的热情。李晶也倍受鼓舞，主动请缨，要发挥自己的特长，带领公关组研究如何用按摩治疗内科杂病，突破点就选择了常见病胃下垂。

那时候，中西医对胃下垂都无特效疗法。按摩治疗，由于照搬传统手法，疗程很长，疗效也不理想。李晶首先收治了八名患者，边探索边治疗。她发现自己的知识储备远远不够，而那时盲文资料又极其贫乏，便请人到院内外图书馆借来大批文献资料，包括古典医著和美国医学家 H. W. 戴文波特的名著《消化道生理学》，请住院患者和眼睛好的朋友们利用午休和星期天的休息时间轮流给她朗读。重要之处，她就用锥笔一个点一个点地扎写下来，那几十万字的盲文笔记是她记录下来的一笔宝贵财富。她一边临床探索，一边读书思考，细细揣摩，还虚心向前辈请教并融会贯通，终于在继承传统技法的基础上优化出一套行之有效的治疗胃下垂的按摩手法，收到了显著疗效。

一位青海格尔木地质队的大姐患胃下垂 16 年，她到处求医却始终不见好转，人消瘦得比林黛玉还要弱不禁风。她慕名来南昌找到李晶求治，短短的两个疗程后，病人的胃上升了 12 厘米，厌食恶心的症状也消除了。她踏上磅秤，嘿，体重重了 7 千克！那位大姐文绉绉地对李晶说：“我如同在茫茫无际的戈壁滩找到了泉水叮咚的绿洲。没想到，你不开药、不打针，也能创造奇迹！”

紧接着，来自各地的一百多名患者相继康复出院。李晶的第一篇论文《按摩治疗胃下垂73例》也新鲜出炉，并发表在国家级学术刊物《中医杂志》上，为推广按摩治疗胃下垂作出了积极的贡献。

李晶女儿读小学三年级后，视力急剧下降，时不时还有重影，去眼科医院检查，视力只有0.2和0.3，是严重的假性近视伴飞蚊症，专家也拿不出特效的治疗方案。李晶又琢磨开了，她要用自己的双手为女儿排忧，同时为更多假性近视的孩子带来福音。这回，同为按摩高手的丈夫犯嘀咕了，他劝李晶别拿女儿做试验，弄不好家里多出一个盲童可咋办？

李晶艺高人胆大，又心细如发，相信按摩治疗对女儿只会有好处，绝对不会出问题。她一边请母亲从天津寄来一种营养眼球的注射液，定时让护士给女儿注射，一边巧用手法，选择相应的穴位点揉轻颤，舒筋活络，增强眼球局部的供血功能，缓解睫状肌痉挛，辅之以相应的营养神经血管的食疗。渐渐地，女儿眼前的飞蚊飞走了，重影不见了，看黑板上的字越来越清晰。再到先前的眼科医院复查，视力恢复到正常的1.5。这个结果让很多眼科专家大跌眼镜、惊叹不已。更让李晶自豪的是，女儿现在每天因财务工作长时间用电脑，可至今也没伤害到视力，双眼裸视视力始终保持在最佳状态。

消息传出，来找李晶按摩治疗假性近视的孩子越来越多。其中有个女孩，父亲是一名英武的军人，在父亲潜移默化的影响下，她从小就梦想着当一个女兵。谁料报名体检时，她其他各项都符合标准，就是因为双眼假性近视被淘汰，气得她好几天不起床见人。后经人介绍，她慕名找到李晶，李晶用几个疗程就治愈了她的假性近视，使她第二年终于如愿以偿，穿上了梦寐以求的绿军装。

后来，医院开始收治小儿麻痹症患儿。因这学名为“脊髓灰质炎”的病症在急性期 40 天内有很强的传染性，许多有孩子的按摩师都不愿接诊。考虑到自己的一双儿女还小，李晶也有些顾忌。但看到小儿麻痹症患儿这么可怜，他们一生的幸福都有可能毁于一旦，又想到儿科原本就是自己主攻的另一个项目且有一定的临床经验，她便带头接诊。每次做完按摩治疗，她立即站在紫外线灯下照射消毒。为了万无一失、绝对不累及无辜的儿女，明知这种消毒方式对人体有伤害，她还是尽量在灯下多站一会儿。一次站在灯下边消毒边跟人说笑，不知不觉时间悄悄流逝，李晶突然觉得恶心头晕，瞬间就要昏倒，被人一把抱住才远离了紫外线的侵害。此后，不知是这紫外线照射种下的恶果，还是因此诱发了儿时的老毛病，李晶有时给人做着做着按摩就突然昏倒了，常常把患者和同事吓一大跳，这让丈夫很是担心。

可喜的是，李晶的付出得到了回报，她治愈了第一例小儿麻痹症患儿，并与之成了一生的朋友。

那个名叫小强的患儿与李晶儿子年龄相仿，却一点儿也不强。初诊的时候，小家伙走路一瘸一拐得像只丑小鸭，短一点的右腿，肌肉已经萎缩，细得像根柴火棍。别看小家伙腿脚不便，嘴巴却很利索，见面就对李晶说："李医生，我叫你阿姨吧，以后你就是我的阿姨了，你要治好我的腿，别让人老笑话我走路啊！"李晶听了，又是心疼又是怜爱，她下决心要让小家伙真正强壮起来。

一次次尝试性治疗，一次次翻阅相关资料，一次次寄出盲文书信向各地按摩名家讨教，一次次修正治疗方案，终于，李晶的努力获得了成功。经过数月的按摩治疗，小强的右腿肌肉开始生长，仿佛他吃进肚里的肉蛋等食物的营养都被指向性供给了病弱的右腿，使之一天比一天粗壮，一天比一天拉长了。小强走路越来越平稳，最终从一只丑小鸭变成了强壮的白马王子，长大后当了一名长途货车司机，常年奔驰在祖国各地。不论走到天涯还是海角，小强都不忘给他的李晶阿姨捎来一点儿当地的土特产，每次回到南昌的第一件事也不是着急回去见自己的父母，而是带着土特产来看望李晶阿姨。成家后，他还把上小学的儿子送来跟李晶奶奶学拉手风琴，俨然如一家人一样。

读者诸君，看到这里，你会不会想起传说中的"亲情树"呢？

九

正当李晶事业有成、儿女膝下承欢、家庭幸福美满的时候，不知何时钻进她丈夫体内的病魔却迫不及待地开始发作，导演了一场不可饶恕且永远无法挽回的恶作剧，仿佛要以此来证明托尔斯泰在小说《安娜·卡列尼娜》开头说的那句话——“幸福的家庭都是相似的，不幸的家庭各有各的不幸”是多么正确的论断。

起初熊友林自我感觉心前区不适、疼痛，心跳或快或慢，双腿发软发飘，双手按摩无力，且症状进行性加重。老院长用听诊器检查，明显听出心律不齐，发现情况不妙，命令他立即停止工作，抓紧去大医院做进一步检查。

结果出来，熊友林不幸患了以肢体细长为外部特征的“马凡氏综合征”，也被形象地称为“蜘蛛指征”。这种怪病，因为是法国医生马凡发现的，便以他的名字命名，其主要表现为周围结缔组织营养不良、骨骼异常、内眼疾病和心血管异常，是一种以结缔组织为基本缺陷的遗传性疾病。至此，熊友林从小就没来由地身高手长、眼睛高度近视导致失明的一个个疑团被解开了。

住院后，熊友林的病情继续恶化，医生们束手无策，只能眼睁睁看着他并发心脏病，带着无限的依恋与不舍，离开了爱妻和一双儿女。这对日夜守候在病床前的李晶无异于天塌地陷，她头一昏，便倒了下去，被早有准备的医护人员送进了抢救室。

葬礼上，李晶再次哭昏过去，她多想就这样随丈夫去啊，在天堂陪伴爱人到永远……

“妈妈，我要爸爸!”

“妈妈，你醒醒，不要你跟爸爸一起去……”

迷迷瞪瞪间，李晶听到了女儿的呼唤、儿子的祈求，她知道自己不能走，也不能倒下。她伸出左手揽过12岁的女儿，又伸出右手揽过10岁的儿子，喃喃地说：“我们不哭，我们回家，我们一起回家……”说着，三个人又哭倒在坟前。

李晶老母亲获悉噩耗，想到女儿独自拖儿带女在异乡，生活多有不便，便有心要把女儿调回天津。这个著名评剧演员、文化名人，一生从不为私事找政府、找高官，为了女儿李晶，却破例找到天津市委书记，顺利拿到民政局转来的一纸调令，安排李晶担任民政局下辖的天津按摩诊所所长，如果李晶想改行，也可以去天津盲校当老师。

调令很快到达医院主管部门，南昌市民政局的局长一看就急了，命令院领导想方设法留住李晶，不要让人才外流，并亲自出马找李晶做工作。同事和患者也纷纷来劝说李晶留下，表示李晶生活上有什么困难，他们都会伸手相帮的。

李晶被感动了，虽然回天津在父母的光环下自然少了许多麻烦事，上行空间也许更大，但那不是她所追求的，她要靠自己的努力来证明自己人生的价值。何况她带着儿女从小离开南昌，久而久之，孩子们会不会把他们的父亲忘了呢?她不忍心撇下孩子们早逝的父亲，让长眠地下的亲人太孤单。她下定了决心，宁愿在爱人坟头站成一棵苦楝树，执着地坚守在这方土地上，把孩子抚养成人，再成才，让地下的爱人安心长眠。这便是李晶倔强的性格使然。

李晶的答复让母亲再次失望，却让医院上下、让喜欢和信赖她的患者们欢欣鼓舞。但热闹是他们的，李晶只有更清苦，更忙碌。

每天清晨，李晶都是家属院里起得最早的家庭主妇，她摸索着烧好早饭，打发两个孩子穿衣洗漱、吃饭上学，再把卧室、客厅还有厨房和卫生间都打扫得干干净净，整理得井井有条。她不能让人推门进来看到家里乱糟糟、脏兮兮的样子，让人说没了男主人家里就一团糟、不堪入目，以致别人廉价地同情她，更不能让人看不起盲人家庭。那些年，无论是各级领导来医院视察工作，还是国际友人来医院参观、考察，院领导总是安排他们来看看李晶这个盲人家庭。每天晚上，孩子们做完功课上床，她还要把他们换下来的衣服洗干净，用盲文记下一天的工作和生活笔记。喜欢读书的她，直到这时才有时间读一点自己喜爱的书，写一点喜爱的心情文字。这个好习惯，她一直保持到现在。后来，那些笔记和日记她常常稍作处理，一篇美文就发表了，让文友们叹服和艳羡。但文友们只看到她枝头绽放的花与花期后的累累硕果，却看不见她当初艰辛耕耘的汗水，不知道她家的灯每晚都是家属院里最后一个熄灭的。

李晶从小在盲校学的毛线编织在孩子们身上有了施展的大好机会。她那双神奇的手，仿佛长出了一双眼睛，给就诊的孩子们做按摩时，只要他们的毛衣上有时兴的图案，她用手一摸，第二天就能自己编织出一模一样的样式来。她的孩子穿上这样好看的毛衣上学，老师和同学都啧啧称赞，夸他们的母亲有一双巧手。当她在孩子们的陪同下去学校开家长会时，老师和同学们都很惊讶，编织出那么新颖图案的母亲居然是个盲人，便对她更加敬佩。她的孩子也为有这样了不起的母亲而骄傲，后来双双长大成才，事业有成后对母亲依旧很崇拜，孝敬有加。

十

不论家务多么繁忙辛苦，只要站在按摩床边，只要能用双手为患者解除病痛，李晶浑身就有使不完的劲儿。她总是加班加点，加倍努力付出，把自己累得筋疲力尽，借以挥去丈夫先前在这里留下的气息和不经意间袭上心头的丈夫的音容笑貌。不要以为这里用词不当，盲人夫妻相处久了，是能在各自的心里勾勒出对方相貌的，而且与真人相差无几。这其中的奥秘就留给心理学家去研究吧。

李晶的病人却没有因她加倍付出而变少，而是越做越多，她的床位总是要排队等候，有时忙到年三十，婆婆家来人请她吃年夜饭也走不开。她有时急了，也会轰他们走，抱怨他们怎么不早点去别的床位。等候的患者有的了解她的性情，私下里悄悄传授秘方："别听李医生口头上赶我们走，到了她手下，她一样仔细认真，包你满意。"

非但如此，院领导也来给她加担子，让她带头研究按摩治疗慢性浅表性胃炎、神经性耳聋、小儿脑瘫等疾病。为了提高按摩理论以指导实践，她报了中医函授大专班。日忙夜忙的她只有牺牲更多的睡眠时间孜孜不倦地攻读研究，最终对这几个病的按摩治疗都有了突破性成效。她还发表了相关论文，并带着这些论文，先后两次出席了国际按摩研讨会。

有个叫兵兵的小男孩，由于出生时难产窒息导致大脑缺氧，造成脑性瘫痪，到了三岁还不会说话，别说走路，就连躺在床上自己爬坐起来也不行。李晶用手触摸检查，发现兵兵双下肢呈剪刀型体态，右手半握拳，左臂不灵活。问诊得知，他还有右眼严重斜视，口水和大小便都不能自控。这样的患儿李晶是第一次遇上，虽说是研究课题，却也感到为难，有点束手无策。

孩子的母亲告诉李晶，他们曾跑过上海、广州等好几家大医院，花的钱不计其数，结果都无济于事。甚至有人劝他们，这样的孩子就不要了吧。然而做母亲的却无论如何不忍心，也不甘心。她非常忧虑地问李晶："医生，我孩子还有希望吗？"李晶没有立即回答，她可怜孩子，也同情他的母亲，更为自己一时的爱莫能助感到内疚。那"希望"两字使李晶不禁陷入了对往事的回忆中。

幼年时，为了医治眼睛，李晶的母亲也曾带着她去北京、上海四处求医。记得每走进一家医院，自己总是满怀热望，特别是坐在医生面前检查时，便心跳加快，神情紧张，生怕医生说出“没希望”的话来。如今，这一对母子坐在自己的面前，无须多说，他们此刻的心情和自己那时候的心情肯定是相同的。他们也是到自己这里来寻求希望的呀……

想到这里，想到院领导对按摩治疗小儿脑瘫的期待，李晶知难而进、不肯轻易服输的劲头被再次激发起来。她暗自在心里分析：眼前的小兵兵，肌肉没有完全萎缩，关节没有强直，听力尚好，有一定的反应能力；特别是家里人很看重他，愿意长期配合治疗，这些都是有利因素。她想，按摩对小儿脑瘫是有益无损的，索性收下来，千方百计给他治一治，为按摩治疗小儿脑瘫寻找突破口。

和从前一样，李晶翻阅了不少资料，还写信向有经验的外地同行请教，并结合自己儿科按摩的临床经验，科学设计取穴和手法方案，仔细认真施治。经过四个月的精心治疗，小兵兵终于能够扶着小车缓缓地移动脚步了，这让所有人都看到了希望的曙光。套用一句名言，小兵兵的一小步，是按摩治疗小儿脑瘫前进的一大步。当小兵兵第一次开口叫妈妈的时候，年轻的母亲惊喜得不知说什么好，只是抱住孩子一个劲地亲吻、流泪，又一个劲地说：“谢谢，谢谢！”也不知她是要谢谢孩子，还是要谢谢医生。

在此基础上，李晶又为小兵兵巩固治疗一年，并指导母亲为孩子做恢复功能训练，直到孩子无需相助可以独立行走才结束疗程。到七岁上小学时，有喜讯传来，恢复良好的小兵兵，从自己居住的六楼上下楼梯，已经行走自如，知情者无不称奇。

那以后，曾有五六个这样的脑瘫患儿从各市县慕名来找李晶治疗。但这种治疗是试验性的，需要很长时间来探索、研究，外地的孩子在这里食宿不便，家长还要请长假陪同、护理，影响工作，花费也比较大。想到这些，每遇外地家长来求医，李晶总是设法帮他们打听患儿家附近有没有盲人按摩医生。如果有，便把自己的治疗手法、诀窍用盲文写下来，交给孩子的家长，叫他们带给当地的按摩医生，供他们参考学习，以使孩子能就地治疗，从而最大限度地减少患儿家庭的经费支出和其他不便。

有人对此很不理解，甚至说她傻，不知道保护自己的研究成果，就跟不知道申请专利一样。李晶却不想把技术当作个人专利，变成私人财富。尽管她靠一个人的微薄收入养育一双儿女手头并不宽裕，甚至到月底还常常出现捉襟见肘的窘况，但她认为，自己的技术也是从前人那里学习借鉴后总结出来的，理当让更多的按摩医生掌握这些技术，为更多的患者带来福音。狭隘、保守、自私自利绝不是新一代盲人按摩师应该具有的品质和风格。

更多的人是懂得李晶的，都夸她高风亮节，她就跟秋天的桂花树一样，在百花凋零的季节，一遍、两遍、三遍地努力开花，要把清香撒满人间，沁人心脾。那些米黄色的小花，不论你是拿去做成香甜的桂花糖，还是与绿茶一起泡入茶杯，都让人口舌生津，精神振奋，都一样义无反顾地牺牲自己，毫无怨言，毫不计较能否结成累累果实去换取更大的价值。

十一

李晶忙里忙外，忙好了患者忙孩子，忙好了孩子忙函授功课，成天忙得不可开交，就跟个陀螺一样停不下来。她也常常自嘲地说："忙点好，心里踏实，我本来就是个'大盲人'啊！"

如果说忙孩子、忙工作、忙学习是分内的事儿，爱管闲事，帮别人的忙，且帮人帮到底，就显示了她一副热心肠、乐于助人的另一个侧面了。

有个女青年，由于婚后多年不育而感到苦恼，引起身体不适，浑身不爽像得了啥毛病却又说不清楚。她去了几家医院也没查出什么毛病，就来找李晶看看。交谈中，李晶得知她的心病，在做好心理疏导、辅助按摩治疗的基础上，设法托熟人从福利院给她抱了个小女孩儿。小女孩刚满周岁，一见面就张开双臂扑进她怀里笨拙地叫她"妈妈"，喜得她一把搂紧女孩，一叠声说："乖乖，我的好乖乖，我就是你的妈妈！"心病了却，百病全消，乐得她经常抱着女儿来看望李晶，小女孩更是越发的乖巧，一见李晶就叫"大妈妈好！"

还有一个性格内向的男青年来找李晶治疗失眠症。按摩治疗失眠效果一般都比较好，对李晶来说更是小菜一碟，她不知治愈了多少失眠症患者。可按摩一周下来，对这个小青年却一点儿效果也没有，她心中很是纳闷。直到那个清晨六点半，小青年如一个不速之客突然造访李晶家，谜底才算解开。

原来，小青年自由恋爱，谈了一个女裁缝。女孩子相貌手艺都很出众，唯一的缺憾是一只脚因小儿麻痹留下轻微后遗症，有点跛行。家里人死活不同意这门亲事，说丢不起这人，小青年因此闷闷不乐，彻夜难眠。那晚实在想不开，一个人在赣江边溜达叹气了一夜，几次都想纵身跃入江中、一了百了。幸亏他突然想到白天给他按摩的李医生，觉得她可亲可敬，说话在情在理、入耳入心，天刚蒙蒙亮便找上门来，一吐心中的块垒，请她指点迷津，这才没有做出遗恨千古的傻事来。

李晶得知原委，当即起身和小青年一起去了他家并现身说法："我不是个盲人吗，一样靠自己的双手为人治病、养育儿女，哪一点比健全人差呢？那个好女孩，仅仅腿脚有点儿不便，生活能力比我强多了，还有一手裁缝好手艺，挣钱也不少，两个人情投意合，是多么美满幸福的一对儿啊！"继而又把小青年夜里差点轻生的事情说了，把两位老人着实吓坏了，他们连连感谢李晶，把她当成了儿子的救命恩人，最终成就了一对有情人。后来他们举家迁往赣州，还不忘来信致谢。

又一个七月流火的夏日，"知了……知了……"的蝉鸣"声声入耳"，机械而又单调，吵得医生和患者越发感到燥热难耐。门诊这时来了个月子里的产妇，因产后受风致使腰肌痉挛、坐骨神经疼痛剧烈，站、坐、卧都不行，特别是夜里更吵得全家人不得安宁。

按常规，产妇是不宜做按摩的。但李晶听着病人痛苦的呻吟和家属焦虑的叹息，心想医生的天职就是救死扶伤、为病人解除病痛的，哪能袖手旁观、不闻不问呢？

李晶这便管起了“闲事”，用轻柔的手法，蜻蜓点水般做局部点揉按摩，20分钟后，病人渐渐安静下来，不再呻吟，全家人都松了口气，约好次日再来治疗。谁料第二天，产妇的丈夫蹬三轮送她，居然把好端端的车蹬翻了，致使产妇病情加重。想到产妇这样来来往往太不安全，也不利于康复，她便决定免费上门服务，让那一家人大感意外，称谢不已。

那些天，李晶白天病人都做不完，只能下班赶紧回去给孩子弄点儿吃的，便匆匆忙忙上门去做按摩，一连两周才彻底解决问题。李晶就是这样的人，宁愿自己辛苦点，也不愿看到病人受罪担风险。

病人家一位信佛的邻居老太太，见一大家人送李晶出门，便牵起李晶的手左看右看，由衷地钦佩道：“你这双手，除了厚实点，也没啥两样啊，怎么往病人身上一摸，就把病魔驱走了，有神灵相助吧？”逗得大家都情不自禁地笑了起来。老太太自己却没笑，她又恭恭敬敬地对李晶说：“你就是佛前那棵菩提树，有一副菩萨心肠，我会在佛祖面前，天天保佑你平安!”

十二

改革开放的春风唤醒了沉睡的祖国大地，也催生了李晶心里一个色彩斑斓的梦，她要把南昌盲人医疗按摩的招牌，推向全国，推向世界。

经过深思熟虑，已经加入中国共产党、担任南昌按摩医院业务副院长的李晶，于1985年再度请缨，要带队闯进特区，填补那里医疗按摩的空白，目标是深圳、厦门、温州、海南等地。

一石激起千层浪。赞成者夸她心眼活，点子多，一心一意为医院谋发展，上级选拔她当副院长是选对了人。忧虑者说，盲人在自家医院上班安全，外出太不方便，安全也得不到保障。年轻的跃跃欲试，希望出去闯一闯，见见世面；年老的相对保守，不愿担风险，也不轻易表态。凡此种种，都汇集到医院和上级领导那里等待裁决。经研究，领导们首先到深圳、厦门考察了一番并进行了联络，回来后，即派李晶带着队伍，义无反顾地登上了驶向深圳的“开拓者号”。

说来也巧，他们到达深圳某大医院打算与其合作的时候，某大军区医院的推拿科也在跟这家医院洽谈合作事宜。面对两家显然不在一个等级的竞争对手，甲方貌似公平地提出二者取一并摆下擂台，通过竞争一个月看双方的业务量，赢者留下。

话虽说得冠冕堂皇，但在具体的实施方案上甲方却带有明显的倾向性。他们把大军区医院的人马安排在医院一楼，方便患者前来就诊。却把李晶他们几个盲人医生安排在三楼的一角，又没有引导病人的指向标志。这对于初来乍到的他们开展业务来说，无异于置之死地，输赢几乎已经提前预知，毫无悬念了。

果然，开业一周，一楼门庭若市，业务兴隆，军医们个个喜气洋洋，脸上一副稳操胜券的傲气。三楼却门可罗雀，一副冷冷清清的惨相，大家的自信心与初来时相比一落千丈，个别人甚至想趁早打道回府，一走了之。

李晶想，与其在三楼闲坐着，不如下楼向那位军医推拿主任学学技术。说来也巧，她下去时正赶上主任在给牙买加一位部长推拿。那位部长是随代表团来华访问，途中腰椎间盘突出症发作，飞抵香港腿就痛得下不了飞机了。他在香港就诊无效，被送到了深圳，次日下午一点还要转去北京出席相关活动，心里特着急。深圳市政府非常重视，特派外办主任陪同来这家医院，希望能尽快解除他的腰痛，确保他的行程与活动不受影响。李晶听到那位部长在接受治疗时不断倒吸凉气，似乎疼痛难忍，苦不堪言。听了一阵，也没减轻的迹象，她知道那个军医主任也没找准症结所在，有点黔驴技穷了。

外办主任见状，显然也很着急，看见李晶在场，过来低声问她有什么好办法，最好能立竿见影地见疗效。李晶上前，问清病情，便胸有成竹地说："让我试试，应该马上能见效。"

那位军医主任听李晶这么说，心里很是不屑，轻蔑地一笑，趁机顺坡下驴，把这个"烫手的山芋"扔给了李晶，存心想看她的笑话。

李晶心中有数，明白这是关键一战，对自己率领的团队能否起死回生、在特区站稳脚跟打下地盘有着决定性意义。她稍稍定了定神，便伸出手，开始采取针对性手法按摩。渐渐地，患者安静下来，听不到他倒吸凉气的痛苦声了。半小时按摩治疗结束后，那位部长一点痛感也没有了，也能自己下床并且行走自如了！他和陪同来的所有人都感觉非常意外。第二天，那位部长特意前来辞谢，说他前两天痛得不能入睡，昨晚却睡得跟婴儿一样，把几天没睡好的觉都补回来了，还拿出一本牙买加画册赠给李晶作纪念。

那以后，类似的事情频频出现，病人口口相传，来找李晶他们按摩的病人越来越多。一位曾任广东省委书记的中央领导来深圳视察工作时，也是腰椎间盘突出症发作，慕名请李晶上门治疗的。他见面就和善地说："李医生，你给牙买加部长治疗腰痛的事情我听说了，非常了不起啊！给我们传统的中医按摩做了活广告呢。"然后又对李晶说："你先吃个水果，歇歇再做，我一切听你指挥。"李晶见中央首长这么平易近人，刚进门时的一点儿紧张感也放下了，赶紧说："不用歇，还是先给首长治病要紧。"几天后，那位首长回京前特意让身边的工作人员转达对李晶的谢意，说腰痛好多了，下次有机会来深圳，还要请李医生治疗。

转眼到了约定的一个月期限，胜败不言自明，甲方领导心悦诚服地“请君下楼”，把一纸合同书放在李晶面前，由衷地说：“你这种不服输的性格就像我们深圳的三角梅，无论是生在都市还是长在乡野，都会不达目的不罢休，花开艳丽，火红一片。”

李晶他们名声鹊起，深圳、港台乃至日本的患者纷至沓来，花花绿绿的港元、美金和人民币源源不断，广开了两家合作医院的财源，按摩师的个人收入也增加了，仅每月的奖金就比原先的月工资还要高出两三倍。消息传回南昌，全院按摩师群情激昂，纷纷要求去特区，为开拓厦门等地市场奠定基础。由此，“南昌按摩”的金字招牌在深圳、厦门等地打响，并享誉全国，引发了各地盲人按摩师千军万马南下去特区淘金的热潮。李晶的事迹引起了深圳等地媒体的高度关注，她多次被邀请上广播和电视节目，为中医按摩的推广和提升，为盲人同样能做好医疗按摩当一名合格的按摩医生，起到了积极的宣传作用，为盲人医疗按摩走向世界铺平了道路。

十三

1993 年，应菲律宾马尼拉中医师公会邀请，李晶率领南昌按摩医院医疗小组登上国际航班，第一次飞出了国门。

踏上外国的土地，他们心情十分激动，真想到处走走，体验一下异国的风土人情。但会长夫人说，几天前就有病人打电话来找他们看病了。李晶听了，对同事们说："我们不是来旅游观光的，我们的任务是要扎扎实实在这里工作一段时间，让中医按摩这朵医学奇葩在异国他乡生根开花、香飘万里。既然有人急着看病，明天我们就开诊吧！"

工作的诊所设在马尼拉市内的中国城里，周围有不少医院和中心都邀请了国内外的健全人按摩医生，在较远处还有美国与当地的按摩师们开设的诊所，这说明菲律宾人都十分喜爱按摩。李晶他们为此感到高兴，同时也激发了他们强烈的竞争意识，决心要跟那些按摩师们比试比试，给中国盲人争口气。

然而，在异国开展工作并非易事。由于名额所限，他们没带翻译，语言不通就成了跟外界交流的最大障碍。没别的办法，只有下决心学习外语。李晶了解到英语是菲律宾的官方语言，拜师不成问题，但没有盲文纸抄教材、做笔记怎么办呢？这点小麻烦也难不倒李晶，她把收集来的报纸按规格折叠成几层当盲文纸用，虽不如国内正规的盲文纸好用，却也能凑合。周围的华人朋友非常热情，他们有人天天给她送报纸，有人给她读教材，还有人带她去华人业余英语学习班听课。她白天学、晚上背、见人就开口，边学习边实践，渐渐地可以跟患者直接交流了。那用报纸装订成的几大本盲文教材，至今还保存在她家的书架上。

说起这堆特殊又珍贵的盲文资料，还有一段有趣的故事。从菲律宾完成医疗任务回国时，李晶舍不得丢掉这些辛辛苦苦一个点一个点亲手刻写出来的盲文资料，就精心打包，准备作为随身行李带回国。谁料出境检查时却卡了壳，菲律宾边检人员怀疑这些盲文资料里有可能夹带情报之类的文字信息，不予放行，让李晶哭笑不得。后经中菲相关人员一再解释，才得以放行。

当初诊所开诊时，许多华人和菲律宾人闻讯赶来，有人笃信中医按摩，诚恳地接受治疗，也有人怀疑地摇着头说："几个啥也看不见的盲人，怎么诊断治病呢?"李晶让同事们不要争辩，而是认真地给每一个患者治疗，她要用疗效改变人们的态度，证明自己的实力。

一位姓施的老华侨，患胃下垂近 20 年，经西医多方治疗无效。听说按摩能治，就雇了一名菲律宾按摩师到家里天天给他治疗。两个月过去，却未见丝毫疗效。那位按摩师着急了，悄悄来观看李晶他们按摩，想偷学一两招去试验，结果依旧是竹篮打水一场空。老人家知道后气愤地说："你以为我们中医按摩这么好学，随便看两眼就能学到手吗?"后来他才抱着试一试的态度来找李晶。

李晶原本就是国内按摩治疗胃下垂的专家，经她 30 次精心按摩，施先生的胃下垂基本康复，折磨他近 20 年的痼疾就这么轻易地被解除了。他万分感慨地握住李晶的双手说："当初我们华工在这里被人叫做'中国猪'，尝尽了被侮辱、被摧残的辛酸。如今你们多了不起，是作为受人尊重的医疗专家，应邀来展示中医按摩的神力的，今非昔比啊！”从此，他逢人便夸中医按摩的神奇，并介绍好多朋友来请李晶他们治疗，成了义务的活广告。

一天早晨，一位女士来到诊所，提出事先付费十万元，要李晶保证治好她的颈椎病。李晶告诉她，付费自有标准，能否治好要看病情再定，谁也不是包治百病的神仙。

触诊时，李晶摸到她颈上有一个肿块，知道不是什么好兆头，劝她先去正规医院进一步检查，不要随便让人做按摩治疗。她听了，忽然跪在李晶面前说：“本地的推拿师说我只要舍得花钱，他一定能治好我的病。可我给了他五万块，推拿了一个多月，不但没好转，还越来越严重了。听说你们有双神手，求求你们帮帮我吧，这病太痛苦了。”

李晶和护士连忙把她扶起来，再次告诉她：“我要对你负责，你必须先去查清楚，如果真是颈椎病，我们一定给你治好。”

几天后，女士的丈夫打来电话，万分感激地说：“我太太的检查结果是癌症，幸亏你们不图钱财，及时提醒，否则后果不堪设想。”他还说：“早就听说大陆有一种银杏树，坚韧沉稳，就像是‘东方的圣者’，我们无缘见到银杏树，但是，大陆来的盲人医生虽然看不见，但医术高、医德更高，是值得信赖的东方圣者。”

在马尼拉，尽管政府不准中医为菲律宾人治病，但百姓们抵不过疗效的诱惑，前来就诊的病人络绎不绝。连市长都放弃了手术，在他们这里治愈了腰椎间盘突出症。消息传出，李晶他们应邀去国会大厦进行了演讲和按摩操作表演。现场接受按摩的官员都说，中医按摩很神奇，点上穴位，全身就会发热，痛感就会消失。菲律宾《世界日报》的记者曾这样撰文描述："他们的双手如游龙戏水般在患者体表上腾挪撺跃，病人脸上无愁苦之态，口无呻吟之声。就凭着这与常人无异的双手，十指像弹钢琴那样跳荡起落，却奏出了一曲为病人消灾解难的福音。"

十四

那是 1997 年的一天，在一个特殊的考场，里面有两名考官，却只有一名考生；那唯一的考生，就是时年 52 岁的李晶。她一个人的考场，其实是江西省人事厅副主任中医师职称考试大考场的一角。

报考之前，省人事厅一位副厅长见到李晶，曾报喜般地对李晶说："李院长，你报考副高的相关资料，人事厅已经签署意见，让省残联上报中残联，你去那里参加同类考试，肯定没问题。"

李晶一听就急了，连连说："不行不行，我要参加你们人事厅组织的考试，要跟参考的健全人站在同一起跑线上。"

那位副厅长有点意外，不解地问："这样行吗？全省副高考试从来没有一个盲人报名，史无前例呢。"

李晶知道副厅长不是怀疑她的理论水平，而是担心如何组织考试的问题，就对他说起南昌市职称改革领导小组办公室和卫生局组织盲人参加初中级职业医师职称考试的做法。

那次考试，报名的盲人比较多，专设了一个盲人考场，考官报题，考生用盲文答卷，考完后李晶负责摸读每个人的盲文答案，考官一一打分记录，共同完成了一个新创举。李晶自己也是这一新创举的参与者和受益者，拿到了中级职称。尽管中残联经多年与多方努力，拿到了组织同类考试的主办权，为提高盲人医疗按摩的正规化、提高从业者的社会地位起到了良好的推动作用，但像李晶这样一些有实力、有见识的盲人，还是愿意参加人事部门组织的考试，因为从残联系统拿到的执业医师资格证上，总是标注为“盲人推拿”字样，跟“二等公民”似的，有点低人一等的感觉。只是到了副高职称考试，有了相当难度，许多盲人望而却步，不得已才转向残联考场。

李晶查询到，自己的报考资料已经在中国盲人协会等待签字上报，赶紧电话找到北京的表妹，让她刻不容缓去中国盲人协会取回，重新报给了省人事厅。

考试那天，李晶胸有成竹、淡定自如，还特意提前亲手为自己化了淡妆，穿上了职业套装，仿佛去参加一个隆重的仪式。

说起盲人为自己化妆，许多人包括盲人都难以置信，见多识广的记者们也很好奇。采访时，听说李晶擅长化妆，都要她亲自演示才肯相信。南昌电视台给李晶拍摄电视专题片的时候，专门拍下了李晶给自己化妆的镜头，这好比是另一场考试。当李晶给自己化完妆，回头面向镜头时，只听年轻的女记者“哇塞”个不停，直夸李晶的手上一定暗藏着一双神奇的眼睛。

现在这场考试跟健全人的考场同步，一个考官读题，李晶口答，另一个考官记录答案，合作得非常轻松愉快。考医古文的卷子，许多盲人会败下阵来。但李晶却照样答得很轻松，尤其是有关《黄帝内经》的考题，她几乎不用思考，这让监考官都感到有点意外。他们不知道，这时的李晶正在心里默默地感谢当年那个为她讲解《黄帝内经》的老校长，感谢他的爱心付出。

有点让李晶紧张的是论文答辩。她之前完成大专学业时虽然也写了毕业论文，却没经历答辩过程就轻而易举拿到了大专文凭。这次论文答辩，对她来说是大姑娘上轿——头一回，所以心里没底。等到主考专家们围绕她发表的有关按摩治疗胃病，比如胃下垂、浅表性胃炎等论文，提出治疗理论依据和手法特点等问题时，她便心中有数、游刃有余了。待到结果出来，李晶顺利拿到了国家人事部门颁发的副主任中医师职业资格证。与此同时，她还拿到了江西中医学院的一纸聘书，聘请她担任该院推拿针灸专业的兼职副教授，主讲按摩手法课，并负责带学生实习，从而实现了她年少时的教师梦。

她第一次拾级而上站上阶梯教室讲台时引起了学生们小小的轰动。只听议论纷纷中，有的说："这么端庄稳重，一点也不像个盲人。"有的说："好气质，扮演宋庆龄都不用化妆了。"还有的说："普通话也这么好，口才真棒！"

李晶自己也心潮起伏、激动不已：一个曾经让世人瞧不起的盲人，不仅能在正规医院当医生，还能拿到副高职称、担任大学副教授，这是自己的光荣，也是国家文明进步的一个缩影。

那些年轻的学子们哪里知道，李晶的口才的确是一流的，她曾先后多次参加省市各种类别的演讲大赛，几乎包揽了所有的一等奖。她的每次演讲，想让你笑你就得笑，想让你哭你就得哭，不时引爆热烈的掌声。讲按摩手法课更是她的强项，她根本不用备课就能如数家珍般娓娓道来且条理清晰。上她的课，阶梯教室座无虚席，没一个人无故旷课。在按摩医院实习时，个个争先恐后，没一个人偷懒耍奸。休息时，学生们还喜欢听李晶讲人生故事、学习心得、国外见闻，乃至说笑话等。学生们知道他们李晶老师的孩子都有出息：女儿大学毕业后在深圳一家跨国公司担任财务总监，儿子大学毕业后跑得更远，已经定居新西兰。每到圣诞节，他们便呼朋引伴地涌到老师家，有的装饰圣诞树，有的点燃蜡烛，有的用红薯粉和面包饺子——这样包的饺子，煮熟后饺子皮是透明的，玲珑剔透，非常好看。他们会告诉老师，这是鲜肉饺子，那是韭菜饺子，还有菠菜饺子等，让老师挑选自己喜欢吃的，像一家人一起过年一样，其乐融融。

学生们总是叽叽喳喳，像一群鸟儿在开会，这个说："老师，你就像我的妈妈，好亲切。"说着就唱起了《烛光里的妈妈》；那个说："老师，我们都是你的孩子，来陪你过节，替你的儿女尽一份孝心。"还有的说："老师，我觉得你就是一棵最美的圣诞树，是我们最最敬爱的圣诞老人。你送给我们的圣诞礼物，是知识和技能，是光明与黑暗同在的人生哲理，是一堂现实版的挫折教育课，是一笔宝贵的精神财富。"

李晶也会格外开心，仿佛一下子年轻了许多，主动跟学生们一起唱歌，拉手风琴，朗诵自己创作的诗歌。这么多的才艺表演，让学生们大开眼界，对她更加敬佩不已。

今年 5 月 18 日是李晶 70 岁大寿。之前一天，她收到一份珍贵的生日礼物——一个真皮名牌女士小包包。她让女儿看看快递包装想知道是谁寄来的，却没发现任何快递地址和姓名。她猜测了半天，又上网和打电话旁敲侧击暗查一番，也没找对人。生日当天，正百思不得其解的时候，电话响起："老师，收到我的生日礼物了吧？我是一名你在江西中医学院带出来的第一届毕业生，祝你生日快乐！"

18 年了，一个从不联络的学生还能记住老师的生日、打听到老师在深圳女儿家的住址和手机号，对李晶来说实在是一份意外的惊喜，让她感动得不知说什么好，一任泪水亲吻脸颊。

十五

新世纪的第一缕阳光爬上李晶依旧浓密的秀发、照亮她鬓角一根一根银丝的时候，55岁的李晶意识到是该自己让贤退休的时候了。请辞报告呈上去，主管的民政局长却一口拒绝，不容置疑地对李晶说："你也知道，女性干部有副高以上职称的，可以延迟五年退休，就别想这么早卸任享清福了。再说，按摩医院真的很需要你啊！"

李晶还是从小养成的倔脾气，打定主意的事情从不含糊，"一把手"那里通不过，她自有妙招。

几个月后，机会终于来了。她打听到"一把手"出国考察，要十几天才能回来，当即行动起来，找到新调来的分管业务的副院长，把辞职与退休一并搞定办妥了。等到"一把手"出国回来，生米已经煮成熟饭，气得他把按摩医院新院长叫到办公室臭骂一顿，把新院长骂得张口结舌，红着脸不知说什么好。

这么着急，甚至是"挖空心思"地退休离职，一些人认定李晶是想趁着年纪还不算太老，凭借按摩专家的声名去外地甚至国外发大财。事实上，李晶退休的消息传出后，确实有不少国内外按摩机构向她伸出橄榄枝，愿高薪聘请她去挂牌领衔，当顾问、当指导老师都行。然而，李晶的选择却让很多人跌碎眼镜，意想不到。

就在李晶退休这年，各级残联成立了盲人协会，李晶先后被推举为南昌市盲协主席、省盲协副主席；省盲人按摩学会成立后，她又被推选为会长。虽身兼数职，却都是吃力不讨好，没一分钱报酬的角色。然而李晶想到的是，许多城乡盲人现在因没有一技之长，别说社会地位，就连温饱都成问题。尤其在农村，贫困家庭的盲人有时甚至还不如家养的一头猪珍贵，一点做人的尊严也没有。她决心依靠残联组建盲人按摩培训指导中心，亲自办班执教，把自己一生丰富的按摩经验和精湛的按摩技术传给更多的盲人，使他们可以靠自己的双手养活自己，自立自强，活出点儿人的尊严来。

筹备期间正值南昌的盛夏季节。为了办理各种手续、安排装修施工，李晶不顾自己已年近六旬，冒着酷暑骄阳，每天四处奔波，往往是路边小店的一碗凉拌粉加一瓶矿泉水就是她的一顿午餐。一天，李晶不慎扭伤了脚踝，又不巧正赶上订购的教学和学员生活设施大批送货安装。节骨眼上，李晶惦记这批设备的质量和安全，无心在家休养，硬是让人搀扶着每天“打的”去现场把关验收。女儿回家休假，看到漂亮白皙的妈妈变得又黑又瘦，怎么也想不通妈妈为什么要自讨苦吃，说啥也要把妈妈接到自己的身边去。这天，李晶特意领女儿来到已经装修一新的培训场地参观。当女儿看到宽敞明亮的教室、干净整齐的宿舍、设施齐全的练功房，终于理解了妈妈的良苦用心。

李晶却突然想起了什么，冷不丁一拍女儿的肩说：“你赶紧找几个人，回去把家里的彩电、录音机，还有我的手风琴一起拉过来，孩子们不能一天到晚光学习没娱乐活动啊！”

女儿一边“嗯嗯”地答应着，一边心疼地给母亲泡了一杯枸杞茶，轻声地说道：“你呀，就像一棵老枸杞树，历经风霜，走过寒暑，最终把你的一切都奉献给了你的那些学生。”

十六

按摩培训班分初级班和中级班，三个月一期。初级班学员吃住和学杂费全免，中级班费用自理。为了帮助家庭困难而又想读中级班的学员，让他们能安心学习，李晶想出了让他们上午上课、下午打工赚钱的办法。她于是四处奔波，帮他们在城区各家按摩店安排打工。各家按摩店老板一听是他们敬重的李老师亲自安排，都十分爽快地满足要求。

江西省现任盲协主席孟国鸣就是当年首届初级班和中级班的学员，也是我在 2011 年江西鹰潭全国盲人文学笔会结识的文友。他告诉我，李晶老师教学十分严谨，讲课耐心细致，深入浅出，让初学者易学易懂。针对初级班有的学员不懂盲文，甚至没上过学，无法摸读盲文教材和做课堂笔记的情况，她每天都要抽出一节课的时间教他们学习盲文。然而要教没有一点儿文化基础的他们学会盲文谈何容易。有脑瓜子不太灵光的，怎么也分不清盲文六个点位的变化规律。他们急、李晶也急。用什么方法才能让他们掌握盲文拼音点位的变化规律呢？李晶开动了脑筋。一开始她找来一块小木板，钉上六个图钉代表盲文的六个点，让孩子们触摸，然后取掉其中的某些图钉，不断变换点位。这一招真灵，在这犹如游戏般的盲文教学中，他们可以自己动手，直观又形象，好学又好记，很快就能摸读书写盲文了。后来，李晶不断改进，找来六块如硬币大小的磁铁和小铁板，教起盲文来就更轻松便捷了。每当听到学员们写盲文发出的欢快的敲击声和摸读盲文的朗朗读书声，李晶的脸上都会露出欣慰的笑容。

每次给中级班上新课前，李晶总要让学员们说说各自在按摩店打工遇到的难点与困惑的问题并逐一解答指导，直到学员们清楚明白为止。这种理论紧密联系实践的教学方式深受学员们的欢迎，教学效果也特别明显。

上经络穴位和手法课是李晶最辛苦的时候，为了检验学员们对穴位和手法掌握的程度，她只能自己趴在按摩床上，四肢和背部分别让几个学员练习。常常几堂课下来，她浑身上下会被那些不知轻重的学员点揉得青一块紫一块。痛极了，她也忍不住笑骂一句："你们练杀猪啊，都快被你们揉散架了。"

骂归骂，下了课，她照样还要关心学员们的生活，发现伙食不太好，常常会让自己家的钟点工烧一大锅红烧肉送来给他们打牙祭，看他们吃得香，她心里特别甜。对一些特殊的学员，她也会特别关照。

2002 年春暖花开时节的一天，安义县残联理事长领来一个学员，对李晶说："这是我们县里的盲人小福，快 30 岁了，从小没家，一直靠民政部门的补助过活。他眼睛有点残余视力，但耳朵也不太行。”说着扔下10块钱，让人带他去理理发、刮刮胡子，转身就离去了。

再看那人，头发乱蓬蓬得好像鸡窝，低着头怯生生不敢说话。填写学员登记表时问他叫什么名字，他回答说：“胡哈子。”一口土话没人听得懂。他干脆拿出户口本，只见上面姓名一栏清清楚楚写着“胡瞎子”三字。天啊！这是啥名字？

李晶见不论谁跟他说话，他都是点头说“晓得晓得”，便对他说“我们先叫你胡晓得，以后再商量着帮你起个好名字。”他还是点头说“晓得晓得”，惹得大家忍不住发笑。

初级班结业后，学员有的升入中级班，有的被各地按摩店老板招去打工。只有小胡因为没钱，不能升入自费的中级班，又因年纪偏大、手法不够好而没有老板聘用。李晶只好再次出面，找到本市一家按摩店老板，说明小胡的困难，请他照顾照顾。老板看在李晶的面上，勉强答应收下试试。

不料才十天，小胡又背着行李回到了培训班，低着头怯怯地说：“老板嫌我手法不好，耳朵听不清，很难跟客人交流，骂我简直是个废物。还说他不是做慈善的，不能白白养活我。”不等李晶答话，他又壮着胆说：“老师，让我回来读中级班吧，我一定苦练功夫，不让你失望，学费以后挣钱一定补上。”

李晶虽感到为难，但还是向市、县两级残联分别打了报告，替小胡申请学费和伙食费。上理论课时，她把他的座位调到老师身边，让他尽量能听清楚老师讲课。

就这样，小胡顺利上完中级班，按摩理论和手法均有很大长进，性情也变得乐观，变得爱说爱笑起来，还常常带全盲的同学去理发、去澡堂、去购物，被大家亲切地称为生活助理。中级班结业时，李晶对小胡说："建议你回到家乡小镇开办自己的家庭按摩店，不要收太多的钱，乡亲们给你几斤大米、几个鸡蛋或者一些蔬菜，就可以补贴你的生活。"又告诉他，已经跟他们县残联联系好，他们会派人去帮他把家打扫干净并送他一张按摩床，她再送他一个按摩店招牌，上面写着"盲人按摩，消除疲劳，缓解病痛"。

当年年底，尽管是寒冬腊月，小胡却春风满面地提着一袋花生兴冲冲地走进培训班办公室，大声说道："老师，我来看望你们了。这是客人送给我的花生，我炒熟了送来给你们尝尝。"

李晶和老师们都很高兴，纷纷关切地问这问那，特别是天气这么冷，会不会影响生意。小胡开心地回道："入冬前，我们残联理事长陪县委书记来看我，见我给客人盖着毯子按摩，就跟理事长说'县委出一台二手空调，你们残联出电费，马上给他装上'。现在我那房里可暖和呢，客人比以前更多了。"

有人学着他以前的腔调说："晓得晓得，你如今鸟枪换炮，该抖起来了。"

小胡等大家笑够了才说明此行的真正来意："我现在的一切都要感谢李晶老师和您的培训班，只是你们先前说过，要商量着送我个好名字的，我要办残疾证了，总不能还用'胡瞎子'吧？"

李晶认真想了想，征求大家的意见道："叫胡航志可好？远航的航，志气的志。"从此，曾经的"胡瞎子"才有了自己真正的名字，他像一艘出海的船，要扬帆远航了。

2013年，为庆祝中国盲人协会成立60周年，中国盲人协会与《盲人月刊》联合举办"我的盲协我的家"征文活动，李晶以此撰写的征文《你终于有了像样的名字》喜获三等奖。

胡航志看到自己被写进了文字里，激动地说："李晶老师就像一株常青藤，我好像一棵没用的枯木，是您给了我希望和爱，在您的精心呵护下，我才有了新生。"

十七

"桃李不言，下自成蹊"。李晶和她的培训班，就是这样的桃树和李树，慕名踏上小径、来培训班求学的盲人越来越多，以致其他类别的残疾人也慕名而来求到门下。

让李晶印象最深的是一个姓张的侏儒症男孩，他来到培训班请求入学，几个老师见了立刻议论纷纷。

有的说："看样子身高也就一米上下，等你长大了再来吧。"

有的说："哪有这么低矮的按摩床啊，就是有，你能使上劲吗？"

还有的干脆直接说："你回去吧，不是任谁都能学按摩的。"

小张听了也不气恼，双脚就像楔子一样楔进地下了，根本没打算向后转。他诚恳地对李晶说："我都快20岁了，对嘲笑与别人看我像看猴子一样的眼神已经见怪不怪，只是不能靠双手养活自己，还不如一头碰死在这里。"

李晶的心感到了疼痛，仿佛被荆棘刺了一下。经过慎重考虑，她答应收下小张并根据他的身体条件，针对性地教他足底保健按摩。如今洗浴中心、足疗中心如雨后春笋般遍地开花，小张学好了，饭碗还是没问题的。

干了一辈子按摩，李晶还从未给人做过足疗，她毅然收下小张学足疗，让所有人都感到意外。小张也很懂事，每次上课前，都会用香皂把双脚洗了又洗，生怕异味恶心人。他学的时候也格外用心，每堂课前老师提问，都能对答如流，手法练功也特卖力。他心里只有一个念头，不能辜负了老师，不能让人家看自己的笑话，不能半途而废。

休息时间小张喜欢唱歌，唱的最多的是张雨生那首《我的未来不是梦》。许多年来，他就是靠唱歌打发寂寞、排遣心中的愁闷的。李晶听到小张唱歌，觉得他的声音和音色还不错，是一块未经打磨的璞玉，只要时间允许，她就会抄起手风琴给他伴奏，鼓励他学好足疗的同时，好好练习唱歌，多方向发展。从此李晶主动兼职当起了他的声乐老师，教他识简谱、练音准、调气息，使他的演唱水平上了一个新台阶。助残日时与别的单位联欢，他们师徒合作的节目最受欢迎。

结业考试时，小张为李晶老师做了全套足底按摩，李晶十分满意，给打了一个“优”。一家洗浴中心和一家残疾人艺术团获悉消息，争着要与小张签订用人合同。小张最终选择了艺术团，他说在演出之余，同样可以给周围的人做足疗，两不耽误。那种自信，那种对未来生活的美好憧憬让李晶感到欣慰，也让所有人感到，小张的未来不是梦。

这期间，还有零零散散的聋哑孩子在大人的陪同下找来，希望学按摩。这对李晶来说又是一个新的挑战，着实让她感到为难。

谁都知道，盲人说话，聋哑人听不见；他们的手语，盲人又看不见。无法交流，怎样教学呢？那些天，李晶一直被这道难题困扰，吃饭不香，睡觉失眠，很伤脑筋。有些无业的聋哑孩子，或被挟制，或三五成群、自成一伙到处坑蒙拐骗、强买强卖，乃至偷鸡摸狗，在社会上造成恶劣影响；其根源是他们没有一技之长，也没有足够的公益岗位安排他们，他们不能自立，不能养活自己，自尊自爱又从何谈起？想到这里，李晶便主动打报告给市残联，要办一期聋哑人按摩培训班。残联领导一听，立马拍案叫好，立即给予大力支持。但这却让培训班师生吃惊不小。一些盲人担心聋哑人学按摩会抢了盲人按摩店的生意，不免从他们中间传出反对的声音。

胸怀大爱的李晶排除了一切干扰，尝试性地办了一期聋哑人按摩培训班，学员一共 15 人。语言不通，就请来手语翻译；缺乏教材，就买来汉字版按摩专业书籍，分发给识字的聋哑学员；没有盲人按摩店接收他们实习，就自己趴在按摩床上，多让他们练习手法；熟人找上门来请李晶按摩时，就当成观摩教学。所有这些让聋哑学员十分感动，他们学习劲头一个比一个大，学习进度和手法熟练度都让李晶很满意。

他们都十分敬重李晶，看见她起身就赶紧来搀扶，外出开展义诊活动，争先恐后抬按摩床搬椅子，给李晶撑伞遮阳。知道李晶喜欢鲜花，结业时，集体买了一个大大的花篮献给他们敬爱的李晶老师。

尽管聋哑人按摩培训班只办了这一期，但后来只要有聋哑人求上门来，只要是李晶觉得适合做按摩的，就会安排插班到盲人初级班。初级班里甚至还有肢残人和特别困难的下岗工人。培训班这种无私的奉献精神，在南昌赢得了很高的声誉。

2002 年全国助残日时，当时的江西省委书记专程到按摩医院家属区四楼的李晶家里，亲切慰问了李晶。他紧紧地握住李晶的手，热情地赞扬道："你退休后还坚持为残疾人忘我工作，化消极因素为积极因素，减轻了社会负担。你的事业是一项阳光事业！”后来，按摩医院把这次省委书记与李晶的合影放大，挂在了门诊大楼并视为医院的荣耀。

写到这里的时候，我想起了一篇有关一棵树的奉献的文章，李晶就像那棵树一样，为了自己的事业，为了爱着的人们，奉献了果实，奉献了树干，最后只剩下树墩，也一同奉献出来。她一次次无私的奉献也赢得了人们的尊重和爱戴。

十八

培训班办出了成果，办出了经验，受到上下的一致称赞。所有学员凭借在按摩班学到的一技之长，或打工，或创业，都走上了脱贫致富奔小康的阳光大道，过上了有尊严的幸福生活。

有个学生，脑子活络，按摩手法也过硬，中级班结业后直接去深圳创业，没两年就赚得盆满钵满，按摩院越办越红火。想到李晶当年在深圳的声名，想到她已经退休几年，女儿也在深圳，为了报答师恩，便要高薪聘请李晶去他的按摩院当顾问。这等于是给李晶出了一道选择题，对她来说不是一点儿诱惑也没有。她常说人生往往会在十字路口感到迷惘，脚下的路一步走错就会步步走错。她庆幸自己这一生，关键的几次选择题都答对了。

“我的第一次人生选择是年少时去沈阳盲校学按摩。我选对了，成就了一生的事业；第二次选择是单枪匹马来到南昌按摩医院，以一生的努力实现了自己的人生价值；第三次选择退休后办起了按摩培训班，让更多的残疾人走上成功之路。尤其是这第三次选择，让我更有成就感。”这是在我采写这篇文章时，李晶亲口对我说的一段话，也是她对自己一生的高度概括和总结。

当时，面对学生抛出的橄榄枝，李晶毅然选择了留下，选择了她“嗷嗷待哺”的学生们。非但如此，她还未雨绸缪，想到随着医师职业化进程的步伐越来越快，医生持证上岗人数越来越多，盲人医疗按摩师必然要参加职业医师资格证统考，因此正规的学历教育就显得格外重要。为此，李晶打报告给省市残联，提出应该在培训班的基础上办盲人按摩大专班，开展正规的学历教育。残联领导很快批复，让她具体负责筹备。

李晶说干就干，亲自找到江西中医学院去商洽联合办大专班的事宜。原以为自己曾经在这里当过兼职副教授，跟学院领导能说上话，不料话刚出口就被新任领导婉言拒绝了，没有商量的余地。李晶无奈，又掉头去找有大专建制的南昌中医学校，结果依然碰了一鼻子灰。她心里就不明白了，中医按摩为什么在这些中医学府屡屡碰壁呢？但李晶不死心，抱着试试看的心理，她迟迟疑疑地走进了江西医学院，却印证了那句“踏破铁鞋无觅处，得来全不费工夫”的俗话，医学院领导听完李晶的设想，爽快地答应尽快给省教委打报告，申请联合办学事宜，让李晶回去听消息。

医学院果然没让李晶失望，没过多久，市残联的人员就喜滋滋地通知李晶他们拿到省教委的批复了，同意残联跟医学院联合创办盲人保健按摩大专班，并由江西医学院颁发大专毕业证。李晶一听就急了，对着话筒直接嚷嚷起来："先别高兴得太早，保健按摩证书算怎么回事，跟医疗按摩不沾边，对执业医师资格考试一点用也没有。"

放下电话，李晶又跟助手一起风风火火找到医学院和省教委交涉，再三解释，要求大专班跟职业医师考试接轨，请求省教委更改批复。李晶一心为学生、一心为医疗按摩的未来不辞辛劳的赤子之心深深打动了各方领导，他们答应重新考虑，让她等待新的批复。

再次拿到批文，已经改为康复按摩函授大专班，学制两年，学生由残联单招单考，毕业证由江西医学院签发。李晶虽不十分满意这个结果，但也不好再去"蘑菇"了。

拿到批文，才是万里长征迈出的第一步，杂七杂八的筹备事宜都要李晶亲自参与。招生要李晶出题、监考、阅卷，学生的食宿等问题，事无巨细都要李晶一一落实。医学院除了生物、人体解剖课派出教授外，其余的中医基础理论、按摩手法、按摩经络穴位等 20 多门课程，面授老师都要李晶自己去聘请。李晶别无他法，只有再次去卖老面子，通过各种关系找那些已经退休的老教授来给函授班授课。她后来回忆说："因为残联给的课时费有限，我那些天跟人家磨嘴皮子，把嘴皮都磨出了泡。"

皇天不负苦心人，2005 年，李晶一手创办的康复按摩函授大专班终于顺利开班，迎来了第一届来自全国各地有志于医疗按摩的莘莘学子，为盲人医疗按摩师的学历教育闯出了一条新路。这个大专班至今仍生生不息，培养了一批又一批医疗按摩的正规军，许多毕业生就是凭借这一纸证书参加了中、高级执业医师资格考试，拿到了中、高级职称。

安庆特教学校的盲人教师吕敏和陶洪武是江西医学院按摩中专班的受益者，他俩从教十多年职称也上不去，拿到李晶这边的函授大专文凭后才有资格参加副高职称考试并顺利通过，从而享受到副教授工资待遇。每每提起，他们总是感谢李晶老师。

据不完全统计，李晶教出的各级按摩学生超过了一千人，分布在全国各地，还有学生越洋到美国、英国、阿根廷、澳大利亚等地打拼，发扬光大中医按摩，真可谓桃李满天下。这也是李晶这辈子最为自豪和开心的事儿。每到她生日时，手机、电脑上的铃声总是不绝于耳，接听起来，全部都是各地学生送上的祝福。甚至有许多学生抢在零点零分发出祝福短信，要抢在第一个给老师送祝福。说起这些，已经完全退休的李晶，脸上挂满了幸福的微笑。

在朋友们和学生的心目中，李晶的人生已经达到了一种别人难以企及的高度，就像美国境内的一棵雪曼将军树，虽然不是最高的，也不是最宽阔的，更不是最古老的，却以单棵树木体积最大而闻名于世。

李晶很伟大，也很平凡，她的手机直到现在还是学生们的热线电话。各地学生无论在按摩医疗中遇到什么疑难问题，都会打她的手机请教，往往一打就是几十分钟，直到把问题弄明白为止。有时候，她怕有的学生脑瓜子不太灵光，记不住她电话讲解的内容，还会用盲文写下来寄给对方、负责到底，让人不得不敬佩她一丝不苟、诲人不倦的精神。

十九

时间过得真快，拿李晶的话来说就是："眨眼工夫，抬脚就跨进70岁门槛了，简直不敢相信自己有这么大的年纪了。"是啊，这就叫时光催人老！

想想也是，她丈夫离去都30多年了，一直没有再婚的她把所有的时间和精力都献给了一双儿女，献给了她所热爱的医疗按摩事业，献给了她的学生们。一辈子总在忙碌中的她，也没忘了自己年少时的文学梦。虽然算不上高产，但一有感觉，她就会忙里偷闲写下自己的心情文字，因此她发表的诗歌、散文、小说等，都不是泛泛之作，都有着不同的价值，且获奖多多。

1998年，中央人民广播电台的《午间半小时》节目举办全国性纪念改革开放20周年征文活动，有位作家朋友建议她写一篇文章，说说他们按摩医院由改革开放带来的变化，一下子点燃了她的创作激情，她连夜写出了《蓝天上的约定》。投稿后，她也没抱太大的希望，毕竟中央广播电台是全国广播的第一台，受众数亿人，收到的征文稿件之多无需动脑筋也能想象得到。过了一段时间，忙得昏天黑地的李晶把投稿这档事忘得一干二净的时候却接到了那位作家的电话，只听他兴奋地大声说道："李医生，你的征文播出来了，是著名的播音艺术家付成励演播的，《午间半小时》1点半有重播，赶紧去收听吧！"

李晶也兴奋异常，她特别喜欢付成励的播音，当即找来录音机，把那期《午间半小时》节目统统录了下来。可惜那盘老掉牙的盒式录音带，保存到现在已经没法听清楚了。

那次评奖结果出来，李晶拿到了优秀奖，第一次印证了她的写作实力，对她是一种激励和鼓舞，让她之后在文学创作方面多了几分自信。

也是那年，南昌市卫生系统文艺调演，她填词的大合唱歌曲《按摩医院颂》喜获创作一等奖，她参与的大合唱也拿到了表演一等奖。至今十几年过去了，提起这首歌，她仍记忆犹新，张口就给我唱了几句："……胸怀像原野样坦荡，理想如蓝天般高远，保健康让世间充满活力，留青春与人类永远相伴。啊，医学的高峰，光辉的顶点，按摩医院人永登攀……"

听她唱歌，依然充满激情，一点也听不出她是个古稀老人，只给人留下青春永驻的印象。特别是学会用电脑上网冲浪后，她越发充满活力，写下了更多精品力作。

2009年，为纪念新中国六十华诞，中国盲人协会、中国残疾人杂志社《盲人月刊》编辑部和中央人民广播电台

《残疾人之友》栏目联袂举办“与祖国共同成长”征文活动，李晶想到自己失明几十年来在祖国的怀抱里如一棵小树苗那样沐浴阳光、茁壮成长的历历往事，激情满怀地写下了《我的太阳》一文报名参赛，文章在《盲人月刊》发表并在中央人民广播电台《残疾人之友》栏目播出。人们从中才知道，她名字中的“晶”字，是她失明后父亲刻意为她改的。她明白，父亲是想让那“三个太阳”，照亮女儿的心灵和人生之路，她的征文就是从这里写起的。结果公布，李晶毫无悬念地一举夺得一等奖，并应邀出席了举办方在烟台举行的全国盲人文学嘉年华活动，这也是我第二次在全国盲人文学笔会见到她。

第一次见面是在 2007 年井冈山笔会上，那是首届全国盲人文学笔会，出席者都是《盲人月刊》的老作者，李晶的大名，自然也是我从该刊早就熟知的。但我真正跟李晶熟稔起来并与她结下情同姐弟的情谊，还是从烟台这次文学嘉年华活动开始的。

那天中餐，机缘巧合，我和李晶坐上了同一张餐桌，陪同我的妻子习惯地坐在我右边给我布菜。左边人一开口，我就听出是李晶大姐了，赶紧起身打招呼。老友相逢，第二次握手，她跟我一样开心。知道井冈山那次是我儿子陪同我去的，她便问这回是谁陪我来的。妻子当即起身跟她寒暄。饭后回到房间，妻子感叹道：“太像了，那气质，那形貌，那温文尔雅的谈吐，扮演宋庆龄简直不用化妆。”这感叹跟李晶当年中医学院的学生的评价是何等的相似。不，根本就是一模一样。

宋庆龄的形象，失明前我在电影电视上是见过的，那是一种知性的美，听妻子这么一说，她们二者的形神气质，从此在我心里吻合重叠，变得清晰起来。即使我笔下没有对她的外貌一一描摹，相信读者诸君不难看出，李晶，一个不平凡的女性形象，已经从字里行间丰满、清晰起来，正微笑着走向你我，走在灿烂的阳光里。她犹如秋阳里的一棵柿子树，神态安详，与世无争；树上挂满的“红灯笼”是她一生的累累硕果，一辈子的无私奉献！

“在能看见东西的第一天下午，我将在森林里作一次长时间漫步，让自己的眼睛陶醉在自然界的美色里，在这有限的几个小时内我要如醉如痴地欣赏那永远向有视力的人敞开的壮丽奇景。”

读到海伦·凯勒在她的著名散文《假如给我三天光明》中所写的这段话，我突然醒悟，李晶大姐不就是这样一片迷人的森林吗？也正是有这样一个人的森林，才有她背后的那一片桃李，我们愿意和李晶大姐一起共同期待桃李的芬芳。

附：

仰望《一个人的森林》

蓝　诺

眼里含着泪水，我一口气读完了大江老师的《一个人的森林》。感谢大江老师，你用真挚的画笔，让我看到一幅幅感人的画面，通篇以树寓人，从多个侧面描写从小双目失明的李晶老师努力进取、刻苦敬业、无私奉献的品格。读完这篇饱含真情的报告文学，各种情感交织撞击着我的内心：有感动，有心疼，有敬佩，有祝福，心情可谓百感交集，在这感情中我始终以仰望的姿态仰望文中的主人公，了解了这位可亲可爱的李晶大姐。

我感动。李晶出生在天津的书香世家，本应该有着无忧无虑的童年，却因为一场失败的手术导致双目失明。看不到美丽的世界，李晶却没有自怨自艾，而是在父母的帮助下到北京盲校学习。她特别珍惜这次学习机会，努力进取。20世纪50年代，她在人民大会堂召开的教育系统“群英会”上脱颖而出，代表少先队员登台致辞：“长大了，我们要像你们一样，站成一棵大树、一片森林，为大地、为渴求知识的孩子们撒下一片绿荫……”这是很多健全孩子的内心都很难达到的境界。李晶大姐从小就为自己规划美好的未来，尽管她眼睛看不到阳光，但是她的坚强她的乐观、她的自强不息注定了她的一生与众不同。就如梅花经历过严寒的考验和磨练，在大雪纷飞的冬天绽放出清香美丽的花朵，它的美，它的香，在百花凋零的寒风中，显得分外的珍贵！

我佩服。在盲校的学习丰富了她的知识和阅历，也开阔了她的视野。从盲校毕业以后，十六七岁的李晶告别慈爱的双亲，离开熟悉的环境，只身一人去沈阳盲校学中医按摩。这件事本身就是一次新的挑战。现实生活中，我们每个人都习惯在熟悉的环境中生活和工作，以寻求内心的安定。我想盲人相对于健全人来说更是依赖熟悉的环境。面对陌生的城市、陌生的学校、陌生的人群，她的只身前往让我感到她内心的坚定。到达沈阳盲校之后，学校条件的艰苦程度超乎想象，生活中的种种艰难以及表姐的极力劝说硬是没有动摇她留下学习的决心。非但如此，乐观的她还爱上了这片黑土地，爱上了树干上长满眼睛的白桦树，并写信告诉父母亲，人生只有经过磨炼才能锻造精彩，她愿意和白桦树一起成长！

我羡慕。功夫不负有心人，李晶终于顺利完成学业，学成归来。“昔日的‘娇小姐’变得身板健壮，脸色白里透红，双臂浑圆结实，拇指用力一按，至少有两百斤的力量。”这让母亲又是欣慰又是心疼。从父亲学盲文与李晶通信到母亲割舍下深深的爱让李晶到新环境去学习和锻炼，我感觉到这个家庭的氛围特别好，父母亲虽然深爱她，但不溺爱她；李晶虽然有父母的宠爱，却没有恃宠而“娇”。待到李晶学成归来给父亲治好颈椎病，这一家人其乐融融的家庭氛围也感染着我，让我着实羡慕。李晶在天津的老中医那里实习一段时间后，坚持去江西省南昌市按摩医院报到，并在那里成就了一段幸福美满的婚姻。虽然在安静下来的时候她也会想家，想母亲唱的那首《灞桥柳》，想着她已经像柳树一样在南昌生根发芽。她只有把父母的爱藏进心里，把最初的一抹绿色化作深深的祝福和爱！

我祝福。人生中有些缘分是注定的，尽管李晶和熊友林不在一个城市，没有见过面，甚至家庭环境都不相匹配，彼此没有日常生活中的考验和了解，甚至没有像样的聘礼，共同的爱好和不屈的性格却让两位有缘人走到了一起。相爱很简单，然而，生活不容易，生活中需要付出和包容。“善良而又勇于担当的李晶，一点儿也没有嫌弃这个穷家。婆婆住院她掏腰包，弟妹开学她交学费，淘气的小弟跟人打架斗殴以致伤筋动骨，她一边好言相劝，一边精心为其按摩治疗。如舒婷《致橡树》诗中的木棉一样，她和丈夫一起站成了两棵树，共同分担寒潮、风雷、霹雳；一起共享雾霭、流岚、虹霓。”这样的爱情，确实让人羡慕也让人祝福。

我敬佩。事实证明，李晶当初的选择是对的。南昌按摩医院以病人为中心，极大地激发了医护人员的学研热情，也为李晶攻克胃下垂的项目提供了多方支持。李晶在忘我的工作中，把病人当作亲人，凭着高超的医术妙手回春，治愈了一个个患者，他们当中有吴文音、青海的大姐、小强、兵兵和更多没有留下名字的患者。李晶让这些患者脱离病痛的折磨之后，又多了一位位亲人。大江老师说的亲情树，我没有见过，但我相信这世间一定有这样的一种树，它就在我们的身边，让我们有机会乘荫纳凉。

我心疼。正当李晶事业有成、儿女承欢膝下的时候，无情的病魔找到了熊友林。“熊友林不幸患了以肢体细长为外部特征的‘马凡氏综合征’，也被形象地称为‘蜘蛛指征’。”这种病没有任何特效药以及特效疗法，医生们束手无策，只能眼睁睁看着熊友林带着无限的遗憾离开这个世界。从小失明是对李晶的致命打击，中年丧夫是命运给李晶的再一次的不公正待遇，面对接连的打击，即便是再坚强的人也容易被命运击倒。而在孩子的哭喊中，李晶却再次勇敢地站了起来。凭着倔强的性格，她毅然在爱人坟头站成一棵苦楝树，执着地坚守在这方土地，把孩子抚养成人，让故去的爱人安心。她的坚韧，让人敬重也让人心疼。

我钦佩。在爱人熊友林去世之后，李晶克服了常人难以想象的困难，自己又当爹又当妈，把两个孩子培养成了优秀人才。女儿大学毕业后在深圳一家跨国公司担任财务总监，儿子大学毕业后定居在新西兰。为了更好地救治患者，她夜以继日查阅大量资料，攻克一个又一个医学难关，在按摩治疗小儿脑瘫上取得显著的科研成果。心怀大爱的李晶却把这些理论和实践经验无私地传授给其他医生，希望更多的孩子得到及时的救助。她又在工作之余帮助和救助了很多需要帮助的人。大江老师把李晶老师比喻成菩提树。菩提的意思是觉悟、智慧。相传佛祖释迦摩尼在菩提树下静坐顿悟，后来将一份大爱布施于天地间。我相信李晶老师这棵菩提树已经为无数的家庭送去健康和爱！

我敬重。李晶不仅用心医治每一位患者，努力钻研中医按摩在各个领域的实际应用，还将这些宝贵的经验上升为理论，总结出多篇具有权威性的论文，为中国的中医按摩事业作出了巨大贡献。后来，她还带着南昌医院按摩小组走出国门，将中医疗法带到菲律宾，以精湛的按摩医术治愈了一个个不同肤色的患者，也让漂泊在外的华侨友人真正地感受到了中医按摩的奇效。马尼拉市的华侨把李晶赞为银杏树。银杏树是中国的国树，是地球上最古老的植物，它在百万年中历经劫难，有着顽强的生命力。以此赞誉李晶，称她为东方圣者，也道出了很多华侨朋友的心声。

我仰慕。我有幸在大江老师的笔下，全方位欣赏到了李晶老师的风采！你看她 52 岁时仍光彩照人地走进考场，顺利地拿到了国家人事部门颁发的副主任中医师职业资格证。与此同时，她还拿到了江西中医学院的一纸聘书，聘请她担任该院推拿针灸专业兼职副教授，主讲按摩手法课，并负责带学生实习，从而实现了她年少时的教师梦。你看那一群学生相聚在李晶老师的家里，围坐在一起包饺子的场景多让人羡慕；你看李晶老师 70 岁生日的时候收到意外礼物像孩子一样开心的样子。爱出者爱返，福往者福来。正因李晶老师在以往的工作和生活中付出了特别多的爱，才会像圣诞树一样，有那么多的幸福和快乐挂满枝头。

我敬仰。如果说李晶老师从前的努力付出是慈善的一个点，那么退休之后办培训班就是做慈善的一个面。在这个平台，越来越多的人得到了帮助，很多盲人朋友在按摩这个行业里获得可观的收入，成为对社会有用的人。不仅如此，李晶还一手创办了康复按摩函授大专班，2005 年迎来了第一届全国各地有志于医疗按摩的莘莘学子，为盲人医疗按摩师的学历教育闯出了一条新路。十年来，李晶教出的各级按摩学生超过了一千人，分布在全国各地，还有学生越洋在美国、英国、阿根廷、澳大利亚等地打拼，发扬光大我中医按摩，可谓桃李满天下。

我感叹。我沿着大江老师真情的笔端，与李晶老师一同走过了 70 载光阴，唏嘘之余，我又回想起李晶老师小时候的登台致辞："长大了，我们要像你们一样，站成一棵大树一片森林，为大地、为渴求知识的孩子们撒下一片绿荫……"从儿时的志向到一生的辛勤付出，李晶老师真的凭借自己的努力，站成了一棵大树、一片森林。夕阳为这片神奇的森林镀上了金色的光芒，让我们敬仰，让我们难忘！这片森林连同李晶老师身后的那一片桃李，已经在我们心中站成不朽的丰碑！

后 记

江建军

画上本书最后一个句号的时候，我并没有如释重负的感觉，而是生怕端上桌的是一顿夹生饭，败坏了读者的胃口，毕竟我还是报告文学领域里的一个新兵。直到中国散文学会名誉会长、85岁高龄的林非老先生，中国散文学会副会长叶梅老师，中国盲人协会主席李伟洪先生，先后欣然为本书作序并给予充分肯定和热情洋溢的鼓励，我悬在半空中的一颗心才落到了实处。

回想当初，自己失明后没有沉沦下去，而是手握一支盲笔闯进了荆棘丛生的文学小路，发表了一些可以称作散文的习作，被媒体追捧了一阵子，虽明里不敢，暗地里还是有几分自鸣得意的。我十年前学会上网后，全国各地盲人精彩的人生故事，他们的奋斗与成就，就像电影镜头般由远而近，一下子凸显在我的眼前，强烈地震撼了我，把我从散文的小我中拉将出来，领进了报告文学的广阔天地。

起初，我对报告文学并不太懂，只是被盲人兄弟姐妹的故事打动，觉得不写出来就对不住他们，完全是一种使命感在召唤我写作，写着写着，便渐入佳境，有了明确的创作意图和目标。同时，我也在边写边学的过程中渐渐明白，真实性是报告文学的生命，理性精神是报告文学的灵魂，文学艺术性是报告文学的翅膀。懂得采访技巧、细节的捕捉和巧妙使用、叙述语言风格节奏的追寻与把握等，都是报告文学作者的必修课，是我必须长期努力的方向。

经过七八年的不懈努力，我先后采写了20个人物并从中精选出15篇结集成书。我不敢说我写得如何，但书中每一个人物、每一个故事都是真实可信的，至少是深深地感动了我的。书中的许多细节和片段，我都是含着热泪再现出来的。直到这几天，进行交付出版社前的最后通读，我还时常被这些故事感动流泪。我深知，令人感动的，不是我的文字，而是故事本身。若非如此，我这名不见经传的一个普通盲人作者，哪有这样的荣幸，能请到三位德高望重的师长和领导为拙作写序呢？在万分感激的同时，我又感觉万分的惭愧。写入本书的15个人物，在广大盲人英才中只是沧海一粟。这个文学宝矿有待更多有志于报告文学的作者来挖掘，奉献出更多更好的作品。

在与这些笔下人物的对话中，我发现人生真正的幸福是在遭遇任何挫折、疼痛与逆境中，都能很快恢复内心的宁静与平和，并持续不懈为实现梦想挺进的执着与努力。我们从中不难看出，每一次疼痛与挫折的后面都藏着大智慧。正是这凤凰涅槃后的大智慧，为我笔下这些人物的梦想插上了双翼。

该给本书起个什么样的书名呢？我苦思多日不得要领，

还是好友蓝诺一语点醒梦中人："你的散文集叫《点亮翅膀》，不如就来个'点亮'系列，这些感人至深的精彩故事，不仅点亮了他们自己的人生，也一定能点亮更多人的心灵世界。"她的提议正合我意，也是我推出这本集子的初衷和期许。

此外，蓝诺、春雪、如歌的行板、若松等文友，以及出版社责任编辑贺世民、黄巧莉，在修改、校对、出版过程中付出了大量心血，在此一并致谢。

2016 年 6 月 2 日写于池州